講談社文庫

アンダルシア

外交官シリーズ

真保裕一

講談社

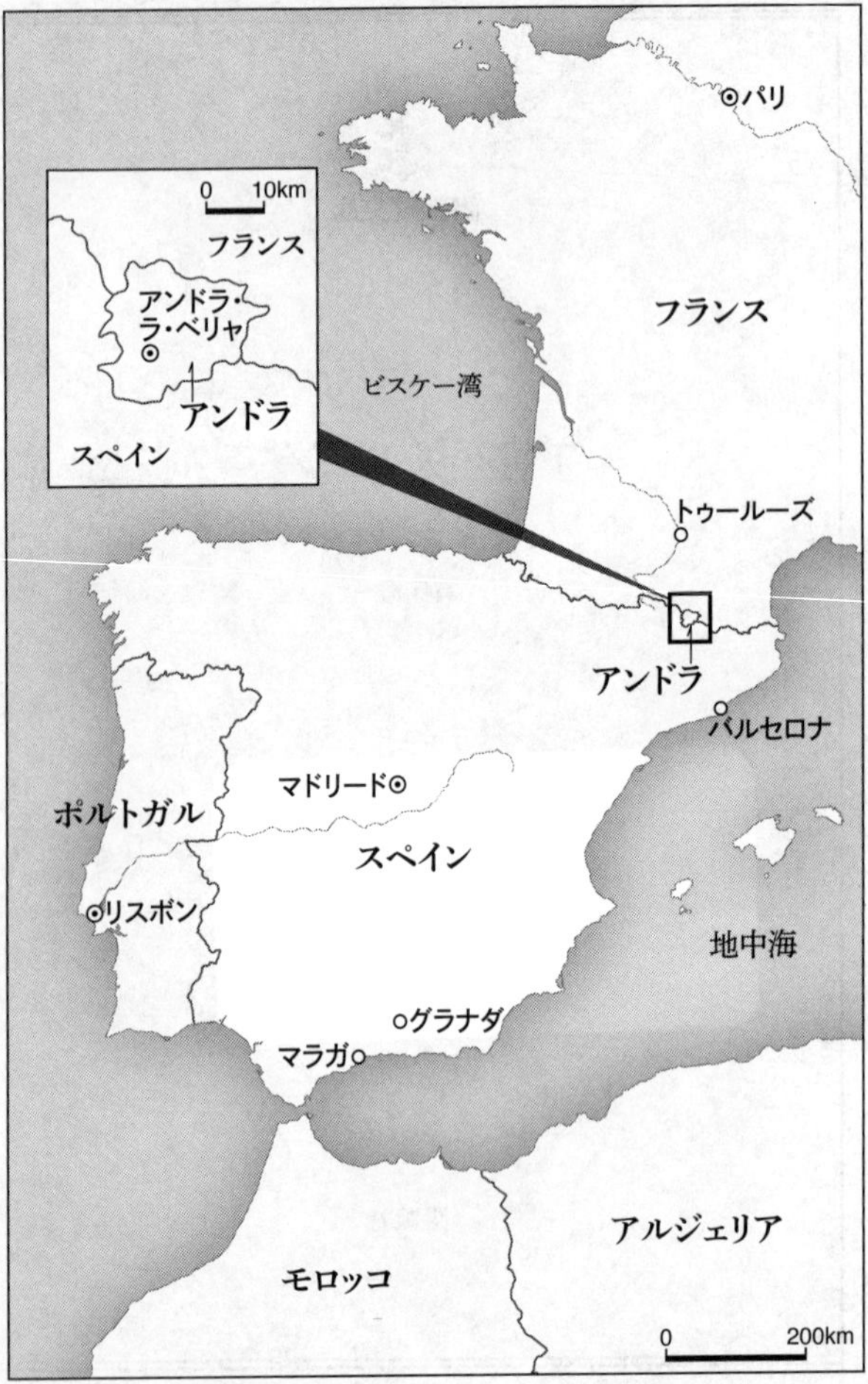

パリ
0 10km
フランス
アンドラ・
ラ・ベリャ
アンドラ
スペイン
ビスケー湾
フランス
トゥールーズ
アンドラ
バルセロナ
マドリード
ポルトガル
スペイン
リスボン
地中海
グラナダ
マラガ
アルジェリア
モロッコ
0 200km

目次

《アンダルシア　登場人物》

黒田康作　外務省　邦人保護担当特別領事
新藤結香　アンドラ在住の日本人

デイビッド・フェルドマン　ＩＣＰＯ海外捜査支援局　統括官
アベル・バスケス　アンドラ国家警察　犯罪捜査部　警部補
ホセ・ロペス　その部下
ホルヘ・ディアス　アンドラ国家警察　犯罪捜査部長

ドミニク・コルベール　フランス国家警察公安部　警視
ラモン・エスコバル　スペインの貿易商　結香の元夫
ラリー・バニオン　イギリス人画家

アンダルシア

1

カナリア諸島自治州の州都ラス・パルマスの警察署には、スペインの国旗と並んで、二頭の犬をあしらった州の旗が掲げられていた。

そもそもカナリアとは、「犬」を意味するラテン語なのだという。

「君は、プリニウスの名を知っているかな。古代ローマ帝国の将軍で、高名な博物学者でもあった人物だ」

五十年配の制服警官が、手を後ろに組んで先に歩きだした。スペイン本土から千キロも離れた大西洋上に浮かぶ島の警察署を訪れて、面会申請の受付をすますなり、いきなりローマ帝国時代の講義を受けるとは思いもしなかった。

黒田康作《くろだこうさく》は、薄暗い廊下を飾るふたつの旗から視線を戻した。島の歴史を誇りに思っているであろう警官に頷《うなず》き、頼りないスペイン語で応じた。

「確か、海外の領土を統治する行政官を歴任し、博物誌を編纂《へんさん》した人物だった、と記憶しています」

一夜漬けどころか、この島へ向かう機上で仕入れたばかりの情報だった。成田からパリ・シャルル・ド・ゴール空港経由で十五時間かけてマドリードに立ち寄り、トランジットの間に在スペイン大使館の職員から資料を受け取っていた。たまたま、その中に島の名の由来についても書かれていたのである。

スペインとアフリカ方面の総督に任命されたプリニウスが、この島に初めて上陸した際、あまりに野犬が多いことに驚き、「犬の島」と名づけたのだという。そのラテン語名を引き継ぎ、今もカナリア諸島と呼ばれている。

「ほう……。さすがに日本人《ハポン》は物知りだな」

艶《つや》めいた浅黒い肌を持つ警官が、恨《うら》めしそうな目つきで黒田を見つめ返してきた。アジアの小さな島国から、遥々《はるばる》ユーラシア大陸を越えて訪れた外交官を、ちょっとした雑学で持てなしてやろうと意気込んでいたのかもしれない。

警官は、黒田が提出した面会申請書に一度目を落としてから、コンクリートブロックに囲われた廊下を、またゆっくりと歩きだした。

「要するに、だ。我々はカナリアの奏《かな》でる美しい鳴き声を楽しみながら、ラテン語で犬と呼んでいるわけだ」

「こちらに来るまで、まったく知りませんでした」

少しは話を合わせてみた。警官の恨めしげな目つきは変わらなかった。美しい鳴き声を持つ小鳥として名高いカナリアは、ここカナリア諸島を原産とする。

「面白いもんだよ。カナリアは、鳥でありながら、犬でもあるんだからね」

なおも黒田の表情をうかがおうとしてくる。その目つきを見る限り、彼は島にまつわる雑学を単に披露したかったわけでもなさそうだった。

鳥でありながら、犬でもある。

他人の秘密を嗅《か》ぎ回ろうとする者を「犬」に喩《たと》えるのは、何も日本だけの話ではなかった。さらに、鳥は歌い、さえずるものであり、犯人が自供することを、警察関係者は「歌う」や「さえずる」と言ったりもする。

このグラン・カナリア島のラス・パルマスは、日本の出張駐在官事務所が置かれ、外交官も赴任する地だった。すでに一等書記官である事務所長がこの警察署を訪れ、二人の日本人と面会して事情を聞いていた。そこに、わざわざ極東の島国から、新たな外交官が飛んできたのである。

——あんたは、籠《かご》の鳥に、犬であると歌わせに来たんじゃないのかな。

つまりは、ただの面会ではなく、逮捕された二人の船員に、ひとまず真実はどうあれ、犬の振りをして自供しろ、と勧めに来たのではないか。そう仄《ほの》めかしてみせたように思えるのだった。

単なる留置係ではなく、捜査職にある者なのかもしれない。日本の刑事と違って、こちらの幹部は普段から制服を身につけている。

ラス・パルマス警察署の留置施設は、地下に作られていた。鉄格子を抜けた先に小部屋があり、そこが面会室だった。

汚れを目立たなくするためか、四方の壁が薄茶色に塗られていた。粗末なテーブルと椅《い》子《す》が置いてある。強化ガラスに隔てられた面会室ではなかった。相手が外交官ということで、少しは配慮してくれたらしい。天井《てんじょう》に近い壁の上部に、鉄格子の入った小窓がひとつ。わずかな薄陽が床の一部を四角く切り取り、その中で埃《ほこり》が乱舞していた。

「君は弁護士ではないから、留置係が同席させてもらう。いいだろうね」

警官は押しつけがましい口調を隠さなかった。弁護士ほどには、外交官を手厚く持てなすつもりはないらしい。

あまり知られてはいないが、カナリア諸島と日本の結びつきは深い。昭和の時代から、このグラン・カナリア島のラス・パルマス港を、日本の漁船団が遠洋漁業の基地として使用してきた。そのため、多くの漁師と水産業者がこの島を訪れていた。今も、大西洋と地中海で操業するマグロ漁船団が、年間百数十隻のペースで入港する。

かつては日本人学校も作られていたほどで、島民には日本語を操れる者が少なくないと聞いた。日本語のわかる警察官を立ち会わせて、会話の中身を記録しておくつもりなのだ。現地の警察署としては、久しぶりに釣り上げた大きな獲物だったと思われる。

「日本とスペインの友好関係に、あなたの一存で大きな罅《ひび》を入れたいのであれば、ご自由にしてください。我々はすでにマドリードで、今回の件に関してスペイン内務省の高官と綿密に連絡を取り合っています。あくまで面会に立ち会われるというのであれば、あなたと担当者の名前を、大使館に報告させていただくことになる、とお考えください」

弁護士を同席させる手もあったが、昨今は外務省内でも経費削減が叫ばれている。無駄な出費を抑えるためにも、外交上の駆け引きという名の、やんわりとした脅《おど》しを使うケースが増えた。

黒田と同じく、一公務員にすぎない警官は、たちまち渋柿《しぶがき》を口に押し込まれたような顔つきに変わった。

「さすがに日本人は物知りだな。我々より、国家同士のつき合い方に熟練している」

黒田は背筋を伸ばして軽く頭を下げた。

「ありがとうございます。それが我々外交官の仕事ですので」

五分後にドアが開いた。手錠《てじょう》を外された大宮良彦《おおみやよしひこ》が、二人の留置係に率いられて面会室に入ってきた。

逮捕から五日がすぎていたが、さほど疲労の色は見えなかった。二十八歳という若さもあるだろう。いかにも遠洋船の乗組員らしく、肌はよく陽に焼け、艶めいていた。髪を脱色し、先端五センチほどが金色だった。操業中に自分で染め直すことはしなかったらしいが、一文字の眉《まゆ》は細く綺麗に調えられている。

近ごろの遠洋船は、漁場の近くに基地を構え、そこに船を係留《けいりゅう》しておく海外拠点基地操業が定着していた。船員は飛行機で現地へ飛び、海外の港に停泊させてある船に乗って漁をこなし、基地へ戻ったあとはまた飛行機を使って日本へ帰る。長い航海をしなくてすみ、遠洋船の乗り手を確保する狙いもあるという。

「参りましたよ、ホント……。いつ釈放されるんですかね、おれ。前に来た人にも言ったんだけど、おれは少しでも質のいいマグロを確保したい、と思っただけなんですよ。買い付けの話があるって聞いたんで、船長に伝えて、荷揚げを手伝っただけでね」

大宮良彦は、しおれたシャツの袖口を手で払いながら、黒田の向かいに腰を下ろした。さして汚れがあったようには見えなかったが、いつまでもシャツのあちこちを手で払う仕草を続けながら、横座りのままテーブルに肘《ひじ》をついた。

救いの手を差し伸べに来た外交官を前にした態度ではなかった。姿勢を正して人に向き合うという、当たり前の礼儀さえ教えられてこなかったらしい。

留置係が面会室を出ていき、鉄の扉が閉ざされた。

「君の言い分は、こちらの担当者からすでに報告を受けている」

「だったら、早く何とかしてくださいよ。おれは被害者なんですから」

テーブルに肘をついたまま、黒田のほうへ身を乗り出してみせた。彼はあくまで善意の第三者であると、この五日間、常に訴え続けているという。

逮捕理由は、純度の高いコカインの密輸容疑だった。

二月二十五日、株式会社東湘《とうしょう》漁業の所有するマグロ漁船、第五新星《しんせい》丸が二十日間の操業を終えてラス・パルマス港に戻ってきた。釣り上げた直後に瞬間冷凍されたマグロは、専用の輸送船に移し替えられ、日本へと送られる。

入港の翌日、冷凍マグロの荷揚げ作業が開始される直前になって、スペイン軍警察海洋部が捜索令状を持って、第五新星丸を訪れた。

軍警察は、船長の立ち会いのもと、冷凍庫のマグロを一本ずつすべて入念に調べていった。すると、そのうちの三本から、内臓を取り出したあとの部位に、切開したとおぼしき痕跡《こんせき》が見つかった。その奥を掘り返したところ、ゴム製品によって包まれたコカイン計二十五キロが見つかったのである。

その末端価格は、日本円にして三億円近い。

通常、釣り上げられたマグロは、エラと内臓を取り除いて血抜きをしたあと、マイナス五十度という低温で一気に瞬間冷凍される。その際、内臓に近い肉の一部をくり抜いてコカインを隠し、別の肉を接着剤のようなもので仮止めしたのである。

瞬間冷凍によって身が固くなったマグロは、内臓を取り除いた箇所を目視で確認しようにも、その部位を押し広げることができないため、切開部分の見分けが難しくなる。肉の筋にそって切り込みを入れれば、痕跡さえも確認しづらい。魚特有の臭いがあるため、たとえ麻薬探知犬が嗅ぎ回ろうと、発見されるおそれもなかった。

軍警察は、直ちに全乗組員の聴取を行い、船長の堀留和正《ほりどめかずまさ》と、他船からマグロを買いつけた大宮良彦の両名を、麻薬密輸容疑で逮捕したのである。

黒田は鞄《かばん》から取り出した書類をめくった。

「ＩＣＰＯを通じて、正式に君たちの身元照会が、スペイン軍警察から日本の警察庁に寄せられている」

「あいしい……何ですか？」

大宮良彦の瞳《ひとみ》が頼りなく揺れた。

「通称インターポール。国際刑事警察機構のことだよ。――君は今治《いまばり》の中学を卒業後、大阪市淀川《よどがわ》区内の服飾系専門学校へ進むも、一年で中退。その後は様々な職業を経て、昨年の八月から株式会社東湘漁業のマグロ船、第五新星丸の乗員となった。間違いないね」

「待ってくださいよ。日本政府は、おれの個人情報を、スペインの警察に売り渡すつもりなんですか」

ようやく大宮良彦が座り直し、真正面から黒田を見てくれた。が、あえて問いかけには答えず、用意してきた書類をもう一枚めくった。

「君は、高柳辰次《たかやなぎしんじ》という男と面識があるね」

「ちょっと……どういうことだよ！」

細く刈られた眉が、途端に吊り上がった。彼にとっては、よほど秘密にしておきたい大切な個人情報だったようである。

「とぼけても無駄だぞ。高柳辰次だ。広域指定暴力団、龍生会《りゅうせいかい》岩永《いわなが》組の幹部だよな」

「何だよ、あんたは……。外務省がおれの取り調べをしようってのかよ」

身を揺らして抗議の姿勢に入った若者を前に、黒田はあきれて吐息《といき》をついた。

「もう少し声を小さくしたほうがいいな。そこの扉の向こうでは、日本語のできる警官が聞き耳を立てているんだぞ。君が日本のマフィアと関係があると聞けば、直ちに勾留《こうりゅう》延長の手続きが取られて、スペイン本土から麻薬対策官と専門捜査の特命検事が送られてくる。ろくに寝かしてももらえずに、朝から晩まで厳しい取り調べが続くだろうね」

「待てって……。あんたら外交官は、日本人の権利を守る義務ってものがあるはずだろ。おれは無実だって言ったろが。不当に逮捕されて留置場に入れられた日本人に、外務省は何もしてくれないのかよ」

「残念ながら、海外で発生した事故や事件の捜査は、その当事国の捜査機関に任せるほかはないものだ。日本政府が主権国家の捜査に口出しする権限はない」

冷たく事実を告げると、やっと事態を悟った大宮良彦が血色のいい頬《ほお》を震わせた。

「あの、さ……。おれは何も知らなかったんだよ。ホントだって、嘘《うそ》じゃない。マグロを安く譲るという話があったんで、船長に教えただけなんだってば。コカインが隠されてたなんて、驚きだよ。たぶん、船長のほうは知ってたんじゃないのかな。だから、すぐ話に乗ってきたんだって……」

椅子から立ち上がって声を張り上げる大宮良彦を前に、黒田はまた書類をめくる演技をしてみせた。

「南米で生産されたコカインは、スペインの港を経由してヨーロッパへ持ち込まれると言われているらしいね。このカナリア諸島は、幸いにも日本漁船団の基地となっている。君たち龍生会は、そこに目をつけ、新たな密輸ルートの開拓に乗り出したわけだ」

「だから、言ってんだろが。おれは無実だって。高柳なんてヤクザとは会ったこともない！」

「法廷では、そう軽々しく嘘を口にしないほうが身のためだな。偽証罪で、さらに量刑が加算される」

「何わけのわからねえこと、言ってんだよ。おれは、はめられたんだよ。船長と、こっちの漁師で話ができてたに決まってんだろ」

「君は、二〇〇六年六月二日、大阪十三《じゅうそう》のとあるクラブで喧嘩《けんか》騒ぎを起こして、警察官に逮捕された。弁護士に頼んだわけでもないのに、店や被害者との示談がなぜかすぐにまとまって、君は翌日に釈放された。その際、身元引受人となったのが、高柳辰次ではなかったかね」

自分の犯したミスを覚えていないとは、あきれた記憶力の持ち主だった。その程度の男を大西洋にわざわざ送り込むのだから、高柳辰次という幹部もそう知恵の回る男ではない。

大宮良彦が糸の切れた操り人形のように再び椅子へ座り込んだ。

黒田は手にした書類を整え直した。

「君らはよく知らないと思うが、このグラン・カナリア島にはＮＡＴＯ軍の基地が置かれている。そのため、若い兵士らがドラッグに手を出さないようにと、軍警察の麻薬対策班が特に目を光らせている島でもある。君らは目をつけられていたんだよ。軍警察の内偵者が監視しているのも知らず、のこのこレンタカーを使って、麻薬入りのマグロを入手しに出かけた。仕入れたマグロを毛布にくるんで第五新星丸へと担ぎ上げるまで、その一部始終を彼らに見られていたんだ。よその船からマグロを安く手に入れた、などという言い訳は通用しない」

大宮良彦は、話の途中から横を向き、天井に近い小窓を見上げていた。彼が逃れる道は、将棋盤のように小さなあの窓より狭くなっている。

黒田は書類をテーブルに置き、両手を組み合わせた。

「初犯とはいえ、組織的、かつ計画的な犯行だ。君が龍生会岩永組の関与を自白しなければ、君の単独犯となり、量刑をすべて一人で被《かぶ》らねばならなくなる」

追い詰められた身の上を語られ、大宮良彦が血走る目を黒田に向けた。呪うべきは愚かな自分であるのに、憤《いきどお》りをただ持てあましているのが、よくわかる。

「よく聞きなさい。麻薬密輸は、単なる所持容疑とは違って、重罪だ。スペインの過去の判例を見るならば、最低でも七年。悪くすれば十年を、君はこのカナリア諸島の刑務所ですごすことになる。ただ、常春の島と言われるだけあって、真冬でも寒さは厳しくないから、スペイン本土の刑務所ですごすよりは、かなり快適と思われるのが、せめてもの救いだろう」

大宮良彦のこめかみが激しくうねった。奥歯の軋《きし》る音が今にも聞こえてきそうだった。

「あんた……。おれを小馬鹿にしに来たのかよ」

「もちろん、違う。君を説得に来た」

説得の中身を考えているのか、大宮良彦は黒田から薄汚れた壁へと視線をそらした。

「司法取引というものを知っているかね」

「いや……何のことだ」

「裁判を前に、容疑者並びに被告人が、進んで捜査に協力を誓い、刑の減免を認めてもらうことを検察側と取引する制度だ」

わかりやすく解説したつもりだったが、大宮良彦の訝《いぶか》しげな目は変わらなかった。まだ少し専門用語が多かったらしい。

「つまり、今回のケースに当てはめるなら、君がすべての罪を認め、誰の指示で動き、どう相手方と連絡をつけ、誰に金を渡したのか、速やかにすべてを自白すれば、減刑を認めてもいい、とスペイン検察当局が持ちかけてきたわけだ」

大宮良彦が、鼻先に突き出された免罪符でも見るかのように、目を幾度もまたたかせた。

スペイン軍警察は、大宮良彦にコカイン入りの冷凍マグロを譲り渡した相手を突きとめ、ベネズエラ船籍の漁師を二名、逮捕していた。だが、彼らは何者かに命令を受けて動いた末端の使用人にすぎなかった。コカイン密売の元締めを突きとめるにはいたっていないのである。

そこで、逮捕された二人の日本人が、誰に、どういうルートで現金を渡したのか、の情報をスペイン側は欲していた。現金が別の場所で受け渡されたケースも考えられるが、大宮良彦の背後関係を探ることで、元締めの連絡先を突きとめようというのである。

「君が包み隠さずすべてを打ち明けたなら、たった二年の懲役刑に減刑する、とスペイン政府のお墨付きをもらってきた。船長の堀留氏にも、同じように減刑が認められる。だが、彼のほうは、高柳辰次に頼まれて君を船に乗せ、コカインを隠してあるという事実を知りながら冷凍マグロを引き受けたにすぎない。密輸のすべてを知っているのは、君だ。あとは君がよく考えることだ。弁護士を呼びたいのであれば、我々が手配してもいい。もちろん、その費用は君が支払わねばならない」

「なあ……。本当に、おれは何も知らないんだよ。ただ、教えられた港へ行って、マグロをもらってこいと言われただけで……」

この期《ご》に及んで、まだ自白を拒もうとしていた。

予想された事態ではあった。すべてを打ち明けることは、龍生会と高柳を裏切ることでもあるのだ。組織を売って真相を白日の下に引き出したなら、日本への帰国は早くなっても、帰ったあとの身に危険が及ぶ。組を裏切ったヤクザ者には、追われる定めが待つ。

「あとは自分でよく考えることだ。八年から十年を、この大西洋の島の刑務所で無為《むい》にすごすか。二年で日本へ帰って自由の身になるか。ふたつにひとつだ」

書類を手に席を立とうとすると、大宮良彦が素早く動いた。すがりつくような真剣さで、黒田の前へと回り込んできた。

「なあ、外交官さんよ。もし……もし、おれが高柳って幹部の指示を受けてたとして、そのことを打ち明けたら、当然、高柳って幹部も逮捕されるんだよな」

「間違いなく」

「なあ、司法取引の証拠ってのは、残るのかい？」

「どういう意味かな」

「だから、さあ……おれが歌ったっていう詳しい証言の中身が、裁判の場で明らかになったりするのか、ってことだよ」

大宮良彦は、暴力団組織の構成員らしく、「歌う」という隠語を使った。カナリアがついに歌い、組織を裏切る犬になろうとしていた。カナリア本来の意味を取り戻したにすぎない。黒田を案内してくれた警官なら、そう微笑《ほほえ》むに違いなかった。

「司法取引の事実が表沙汰《おもてざた》になることはない、と日本政府が確約しよう。君の証言内容が、記録に残されることはない。そもそも今回の事件で君がただの使用人にすぎないと判断されたなら、二年の懲役刑もあり得る話で、どこにも不自然さはない。たとえ君がこの島での連絡先を打ち明けたとしても、スペイン軍警察による執念深い捜査がコカインの卸《おろし》元《もと》を探り当て、日本の取引先が判明した、という発表がなされるはずだ」

用意してきた台詞《せりふ》を、黒田は語った。蜘蛛《くも》の糸を垂《た》らしてくれたお釈迦《しやか》様を見るような目が向けられた。汗を振り飛ばすほどに、大宮良彦が力強い頷きをくり返した。

「わかったよ、わかった。すべてを話す。おれはただ頼まれただけなんだからな……。あんたからも、こっちの警察に言ってくれよな。協力するから、絶対に裁判では一切、おれのしゃべったことを表には出さないでくれ、と」

「約束しよう。我々外交官は、日本人の権利を守る義務がある。任せておきなさい」

簡単な仕事だった。カナリアが自ら歌ったにすぎない。

黒田は再び席につくと、司法取引に関する書類を取り出し、テーブルの上に置いた。

2

「もう終わったんですか？」

署長に挨拶《あいさつ》をすませて警察署を出ると、駐車場で待っていた横倉統《よこくらおさむ》が、慌てて煙草を踏み消した。スペイン語の専門職試験を経て、一年前に入ったばかりの新人だった。噂では、今なおキャリア職に未練を残し、密かに一種試験を受け直すための受験勉強を続けているという。

「つまらん仕事だ」

「でも、黒田さん……。まだ三十分も経ってないじゃないですか」

「君からマドリードに報告しておいてくれるかな。二人ともに承諾した、と」

声は発せられなかったが、横倉の口が「スゲー」と動いた。

船長の堀留和正は、今にも泣き出さんばかりに喜び、進んで書類にサインをした。そもそも彼は、小遣い稼《かせ》ぎに暴力団の依頼を受け入れたにすぎなかった。年齢も五十歳で、日本には妻子がある。ヤクザに手を貸したことで、職を失いはするだろうが、彼ほどの経験があれば、一航海士としても、ベテラン漁師としても、出直す道は残されていた。

黒田は無言で外交官ナンバーのついた日本車のドアを開けて、助手席に収まった。遅れて横倉が運転席に乗り込んでくる。

「あの大宮っていう若いほうは、明らかにヤクザですよね。ぼくが面会に行った時には、歳が近いのを見て、ため口どころか、釈放されないのはこっちのせいだなんて、非難までしてきましたからね。でも、まさかこんな早くに承諾するとは……」

「自慢になるものか。君も趣味で釣りをしてみるといい。餌《えさ》を撒《ま》いて、食いつく素振りを見せない時にはちょいと竿《さお》を上げてやる。それだけのことだ」

「だから、ぼくも同席したいと言ったんですよ。黒田さんの噂は、こっちにまで聞こえてましたから。なのに、面会を制限するなんて、警察も強引すぎますよね」

この先も出世を見込めそうにない黒田に世辞を言ったところで、彼に得るものは何もない。本音に近いとわかるが、単純に喜べはしなかった。

黒田の顔色を見て、横倉が車を出しながらも、意外そうな目を振り向けてきた。

「あの……もしかしたら黒田さんは、やはり司法取引には納得《なっとく》されていなかったんでしょうか」

やはり、の意味は訊《き》き返すまでもなかった。彼自身が先ほど語ったように、噂がこちらまで届いていたと見える。

黒田は答えず、浜辺から吹く潮風を車内に入れるため、窓ガラスを少し下ろした。

司法取引は、法の下での公正さより、効率を優先させた制度だった。犯した罪が同じであっても、自白すべき秘密を有する者だけが、減免の利益を享受できる。

麻薬の密輸は重罪である。日本に持ち込まれた麻薬によって、どれほどの悲劇が生まれているか。それを想像すれば、許されざる罪であると誰もがわかる。

だが、逮捕されようと、たった二年で釈放されてしまうのであれば、この先も密輸を企てる者があとを絶たないだろう。

もちろん、司法取引を持ちかけなかった場合、大宮良彦がすべてを自白したかどうかはわからなかった。が、軍警察が組織を挙げて捜査にかかれば、コカインの卸元をたぐることは不可能ではないのだ。

スペインの捜査当局は、効率を優先して、安易に司法取引を持ちかけてきた。手間を惜しんで、日本の犯罪者を甘やかしたのである。

そして、取引の申し出を受けた日本政府も、遥か大西洋まで密輸の手を伸ばす暴力団組織をこの際根こそぎたたくべきと方針を固め、スペイン側と手を結ぶことを決めた。

大宮良彦という小者《こもの》一人を減刑してやることで、その上にいる高柳辰次ら幹部と、龍生会という組織にメスを入れられる。

だが、大宮良彦と高柳の関係はすでに立証されていた。あとは正攻法で責め立てていけば、密輸ルートを暴《あば》き、関係者を一網打尽にする道も見えてくるはずだった。

スペイン側から申し出があったからと言えるが、日本の捜査関係者も、単に効率を優先させて安易な道を選び、それを政府高官も認めたのだ。

政治的判断が、そこにはあった。

その手足として、黒田が選ばれ、スペインへと送られた。

――そうだとも、我々外交官は、日本人の命と権利を守るために汗を流している。今回、大宮良彦という愚かな小者を助けてやることで、どれほどの日本人が、結果として救われると思うかね。もっと現実を見たまえ。君は、大宮良彦という馬鹿なヤクザ者を救うのではない。麻薬に手を染めて苦しむ者を少しでも減らす一助とするために、司法取引を呑《の》ませて、口を割らせるんだよ。君なら、その理屈ぐらいわかるはずだろ。

わざわざ稲葉知之《いなばともゆき》外務審議官が、スペインの黒田にまで電話をかけてきた。彼は次期事務次官の最有力候補と言われ、今でも省内の人事権を握る実力者だった。今の仕事を続けたいのであれば、すぐカナリア諸島へ飛べ。マドリードで仕事の中身を聞いた黒田に、そう稲葉は告げてきた。使い勝手のいい駒と見なされている気がした。

在ラス・パルマス出張駐在官事務所は、警察本部とは目と鼻の先にあるビルに入っていた。歩いても、十分とはかからなかったろう。正面がバス通りになっているため、交通の便はいい。日本の漁船が基地としている港からも近く、百メートルも東へ行けば、ヨットハーバーが広がっている。

この事務所は、外務省の管轄《かんかつ》でありながら、国交省から来ている役人の数のほうが多いという珍しい外交施設だった。年間を通じて日本の漁船がラス・パルマス港に係留されるため、船舶検査官が駐在しているのだ。それも、外務省に出向する形で、領事の資格も合わせ持っての赴任である。ただし、所長だけは、外務省の領事が務めていた。

「いやあ、噂どおりの腕前だね、黒田君。あとは我々に任せてもらおうか。今夜はわたしのポケットマネーで一席設けるので、うちの若い者らに、外交官の職務についてぜひとも話してやってくださいよ」

事務所長の島村孝行《しまむらたかゆき》が、報告を聞くなり握手を求めてきた。

黒田はその場で軽く踵《かかと》を合わせて一礼した。

「お言葉に甘えて、あとの仕事はお任せいたします。マドリードへの最終便は何時発でしょうか」

「君は日帰りするつもりなのかね」

避暑と避寒をかねたリゾート地として名高いグラン・カナリア島に足を運びながら、仕事だけこなして早々に帰ろうとする者の気が知れない、と言いたげな目を向けられた。

「もちろん、本省の許可を得てからになりますが」

島村はお手上げだとばかりに、天井を見上げた。変人扱いには、もう慣れていた。

黒田は事務所長室を出ると、領事課のデスクで電話を借りた。日本との時差は九時間。向こうはまもなく、午後十時になる。

驚いたことに、稲葉外務審議官がまだ省内に在席していた。領事部の参事官に報告をすませると、電話を代わると言われ、稲葉の声が聞こえてきたのだった。

「話は今聞いたよ。君も知っているように、生憎《あいにく》と片岡《かたおか》さんはG20の打ち合わせでワシントンへ出張中だ。で、わたしがあとを託されたわけだ」

「はい……」

「何の用だと訝しがらないでくれたまえよ。君がわたしを警戒しているのは、こちらも承知のうえだからね。まあ、わたしもそれなりのことをしてきたとの自覚はあるから、君の気持ちはわからなくもないが」

焦臭《きなくさ》いことを口走り、平然と笑ってみせる。

昨年の夏、立て続けに外交官の不祥事が発覚し、世間を騒がせた。実は表沙汰にできない事件の真相を曖昧《あいまい》にするための、やむなき決着だったが、役所の定めとして、責任論を煽《あお》りたがる者が出てくる。その矢面《やおもて》となった事務次官の片岡博嗣《ひろつぐ》に、退任間近との噂が飛び交っていた。明らかに稲葉はその隙《すき》をついて、黒田を手懐《てなず》けようと狙っていると思えるのだった。

「片岡さんからの伝言でもあるんだ。これからバルセロナへ向かってくれるかな。大使の梶山《かじやま》君は、君から報告を受けるまでもないと言ってるそうだよ。あの男は、少々頭が固すぎる。片岡さんの派閥でもないから、そもそも君の実力を知らなすぎる。まあ、許してやってくれたまえ。君も、七面倒くさい挨拶をしなくてすむぶん、気が楽だろう」

前置きもなく核心に触れたがる片岡と違って、稲葉は慎重な物言いをする。省内での歩き方が、そのまま話の進め方にも表れてくる。

「今回の密輸事件に関して、日本、スペイン、それと隣国フランス、さらにはICPOの海外捜査支援局とユーロポールの代表者も交えての情報交換会議を開くことが決定した。日本からは、警察庁の刑事局と組織犯罪対策部、それに薬物銃器対策課の担当者が送られることになった。君も外務省側の一人として出席してもらいたい」

ものは言いようだった。国際会議となれば、専門知識を有する通訳が必要となる。

なぜか稲葉の声に笑うような響きが帯びた。

「気乗り薄のようだね」

「いえ……」

「断っておくが、通訳として、君を派遣するのではない。保安と警備の専門家として、君の知識を会議の場で活かしてほしい」

手懐けるには、いくらか餌を与えておいたほうがいい。そう勘ぐったのでは、いささか穿《うが》ちすぎだろうか。

「麻薬の密輸は国際的な犯罪であり、ヨーロッパでは麻薬取引がテロ組織の資金源ともなっている。日本の暴力団がスペインにまで手を伸ばしている現状もあり、厚労省の麻薬取締官や警察だけでは対処しきれない面がある。今後ますます我々外務省の手助けが必要になってくるはずでね。うちとしても情報管理セクションの補強が急務と見ている。まずは君が会議の場に出席して、外務省に何が求められているか、それを見極めてほしい。わかるね」

充分に理解できた。稲葉知之は、飴《あめ》と鞭《むち》を自在に使い分けることで、今の地位を築き上げてきたのだった。

「ただし、これだけは先に伝えておこう」

「はい……」

「我々日本は、どうやら出汁《だし》に使われるようだ。そう言えば、君なら予想はつくね」

薄々見当はついた。

スペインとフランスの両国で、麻薬取締の協調関係を結ぶ。つまり、EU内で警察組織の連携を図ることが本筋なのである。たまたま日本の暴力団が絡《から》む事件が摘発され、それを機にEU内でも、さらなる取り締まりの強化を図るべきとの意見が出されたと見える。

ICPO——国際刑事警察機構のみではなく、ユーロポール——欧州刑事警察機構までが出席することから見ても、真の狙いは想像できる。

「ＩＣＰＯやＥＵ諸国に協力し、恩を売っておくのも、我々外交官の大切な仕事だ。わかるね」

「はい。——すぐにバルセロナへ向かいます」

3

グラン・カナリア島での滞在時間は、わずか半日にも満たなかった。

黒田はバルセロナへ先乗りして、現地の総領事館の職員とともに、警察庁の幹部を空港で出迎えた。

会議の開催場所は、モンジュイックの丘の東に突き出した埠頭《ふとう》に建つワールド・トレード・センターだった。頭上には丘と港を繋ぐロープウェイが走り、窓からは地中海が一望できる。埠頭の両岸には大型船が停泊し、周囲を遊覧船とフェリーが行き交う。絶景を楽しめる会議室だったが、ブラインドが上げられることはなかった。

廊下の案内板にも、会議の主催者名は表示されず、それでいて辺りに立つ警備員だけが目立つという物々しい雰囲気のうちに会議は始まった。

出席者は、各国の警察関係者にサポートする外交官と通訳、それにＩＣＰＯとユーロポールの関係者、総勢三十名を超える。

初日の会議は、日本側の独演会に近かった。

今やひとつの共同体となったEU諸国では、経済の利便性のみが優先され、事実上は国境がなくなっている。そのため、犯罪のグローバル化も一挙に進み、一国家の警察では対処しきれずにいる現状を、まずはICPOの犯罪分析課がデータを挙げつつ語っていった。

それを受けて、スペインがヨーロッパにおける麻薬取引の玄関口になっている、とフランスの警察幹部が嘆きを放ち、一方のスペイン側は、協力態勢を築こうにもEU内での主権争いが捜査の面にも悪影響を及ぼしている、と互いの非難を穏やかな口調ながらも応酬し合うこととなった。

そこで、ICPOが日本の警察庁幹部に発言を求めた。

日本は島国であるため、海上保安庁との連携が欠かせず、すべての港に入る船の船籍はもちろん、借り主や取引先にも目を光らせ、その情報をアジア諸国で共有するネットワーク造りを進めていた。ICPOを通じて情報提供もなされ、周辺各国の警察や軍との協調関係にも力を入れている最中だった。その現状を詳しく述べるとともに、スペインとフランスが質問を挟んでいくという形で会議は進んだ。

日本は出汁に使われる。そう稲葉が言っていた意味が、初日から身をもって理解できる進行ぶりだった。

「やれやれ……。わざわざインターポールが乗り出してきて、仲介したがる理由がわかってきますね」

初日の会議を終えるなり、警察庁の幹部が苦笑を浮かべ、黒田に同意を求めてきた。

フランスは、我が国こそがEUを率いていく大国との自負を強く持っていた。その点、スペインは経済や防衛力の面でも誇れる立場になく、目に見えた国力の差が、そのまま警察の力関係に影を落としているのだった。

これでは、先が思いやられる。

ワールド・トレード・センターに隣接するホテルに部屋を取り、日本側の控え室としていた。食事に出かけるという警察庁の幹部と別れて、黒田は在バルセロナ総領事館の職員とともに、明日の会議に備えて資料をまとめにかかった。

午後六時をすぎた時だった。控え室のドアがノックされ、一人の男が訪ねてきた。

会議の円卓で、ICPOの席に座っていた五十代の紳士だった。赤ら顔に丸眼鏡。頭頂部の髪が薄く、かつてロシアの大統領だった人物にも似て、額の左に硬貨ほどの赤い痣《あざ》がふたつある。

「ICPO海外捜査支援局のデイビッド・フェルドマンです。ミスター・クロダとお会いしたくて来ました」

名前を呼ばれて、黒田はドアへ歩んだ。

男は、会議で使用したネームプレートを胸のポケットにつけたままだった。名前の下にはインターポールの所属とともに、アメリカ司法省連邦捜査局海外法務連絡官、と小さく記されている。FBIからの出向者だとわかる。

黒田を名指ししてきたからには、日本の警察幹部ではなく、外務省の事務方と話をしておくべきと考えたようだった。

窓際に置かれたソファへ彼を誘った。在バルセロナ総領事館の者たちが気を利かせて、それとなく黒田たちから離れていった。

「ご協力を感謝します。今日の会議に出席されて、日本の皆さんはかなり戸惑われたのではないでしょうか」

デイビッド・フェルドマンは、近くにいる職員を気にしたふうもなく、やや小太りの身を持てあましてでもするように前屈《まえかが》みの姿勢になった。

「本来なら、会議に先だってミーティングの機会を持つべきだったのかもしれません。ですが、詳しい趣旨《しゅし》はそちらの本省にも伝えておりますので、まずは現状を知っていただいたほうがいいと考えました」

「外務審議官の稲葉から話は聞きました」

黒田は頷き、声を低めた。会議に参加する国の事情を、そう大っぴらに語れるものではない。

フェルドマンも苦笑を浮かべて、さらに顔を近づけてきた。

「現状はご覧のとおりなのです。EU内に設置されたヨーロッパ機関でも、犯罪のグローバル化に合わせて、ユーロポールの権限強化を図っているところです。特にテロ対策部門での強化を優先してのことですが、加盟国から上げられる情報も、まだ表層的なものに留まっているのが現状です。個別の案件での捜査協力は手がけながらも、国同士の間では見えない綱の引き合いが続いています」

独立国家の司法権は、侵されざるものとして認められている。各国の捜査官にも、職務への誇りはあった。また、軍の内部にテロ対策部門や、専門の情報機関を設置している国も多く、警察だけの問題ではなくなってくる。そこで、麻薬取引という明確な刑事事件を取り上げて、加盟国内での歩み寄りを引き出していこうという狙いがあるのだろう。

「日本側では、今回の両国の事情についても、情報はお持ちでしょうか」

「二〇〇八年に、フランスとスペイン両国の国家警察が連携して、ETAの幹部を逮捕していたと記憶しています」

ETA――バスク祖国と自由。

ピレネー山脈の西部地域で、フランスとスペインの国境にまたがるバスク地方の、分離独立を目指す急進的な過激派組織だった。

武力闘争を辞さず、六〇年代からスペイン各地でテロ事件を起こし、一説ではすでに八百人を超える死者を出しているとの情報もあった。

そもそもＥＴＡは、一九三〇年代の内乱後、スペインがフランシスコ・フランコによる独裁政権下となり、バスク人が弾圧されたことへの抵抗組織として結成された。そのため、ＥＴＡのメンバーは政治亡命も兼ねてフランス・バスク地方に逃亡し、フランス政府も当初は黙認していた経緯がある。

だが、スペインで独裁政権が終わりを告げ、ＥＴＡによるテロが激化するとともに、フランス政府はスペイン当局の協力を得て、フランス・バスク地方からＥＴＡのメンバーを一掃する方針へと転換した。

以後、スペイン政府は、バスク州に自治の権利を認めるなど、ＥＴＡとの対話にも努めたが、今なお国内でのテロは続いている。

そのＥＴＡの幹部メンバー四人を、フランスとスペインの国家警察が協力して逮捕したのである。両国にまたがるバスク地方の問題であり、ＥＴＡの摘発に限っていえば、両国は長らく共同歩調を取ってきていた。

コーヒーを運んできた職員に軽く礼をしてから、フェルドマンが黒田に目を戻した。

「ただ――逮捕されたＥＴＡの幹部が潜伏していた先はボルドーであり、そもそもサルコジ大統領が内務大臣時代に、テロリスト排除に力を入れると宣言したこともあって、フランス国家警察の主導による成果と言えます。フランス政府も、自国の功績であると伝え、スペイン側の協力を軽んじるような発言もくり返されているのです」

「それ以来、両国の協調関係が崩れてきている、というのですね」

黒田が尋ね返すと、フェルドマンが軽く首をすくめるような素振りを見せた。

「いいえ。実は、その前にもひとつの事件が、伏線となっています。――赤道ギニアでのクーデター未遂事件をご存じかと思われます」

黒田は驚きを隠し、インターポールの統括官《とうかつ》を見つめ返した。

外交官の一人として、事件の概略は知識としてあった。

あれは、二〇〇四年、マドリードで列車爆破テロ事件が発生し、百六十人にも及ぶ死者を出した年のことだったと記憶している。三月十一日に起きた列車テロ事件の陰に隠れてしまったため、日本ではほとんど話題にすらならなかったはずだ。

赤道ギニアは、油田の発見と開発によって、近年、目覚ましい発展を遂げつつある中央アフリカの一国だった。

ただし、フランコ時代のスペインにも似て、今も大統領による独裁色の強い国家でもある。

当時の大統領の甥《おい》が軍を率いてクーデターを成功させ、自ら大統領に就任し、軍事政権を樹立。最大野党の党首に武器密輸の嫌疑をかけて政党活動を禁止させ、事実上の一党独裁体制を敷いた。

容疑者となった野党党首は、宗主国であったスペインへ亡命した。

二〇〇四年三月七日。元イギリス空挺部隊の経歴を持つ男が、六十四人の傭兵部隊と大量の武器を乗せた輸送機で、ジンバブエの空港を飛び立つ寸前、地元の軍警察によって逮捕された。

彼らは赤道ギニアへ向かい、大統領を排除するクーデターを企てていたのだった。

しかも、その前日、スペインに亡命していた元野党党首が、ある人物の手引きでカナリア諸島を経由して、マリの首都バマコに到着していた。アフリカへ戻る準備を進めていたというのである。

さらには――ほぼ同じ時期、スペインのロタ港から軍艦二隻が出航し、赤道ギニアへ向かっていた事実が判明した。二隻ともに、NATO軍に所属する軍艦だった。

その後の取り調べで、驚くべき事実が発覚した。

傭兵を乗せた輸送機のチャーター資金を提供した人物と、亡命中の元野党党首をアフリカへと手引きした英国企業経営者と深い交友関係を持つ人物が、一致したのである。

その人物とは、鉄の女と呼ばれたイギリス元首相の息子だった。

NATO軍に所属していたスペインの軍艦が出動したことから見て、アメリカ、イギリス、スペインによる赤道ギニアのクーデター計画が実行に移されようとしていたのではないか。世界のマスコミは、そう一斉に騒ぎ立てた。

が、もちろん、三国はともに、その事実を認めなかった。

アメリカ連邦捜査局から出向してきたＩＣＰＯ統括官は、大真面目な顔で口元を引きしめ、切り出した。

「あなた方もご承知のとおり、ＮＡＴＯ軍の軍艦が出航したのは、あくまで隣国ガボンと国境紛争をくり広げていた、赤道ギニアの政権を支援するためでした。その報告が遅れたことで、多くの国々に誤解を与えてしまった事実は、ＮＡＴＯ軍最高司令長官も謝罪しています」

黒田はひとまず頷き返した。もちろん、対外的なアメリカの言い訳を信じるつもりは端《はな》からなかった。

フェルドマンが、額の赤い痣を指先でさするような仕草を見せ、悩ましげな口調になった。

「赤道ギニアには、アメリカに本社を置く石油会社が進出しており、多くのアメリカ人が住んでいます。その治安を守るための出動でした。アメリカ一国が軍艦を向かわせたのでは、巨大企業の利益を守るために軍を動かしたのかという非難が起こりかねません。そこで、宗主国であったスペインの協力を得たわけです」

ＩＣＰＯの統括官でありながら、彼は明らかにアメリカ国務省の指示を受けて、日本の外交官を訪ねてきたのだった。

その場でまだ資料の整理をしていた総領事館の職員たちも、フェルドマンの話に気を取られているのがわかる。

「NATO軍の軍艦が出動したのは別の理由があり、逮捕された者たちとはまったく関係のない動きでした。逮捕された者らは現地の反政府グループと結んでクーデターを目論んでおり、石油の利権を求めていたのは確実と思われました。日本政府がどこまで赤道ギニアの現状を把握されているかはわかりませんが、我々アメリカの石油メジャーと並んで、赤道ギニアで採掘権を得ている企業のひとつに、フランス資本の巨大石油会社がありま す。しかし、宗主国であったスペイン系の企業は、赤道ギニアの石油産業に参入しながらも、ほとんど成功はしていないのです。ここまで話せば、多くを理解してもらえるものと思います」

ようやく事情が読めてきた。

黒田は、アメリカの利益につながる密命を帯びたICPOの統括官に頷き返した。

「地元の石油企業を守ろうとして、フランスが、スペインやアメリカの関与を仄めかすために動いた。そう考える者が多いのですね」

「いいえ。スペインの当局者が、そう疑っているのです」

事実は、もっと複雑なのだろう。

イギリス、スペイン、アメリカの三国は、石油メジャーの支援を受けて、赤道ギニアでのクーデターに協力していた。だが、国を挙げて、他国のクーデター計画に介在したのでは、大問題となる。そこで、クーデターの首謀者は、あくまで石油の利権を狙った民間人だ、というカモフラージュを施しておいたのである。

その罪を被る者として、元イギリス首相の息子が選ばれた。確か彼は、罪を認める代わりに、司法取引を受け入れ、執行猶予の判決を得ていたはずだ。

三国の狙いは、もちろん赤道ギニアでの石油利権の独占である。

だが、フランスの諜報機関がその動きを察知してジンバブエの軍警察を動かし、クーデター計画を暴き出した。

つまり、フランスは、地元の石油企業を守り、赤道ギニアの大統領に恩を売ったのである。これで、フランス企業の利権は、今の大統領がある限り保証されていく。

9・11同時多発テロを契機とするイラク戦争が、アメリカの石油メジャーと軍事産業からの支援を受けたアメリカ政府の、独善的な軍事行動であった事実は、もはや否定できなくなっている。

イギリスやスペインでも事情は変わらず、石油財閥《ざいばつ》による支援を多くの政治家が受けているのだ。その中で、赤道ギニアというアフリカの小国を舞台にしたクーデター計画が実行に移されようとしていた、と推察できる。

多くの国際会議の裏では、外交上の駆け引きがくり広げられる。黒田は、ようやく稲葉審議官の真の狙いが読めた。

――君もそろそろ、世界の薄汚い外交駆け引きに身を染めてみるべきころだ。清濁《せいだく》併せ呑んでこそ、国の利益を守っていける。それが真実の外交官の姿なのだ。

海外で危機にあった日本人の命を守る。外交官の果たすべき重要な職務のひとつと言えた。だが、裏の世界をかけずり回るのも、疎《おろそ》かにできない外交官の務めだった。

――そろそろ君も外交官として独り立ちをしたらどうかな。

そのために、黒田をこのバルセロナへ派遣したのだった。

フランスの有する情報機関としては、第二次大戦時のレジスタンス運動から発展したと言われる対外治安総局が知られている。国防省の管轄下にあり、かつてフランスの核実験に抗議する民間団体の帆船が爆沈された際、フランス軍の士官が逮捕され、対外治安総局によるテロ事件として国際問題にもなっていた。

スペイン政府は、今回もまたフランスの情報機関が自国の石油企業を守るために動いた、と読んでいるのだ。

一方、フランス側は、スペインが自国の石油企業を赤道ギニアに送り込むための作戦を企《くわだ》て、隣国フランスの企業を締め出そうとした裏切り行為だと考えた。

その計画に、アメリカとイギリスまでもが荷担していた。

だから、アメリカはＩＣＰＯという国際機関を動かし、スペインとフランス、両国間の関係修復を図らざるを得ない。ユーロポールという、欧州間の刑事警察を仲立ちする機関では、もはや太刀打《たちう》ちできないほどの事情が横たわっているのだった。

日本はアメリカの同盟国であり、その防衛力の庇護《ひご》を受けている以上、協力すべき立場にある。そういう裏事情をわきまえさせるため、デイビッド・フェルドマンはわざわざ日本の外交官を訪ねてきたのだった。

クーデターへの関与は、表向きには断じて認められず、本音を明かすこともできない。

だが、日本の外務省には、隠された真実を察して、アメリカのために協力してほしい。

まさに狐と狸の化かし合い、と言えた。

これが、外交というものなのだ。

黒田は苦い現実を見据えて言った。

「わかりました。日本はいかなる国際機関への協力も惜しみません。ＩＣＰＯが進める警察間の国際ネットワーク構築には、賛同します」

「日本の支援を得られて、大変心強く思います。では、明日以降の会議にも協力を願います」

ＩＣＰＯの統括官を名乗る男が右手を差し出してきた。

アメリカの差し出す手を拒絶する権利は、日本になかった。

インターポールの仲介による日仏西三国の警察会議は、予定していた三日のスケジュールをこなして終了した。

4

その間に、グラン・カナリア島で逮捕された大宮良彦が、スペイン側の狙いどおりに司法取引を受け入れてすべてを自白し、コカインの卸元と見られる組織につながる男が判明していた。スペイン軍警察は、その男をすぐに逮捕はせず、しばらく泳がせて組織の全容を暴き出す作戦を採るということだった。

一方、日本では、龍生会の事務所と関係先への一斉家宅捜索を強行し、密輸ルートの全容解明が進みつつある、と発表された。

フランスとスペイン両国は、あくまで今後もユーロポールを通じて情報交換を進め、ＥＴＡの摘発のみでなく、麻薬密輸の捜査にも協力していくことが確認された。

デイビッド・フェルドマンを始めとするアメリカの意を受けたＩＣＰＯ側が、会議とは別に独自の話し合いを持ちかけて、両者の歩み寄りを引き出した結果だった。日本を出汁に使った作戦は、ひとつの成果を結んだのである。

その夜は、日本にとって実りの少ない会議に出席した警察庁の幹部を慰労《いろう》するため、旧市街のレストランへ案内した。ホテル内では味の保証はあっても金額があきれるほど高くなり、場所を移して簡単な食事会を開いたのである。

近年、予算の縮減が叫ばれ、官官接待にも厳しい眼差しが向けられており、この日も会費制となった。ただし、大使と同様、総領事にも最低限の交際費が認められているため、参加者の負担は最小限に抑えることができた。

「黒田さん、もうお帰りですか」

食事を終えて席を立つと、警察庁の幹部が頬をワインで赤く染めながら呼びかけてきた。

こういう食事の場も仕事のうちとわかっていたが、酒が進むと話の中身は薄くなる。慰労の会を開くのであれば、急に決まった会議をセッティングした総領事館の若手スタッフのほうこそ、招待してやりたかった。

警察官僚のお相手は、総領事と参事官らの役職者に任せることにした。彼らと同じ官僚なのだから、少しは話が合うだろう。

総領事の川島竜一《かわしまりゅういち》は、主に中南米を渡り歩いてきた経歴を持ち、スペイン語圏へのODA――政府開発援助――にも絶大なる力を持つと、本省内でも評判の男だった。ところが、その発言力が上層部に睨《にら》まれることとなり、本人は望んでもいないのに、総領事としてバルセロナへ送られたとの噂があった。

大使に次ぐポストであるのに、本人は都落ちの自覚があるようで、仕事はすべて部下に任せ、呑気《のんき》にスペイン暮らしを楽しんでいる身だった。

「黒田君、じゃあ、あとのもろもろは、君に任せたからね」

川島は軽く手を上げるのみで、あっさりと黒田を送り出した。総領事館のスタッフも、さぞや仕事がやりやすいだろう。

一人でレストランを抜け出して、ランブラス通りへ向かった。仕事を終えてこれから街へくり出そうというスペインの男女をかき分けるようにして、石畳《いしだたみ》の遊歩道を歩いた。劇場らしき建物の横で、タクシーをつかまえることができた。

在バルセロナ総領事館は、新市街を南北に分かつディアゴナル通りの中ほどにあった。面白いことに、マドリード・ビルという名の建物に入っている。サグラダ・ファミリアを背に西へと通りを折れて、一キロほどで到着する。

まだ午後八時にはなっていなかったが、会議に関係のない領事部や経済部のスタッフはすでに多くが帰宅していた。が、総務と政治部は、現地スタッフまでがほぼそろい、本省への報告書や経費の精算という後始末の真っ最中だった。

「あれ、ずいぶん早かったですね、黒田さん」

総務の席にいた宮崎英俊《みやざきひでとし》が立ち上がった。

まだ三十代の半ばだが、この総領事館の警備対策官であり、陸上自衛隊からの出向者だった。防衛大出身の一尉で、海外派遣を担当する部署にいただけあって、黒田より流暢《りゅうちょう》なスペイン語を操る。

「相手が警察官僚じゃ、ジョークも通じにくい。それに、会議を支えてくれたみんなにもお礼がしたくてね。今夜はバルで一杯奢《おご》らせてくれ」

「本当ですか」

国際機関部の若い職員が両手を突き上げた。ホテルと総領事館を日に何度も駆け回ってくれたうちの一人だった。

「さあ、今夜中に片づけてしまおう」

黒田も手を貸し、関係書類の整理と報告書の仕上げを進めた。

九時をすぎたところで電話が鳴り、受話器を取った若い職員が、宮崎の名前を呼んだ。

「邦人からのSOSです。でも、アンドラ国内からだと言ってます。パリの番号を教えることでいいんですよね」

「ああ、そうしてくれ」

宮崎がパソコンから顔も上げずに答えた。

盥回《たらい》しのような扱いぶりが気になり、黒田は受話器に向かいかけた職員に尋ねた。

「どうしてアンドラから、こっちにかけてきたんだ」

アンドラ公国は、スペインとフランスに挟まれたピレネー山脈の中にある小国だった。

総面積は、確か日本の屋久島《やくしま》ほどしかない、と聞いたような覚えがある。

ピレネーの周辺には、昔から小さな王国や自治区が幾つもあったらしいが、近代になってスペインとフランスの中央集権化が進み、両国に併合《へいごう》されてきた経緯がある。その中で、アンドラだけは、スペインのカトリック司教とフランス国王がともに自治権を認め、両国による共同統治が長く続いてきた。

今では、スペインの司教とフランス大統領という、共同の元首を戴《いただ》くという非常に珍しい独立国家となり、国連にも加盟していた。

「マドリードに住む在留邦人だと言ってます。アンドラへ買い物に行き、パスポートと財布を落としてしまい、帰るに帰れなくなって困ってるとかで……」

「黒田さんはよくご存じないのかもしれませんが、アンドラに日本の大使館はなく、パリのほうでアンドラの業務を引き受けているんです」

宮崎が手のボールペンを揺らしながら説明してくれた。

黒田はヨーロッパの地図を思い浮かべた。アンドラ国内に空港はなく、出入国は陸路のみに限られている。日本からスペインへの直行便もなかった。つまり、アンドラへ入国するには、パリのドゴール空港経由でピレネーの近くへ飛び、陸路で向かうのが一番早いのである。

そのため、アンドラとの国境を少し越えた、このバルセロナに総領事館がありながら、軽く五百キロは離れたパリの大使館が業務を兼ねているのだった。

電話をかけてきた日本人は、大使館の管轄事情を知らず、よりアンドラに近いバルセロナの総領事館にSOSを求めてきたと思える。

「警察には届け出をすませたんだろうか」

黒田が訊くと、電話を受けた若い職員が頼りない表情になった。

「そうだと思いますが……」

「確認しなかったのか」

「ええ、パリの大使館の管轄ですので……」

その何が悪かったでしょうか。黒田の問いかけを苦言と受け取り、職員の背筋が伸びた。

もちろん、彼の対応は、外務省の取り決めにしたがったまでで、役人としてはどこにも落ち度はない。だが、役所への苦情でよく聞かれる、責任逃れの盥回しと同じになるとの自覚が、彼にはなかった。自衛隊から出向してきた宮崎も同様だった。

「電話を代わろう」

黒田は言って、近くにあったデスクの受話器をつかんだ。

驚きに満ちた周囲の目を気にしながら、点滅する内線番号を押した。

「大変お待たせしました。総領事館の黒田と言います。ご面倒でも、もう一度状況をお知らせいただけますか」

「はい……。財布を落としてしまったようで……」

女性の震えを帯びた日本語が耳に届いた。声からすると、二十代から三十代か。

「バルセロナへ帰るバスの……最終便が出てしまったんです。ホテルに泊まろうにも、パスポートもカードもなくて……。どうしたらいいのか困って、それで電話をさせてもらいました」

「警察にはもう届けましたね」

「あ、はい……とりあえずは。あの……少しはスペイン語もできますので、警察の人にお金を貸してくれないかと頼んでみたんですが、知り合いに電話をかければいい、と言われてしまって……。それで、友人に電話したんですけど、留守らしくて連絡がつきません」

海外ではよくあるケースだった。

日本では、財布を落とした者に、住所を控えたうえで警察が交通費を貸すことも珍しくなかった。だが、アンドラの警察官は、相手が外国人ということで、まず大使館に連絡をさせたようである。

「確認のためです。名前と住所を教えてください」

「あ、はい……。ホンジョウミサキ。本物の城に、美しく咲く、と書きます。住所はシグエンサ、アルモナシッド通りの西四十三……」

黒田はメモに取り、隣で心配そうに見つめる若い職員に差し出した。すぐに確認を取れ、と目で指示を出した。

「在留届は出されていますね」

「はい、もちろんです。あの……どうやったら、そちらに帰れるでしょうか……。お金もカードもなくては、ホテルに泊まることもできないんです……」

「今、警察署ですね」

「いえ、警察はちっとも相談に乗ってくれなくて……。パスポートがないと知ったら、わたしの荷物をやたらと調べようとするので、何だか怖くなって、つい……。携帯はバッグの中に入れてあったので、電話だけは使えます」

黒田は受話器を持ち替えた。

どうも解せない。財布もパスポートもなくした女性であれば、警察署に留まるのがもっとも安全のように思える。

「こっちの警察も、スペインと同じなんですね……。外国人の女性と見ると、しつこく質問ばかりしてきて、身体検査を匂わせるようなことまで言い出すんです」

声だけではわからないが、若く見栄えのするタイプの女性なのかもしれない。警察官の親切心が仇《あだ》となったとも考えられる。概して、こちらの男性は、女性に親切すぎる。

「あの……今日はどこかで野宿するしかないでしょうか」

「わかりました。今どこですか」

黒田の問いかけを聞いて、近寄ってきた宮崎が目を盛んにまたたかせた。本気ですか、と目で問いかけてくる。

「ピレネーというデパートの階段にいます。あ……首都のアンドラ・ラ・ベリャのメイン・ストリートにあるデパートです。でも、そろそろ閉店時間らしくて……」

「では、近くにホテルがないでしょうか」

「あったと思います。ちょっと待ってください」

デパートを出て、通りへ出ようとしているらしい。

本省の決めた管轄を破ろうとする非常識な男の周りに、いつのまにか職員が集まりかけていた。戸惑いを通り越して、先行きを危ぶむ目になっている。

役人にとって、縄張りを越えることは、他部署への侵略行為ともなる。

「アンドラなら、タクシーで国境越えもできたんじゃなかったかな」

一人の職員が、誰にともなく言った。EUでは、事実上、国境というものが消えつつある。だが、彼に賛同して声を上げる者は一人もいなかった。

外交官がタクシーを使えと勧めて、あとで面倒でも起きたら大変だ、と考えている顔が多かった。たとえバルセロナに到着できても、友人と連絡が取れなければ、料金を支払うことすらできない。タクシー代も少額とは言えないだろう。

本城美咲の声が聞こえてきた。

「赤と緑のシェードで窓を飾ったホテルが見えます……。ラ・グロリアと書いてあります」

「そこのロビーで待っていてください。これから迎えに行きます」

「ありがとうございます……」

寒さに震えるような声で、本城美咲が何度も礼の言葉をくり返した。

黒田は受話器を手にしたまま、横目で宮崎を見て訊いた。

「アンドラまで、そう時間はかからなかったはずだが」

「バスで三時間ほどですが……」

不服を秘めた声に聞こえた。

黒田は時計に目を移してから、異国の地でたった一人で助けを待っている日本人に向けて言った。

「十二時すぎには、そちらに着けると思います。何かあったら総領事館にまた電話をください」

「わかりました。本当にありがとうございます……」

携帯の電話番号を聞き出してから受話器を置いた。

まるで疫病神《やくびょうがみ》を見るような目が、黒田に集中していた。本省内でも慣れた眼差《まなざ》しであり、黒田は彼らに苦笑を返した。

相手は女性なのだ。いくら外交官と名乗る男がホテルに電話をかけて身元を保証すると伝えても、パスポートのない者をホテルが泊めてくれるとは考えにくい。車を飛ばせば、そう時間もかからない距離でもあった。

パリ大使館の管轄なのに、どうして好きこのんで迎えに行こうというのか。そもそも財布とパスポートをなくすなんて、油断が招いた事態であり、大使館や領事館の職員が尻ぬぐいをするような案件ではない。彼らの目が、そう本音を語りかけてくる。

「管轄が違うからこそ、わたしが行くべきだと考えた。今の女性にパリ大使館の連絡先を教えたところで、彼女はスペイン在住者だ。どちらにしても、こっちに回されてくるのは目に見えている。違うかな？」

黒田は仲間を見回し、首を傾けてみせた。

つい三十分ほど前に歓声を上げた職員が、声を湿らせた。

「そうかもしれませんけど……」

「代わりに明日のランチをみんなにご馳走するよ」

黒田がデスクに置いた車のキーをつかみ上げると、宮崎が前に回り込んできた。

「わたしも一緒に行きましょう」

部外者とも言える黒田にすべてを任せたのでは、あとで問題になる、と考え直したようだった。

「いや、一人で充分だ。邦人保護が、本来の仕事だからね。念のため、総領事とパリのほうにも電話を入れて許可を得ておく。君たちは早く仕事を片づけてくれないか」

「……わかりました。では、気をつけてください。三月になったとはいえ、山間にはまだ雪が多く残っていると思いますから」

「確認、取れました。本城美咲。二〇〇二年から、マドリードに住んでますね」

パソコンに向かっていた職員が、データベースの検索を終え、情報を伝えてくれた。

車でアンドラ公国へ入り、日本人に手を貸すだけの簡単な仕事だった。だが、密輸を企てたヤクザの若者に手を貸すに等しい司法取引を勧めるより、遥《はる》かに意義のある仕事でもある。

黒田は総領事館の仲間に手を振り、エレベータへ向けて歩きだした。

5

「黒田君……。何も君が迎えに行くことはないだろう。宮崎君から聞かなかったのかね。アンドラはパリの管轄なんだよ」

酒宴の席に電話をかけてきた無粋《ぶすい》な男に、川島総領事は予想したとおりの答えを返してきた。

「失礼とは思いましたが、すでに在パリ大使館にも相談を入れて、指示を受けております。アンドラまで往復するだけですので、五時間もあれば、事は足りると思われます」

「そうかね……。君がそこまで言うなら、まあ、仕方ないだろうね。あとはミスのないよう、しっかりと頼んだよ」

決して総領事館に迷惑をかけるな、と真意をオブラートに包んで伝えてから、川島はさっさと電話を切った。よほど慰労の会が盛り上がっているのだろう。

午後九時二十八分。黒田はマドリード・ビルの駐車場から車を出し、カーナビにしたがってディアゴナル通りを北上していった。二キロも走るとインターチェンジがあり、そのまま高速道路へと乗り入れる。

三車線と道幅はあるが、灯りが乏しいうえに、制限速度を遥かに上回るスピードで走る車が多い。安全運転をしていそうなトラックを見つけて、その後ろについて走った。

世界を飛び回る外交官の端《はし》くれとして、アンドラ公国の基礎知識は持っていた。

日本ではあまり知られていない国だが、アンドラの名はヨーロッパ諸国ではよく知られている。タックス・ヘイブン——租税回避地——として名高いからである。消費税のほかには、基本的に税金がかからないという、住人にはありがたい国だった。配当や利子所得にも課税されないため、アンドラ国内の銀行には、ヨーロッパの富裕層が有する巨万の富が眠っている。スイスやリヒテンシュタインと並んで、銀行は顧客の秘密主義を通してきたため、税金を逃れる目的でアンドラに自宅を構える富豪も多い。

消費税率も低いため、当然ながら、隣接するスペインとフランスより物価は安い。免税の買い物天国であり、毎年、人口の百倍を超える観光客が訪れると聞く。総領事館にSOSを求めてきた本城美咲も、タックス・ヘイブンでの買い物を楽しむため、アンドラへ入国したのだろう。

モンセラットの先で高速を下りたあとは、山間の道を進んでいく。アンドラへの国道は車線も広く、高速道路がまだ続いているかのような錯覚に襲われる。が、こんな夜中に買い物へ行こうという者はなく、車の数はめっきりと減り、ルーフにスキー板を積んだ車を見かけるようになった。

昼間ならば、雪を戴《いただ》いたピレネーの山並みが見えるはずだが、今は道路脇に積もった雪の白さが視界をかすめるだけだった。

ゆるやかな坂道を上がっていくごとにカーブが増えてきたが、それほど曲がりは大きくない。路面の舗装も安定しており、最近になって作られた道なのだろう。

前方に、アンドラ国境の表示板が見えてきた。

その先二キロほどに、屋根に雪をわずかに載せた入国ゲートが待ち受けていた。

外交官ナンバーを見て、ゲートの職員が姿勢を正した。軽く敬礼してくれたのみで、そのままフリーパスだった。EUには加盟していないが、国境検査を撤廃するシェンゲン協定を批准《ひじゅん》しているため、基本的に出入国の審査は行っていないのだった。ただし、出国の際には、税関で免税品の検査が行われるという。

トイレ休憩を取ってから、ゲートを抜けてアンドラ国内へと入った。

エスパーニャ自動車道という標識が見え、道の両脇にガソリンスタンドが目立ち始めた。物価が違うため、国境近くに住むスペイン住民がアンドラ国内までガソリンを入れに来るという需要があるのだろう。

すでに時刻は十二時になろうとしていた。黒田は本城美咲の携帯に電話を入れた。

「今、国境を越えてアンドラに入りました。少し遅くなりましたが、あと二十分ほどで着けると思います」

「ありがとうございます。あれからまた友人たちに電話をしていたんですけど、まだみんな、留守電のままで……」

声は多少うわずって聞こえたが、いくらか落ち着きを取り戻していた。

「あの……パスポートの紛失届は、マドリードの大使館のほうに出せばいいのでしょうか」

「はい。とにかく今、そちらに向かいますので。もう少しお待ちください」

道の両側には、ところどころで雪が小さな山をなしていたが、街道の除雪は行き届いていた。屏風《びょうぶ》のように続く崖を左手に見ながら車を進めていくと、マンションや別荘のような建物が見え始めた。

カーナビの指示にしたがって、白い谷間に続く道を走る。やがて川沿いの道に出ると、見るからに古めかしい一軒家が多くなった。市街地に入ったのだ。

坂を登り切ると、雪を被った山々に挟まれた盆地の底に、首都アンドラ・ラ・ベリャの街灯りが見えてきた。首都とはいえ、街の規模は日本の地方都市よりささやかなもので、夜空の星明かりのほうが遥かに賑やかだった。

道の幅が狭まり、やがてバス・ターミナルの広場に出た。買い物天国であり、冬場はリゾート地ともなるため、深夜でもネオンサインが表通りを派手に照らしている。この一角だけは、日本の繁華街に負けない彩《いろど》りだった。

川を渡った先に、小さなホテルの看板が見えた。

煉瓦《れんが》を積み重ねた壁が道の際まで迫っていて、車止めは見当たらない。歩道の一部がわずかに広くなっており、そこに黒田は車を停めた。

ドアを開けて降り立つとともに、ホテルの玄関でも扉が開き、ワイン色の制服を着たホテルマンが顔を出した。その後ろから、黒いコートに身を包んだ一人の女性が走り出てきた。

黒縁の眼鏡に、やはり黒いニットキャップを深く被り、コートの襟《えり》で耳元までを隠していた。手には小ぶりの黒いバッグと大きめの紙袋を持っている。あの買い物に夢中になっていたため、財布とパスポートの紛失に気づけなかったのだろう。ホテルの明かりが乏しいために、表情はよく見えない。

「本城美咲さんですね」

「はい。わざわざ来ていただいて、本当にありがとうございます」

白い息が、彼女の顔を包んで消えた。

本城美咲は黒田の前で立ち止まると、ニットキャップを外して深々と腰を折った。長めの髪をまとめもせず、帽子とコートの襟で押さえていたために、耳の辺りでくしゃくしゃにふくらんでいる。思わぬ事態に、髪の乱れを気にしている余裕すらなかったらしい。化粧もほとんどしていないように見える。どこかで一度顔を洗ったあとで、簡単に眉を描き、口紅だけを差したのかもしれない。女性の一人旅であり、化粧を整えすぎたのでは、おかしな男に声をかけられると心配してのことか。

薄化粧ではあったが、なるほど、整った目鼻立ちに見えた。年齢は三十歳前後か。警察でしつこく質問をされたというのが頷ける容姿だった。大きめの紙袋を抱えて身を縮めるようにしたまま辺りを見回したが、眼鏡の奥の瞳はそう動き回ってはいない。外交官が駆けつけたこともあるのか、かなり冷静さを取り戻していた。

「こんなことになるなんて思わなくて……。どうにかつい先ほど、友人とは連絡がつきました。何とか明日中にはバルセロナまで来てくれると言ってくれて……。申し訳ありませんが、バルセロナまで連れて行っていただけますでしょうか」

本城美咲はまた深々と腰を折ってから、黒田の目を眼鏡の奥からのぞき込んできた。自分の容姿に自信を持つ女性に特有の、媚《こび》のようなものが、その仕草からはわずかに感じられた。

外交官をタクシーの運転手か何かと考えているような物言いだったが、異国で財布とパスポートをなくせば、誰もが動転する。この寒さの中、たった一人、異国の地で放り出されたのである。そう非難はできなかった。

「あの……友人と会えたら、必ずガソリン代を払わせていただきます……」

黒田が黙っている理由を恐れたらしく、本城美咲が探るような目つきになった。肘に提げた紙袋がガサガサと音を立てる。

「いえ、ガソリン代は必要経費ですから、ご心配なく。それより警察に一度、わたしのほうからも話をしておきましょう。さあ、寒いので、早く乗ってください」

黒田が後部座席のドアを示すと、本城美咲が驚いたような顔になった。大きめの目がさらに広がり、落ち着きなく動き回った。

「あの……これから、警察に、行くんですか」

時刻はすでに十二時を回っていた。外交官がよその国の役所を訪ねる時間としては、確かに少々遅すぎた。本城美咲としても、一刻も早く身も心も落ち着けたいと考えているのが、その態度からありありと見て取れた。

「今日はひとまずバルセロナまで送りましょう。警察には、わたしどものほうから電話を入れておきます。さあ、乗ってください」

「ありがとうございます」

また頭を下げると、本城美咲は背中を丸めるようにして素早く後部座席へとすべり込んだ。

黒田が運転席に収まると、大きな吐息が聞こえた。

「本当に助かりました。こんな時間にお手を煩《わずら》わせてしまい、申し訳ありません。わざわざ領事館の人が来てくれるなんて、あの……正直、思ってもいませんでした」

車内の暖房は効いていたはずだが、本城美咲は自分の手を口の前に持っていき、息を吹きかけつつ言った。

彼女はマドリードに住んで八年になる。現地の在留邦人ともなれば、彼女自身も、実務に徹した大使館員の仕事ぶりに接していたことは想像できた。

旅行者に限らず、海外に住む日本人の中には、現地で困ったことが発生するたび、大使館を頼りたがる者がいた。現地の役所への届け出方法を問われるならまだしも、通訳代わりに大使館を頼って問い合わせの電話を入れてくるケースはあとを絶たない。

今回も、友人と早くに連絡が取れていれば、わざわざ国境を越えて外交官が足を運ぶような事案ではないとも言えた。

黒田は、ホテルマンに手で合図を送って礼を告げてから、ゆっくりと車を出した。ミラーで後部座席の様子を見ながら、呼びかけた。

「本城さん……。正直に言わせてもらいますと、友人と連絡が取れた時点で、我々総領事館の者は、本来手を引くべきものなのです。このままアンドラ国内に留まっていただき、その友人が到着するのを待ってもらうのが筋と言えるでしょう」

「え……」

暖房の効いた車内で急に冷や水を浴びせられて、本城美咲の表情が固まった。

「――ですが、このままわたし一人でバルセロナへ帰るのでは、冷たすぎる対応と言えるでしょう。買い物天国と言われるアンドラでも、異国の地には変わりないのです。今後は充分身の回りに気をつけて、買い物を楽しむようにしてください」

少しは脅すような忠告を与えても、反論されることはないはずだった。

本城美咲は身を縮めるようにして頷きながらも、また眼鏡の奥から探るような目を向けてきた。その意外な視線の強さに、まるで黒田の仕事ぶりを観察でもしているのかと思いたくなる。相手が外交官とはいえ、男と車内で二人きりになることへの抵抗感と警戒心のようなものを感じ始めたのだろうか。

少し脅しが利きすぎたのかもしれない。黒田はさりげない口調を心がけた。

「バルセロナのホテルで、いつも利用されているところはあるでしょうか」

「あ、はい……。カタルーニャ広場の近くに、バレーラという小さなホテルがあります。そこに一度泊まったことが……」

信号で停車した際に、カーナビで宿を検索し、ホテル・バレーラを探し出した。

カタルーニャ広場は、警察官僚と食事会を開いたレストランのあるランブラス通りの突き当たりに位置していた。そこから二百メートルほど南に下った辺りに小さな教会があり、その向かいがホテル・バレーラだった。

「今のうちに電話を入れておいてください。たとえ部屋が空いていても、ホテルへの到着はかなり遅い時間になってしまいますから」

「はい……」

彼女は携帯電話をバッグから取り出すと、黒田より遥かに流暢なスペイン語でホテルに部屋を確保した。八年も住んでいるのだから、当然でもあった。

「近くに着いたら、声をかけますので、休んでください」

「……ありがとうございます」

また頭を下げると、本城美咲はシートに深くもたれかかった。かなり疲れが溜まっているのだろう。そのまま彼女は口をつぐんだ。

まもなく国境の検問所に差しかかった。アンドラ側のゲートでは、またも呼び止められることはなく、フリーパスだった。

百メートルほど先に、スペイン側のゲートがあった。まるで格納庫のような屋根つきの検査場に誘導されて、税関の検査を受けるのである。

その順番を待つ間に、これからスペインへ入国し、本城美咲をバルセロナまで送り届ける旨を、総領事館に報告した。すでに会議の後始末は終わり、当直の担当者を残してスタッフはほとんど帰宅していた。

「お疲れ様です。黒田さんもどうぞそのままホテルへお戻りください」

仮眠に入るので、車を返しに戻ってこないでくれ、と言っていた。黒田は了解し、携帯電話を助手席に置いた。

二分も経たずに係員が近づき、身分証明書を確認された。

「財布とパスポートを紛失した旅行者をバルセロナまで送り届けます」

「確認のためです。トランクルームを開けてください。それと、その荷物の中を見せていただいていいでしょうか」

防寒コートを着込んだ係員が、窓から後部座席をのぞき込んできた。周りを見ると、車から降ろされ、荷物の検査をされている者が多い。

本城美咲が慌てたように黒田を見た。手荷物を調べられるとは思っていなかったようだ。黒田は頷き、目でうながした。

横に置いた荷物を引き寄せた本城美咲が、窓からのぞく係員のほうへ袋の口を向けた。中には紙で包まれた平べったい箱のようなものが入っていた。

「包みの一部をめくってもらえますか」

「はい……。絵なんです。デパートでひと目見て、気に入って買ったもので……」

本城美咲が、言われたとおりに包みの一部をめくって見せた。運転席の黒田からは、額縁の一部しか見えなかった。

トランクルームのほうは空なので、すぐに係員がドアを閉め、戻ってきた。

「どうぞ、お通りください」

税関検査はそれで終わりだった。

係員の誘導にしたがって車を動かし、ゲートを越えてスペインに入国した。

その瞬間、またも本城美咲が大きく吐息をついた。やっと住み慣れたスペインに帰ることができ、心からの安堵《あんど》ができたと見える。

時刻はすでに一時をすぎていた。彼女には長い一日だったに違いない。

6

バルセロナまでの車中、本城美咲はシートに深くもたれ、目を閉ざしていた。うなだれた首が車の揺れとは別に小さく揺れもした。だが、カーブに差しかかっても、彼女の体が大きく傾くことはなく、深く寝入っていたようには見えなかった。

外交官と二人では気詰まりなので、眠った振りをしているとも考えられた。心身ともに疲れがたまり、見ず知らずの男から話しかけられるのを嫌がっていたとしても不思議はない。

「そろそろバルセロナに入ります」

高速を下りて呼びかけると、本城美咲がぴくりと身を揺らして顔を上げた。眼鏡の奥の目を眠たそうにまたたかせた。

「こんな時間ですので、わたしもフロントまでご一緒しましょう」

「あ、はい……。ありがとうございます」

本城美咲が、何度目になるかわからない礼の言葉を口にして、また頭を下げた。

時刻は午前四時十分。すでにホテルには彼女が事情を伝え、部屋を確保してある。外交官が口添えをせずとも、チェックインはできそうな気もしたが、フロントで確認しておきたいことがあった。

さすがに行き交う車も少なくなったディアゴナル通りを右に折れて、旧市街へ向かう。港が近いために、辺りにはトラックが多くなってきた。

おおよそ三時間のドライブを終えて、ホテル・バレーラの前に到着した。古びたアパートメントのような外観の小さなホテルだった。

深夜なので、出迎えてくれるドアボーイはいない。小さなロータリーの端に車を停めると、やっと玄関の奥からホテルマンが現れた。

黒田が運転席で携帯電話のチェックをしていると、ホテルマンが後部座席のドアを開け、スペイン語で呼びかけてきた。

「ようこそ、ホテル・バレーラへ」

「電話を入れたミサキ・ホンジョウです。こちらが、外交官の方です」

紙袋を大切そうに抱えながら車を降り、彼女が黒田へ手を差し向けた。

「在バルセロナ総領事館の者です」

黒田も素早く車から降り、ホテルマンに歩み寄った。

パスポートと財布を紛失した旅行者で、今日中に友人がこのバルセロナへ来る予定だとあらためて黒田の口からも説明した。

「承知いたしました。どうぞ、こちらへ」

車をその場に残し、ホテルマンに先導されてフロントへ歩いた。照明を半分ほど落としたロビーは、狭い造りながらも年代物の調度品と花で控えめに飾られ、落ち着いた雰囲気がある。

「本城さん。あなたが宿泊なさったのは、いつごろでしたか」

黒田は日本語でさりげなく問いかけた。

「あ……もうずいぶん前のことです」

「このホテルでは、宿泊者名簿を作っていますよね」

フロント前にたどり着いたホテルマンに尋ねると、カウンターの奥から髪の長い女性職員が出てきて笑顔を作った。ホテルマンは自らカウンターの中へ入り、パソコンの前に立った。

「セニョリタ、お名前をもう一度お聞かせください」

「あ……はい、ミサキ・ホンジョウ」

ホテルマンの長い指がキーボードをたたき、すぐに笑顔が作られた。

「グラシアス。二〇〇四年の十一月にご利用いただいておりますね」

黒田はそれとなく本城美咲の表情をうかがった。彼女はじっとカウンターの奥に並ぶ鍵を入れる棚のほうを眺めていた。

「本城さん。差し支えがなければ、参考までにお聞かせください。今日中にバルセロナまで駆けつけてくれる友人の名前と電話番号を。アンドラまで迎えに出かけたことを、報告書に残しておきたいので」

「あ、はい……」

本城美咲が慌《あわ》てたように黒田へ目をむけ、それからバッグの中へと手を差し入れた。携帯電話をつかみ出すと、ボタンをいくつか押していった。

黒田も手帳を取り出し、メモの用意を調えた。

「えーと……モリイ、マチコ。番号は――」

声にまたいくらか震えが帯びたように聞こえた。友人の名前と電話番号まで確認されるとは思ってもいなかったらしい。

「モリイマチコさんとは、どこでお知り合いになったのでしょう。留学か何かをされていたのですか」

「あ、いえ……父の仕事の関係で、長くこちらに暮らしていたもので……。マチコとは、職場が近くにあって知り合いました。彼女のほうは、日本に留学していたこちらの男性と結婚して、マドリードに住むようになったんです」

多少のたどたどしさはあったが、言葉に迷っているような素振りはなかった。

本城美咲は在留届を出していたし、自ら語ったようにこのホテルにもかつて宿泊した経験も持つ。友人の名前も電話番号も、彼女の携帯に登録されていて、どこにも不審な点は見当たらなかった。

「本当にありがとうございました、黒田さん。マチコがこちらに来てくれたら、すぐにでも総領事館のほうにご挨拶にうかがわせていただきます。あの……本当にガソリン代はいいんでしょうか」

「ご心配なく。では、これでわたしは失礼させていただきます。今後は、身の回りの品に充分気をつけて旅行を楽しんでください」

本城美咲は姿勢を正し、黒田を見送るためにフロントの前から離れようとした。それを手で制しつつ、足早にロビーを立ち去った。

エントランスのドアを抜けたところで振り返ると、本城美咲がまだこちらを見ていた。黒田に向かって、大きな紙袋を手にしたまま、また深々とお辞儀を返してきた。

ホテル・バレーラから車を出すと、黒田は二百メートルほど先の路肩に寄せてブレーキを踏んだ。素早く車を降りて、一度ホテル・バレーラの周囲を見て回った。

小さなホテルなので、客の出入りするエントランスは正面のひとつしか見当たらなかった。ただし、北側の一角には、従業員用の出入口と思われる金属製のドアがあり、その横には警備員の詰め所と思われる小窓が見えた。

再び車に戻ると、正面エントランスと従業員用のドアが同時に見通せる路上に車を停め直した。それから総領事館に電話を入れた。

今夜の当直は、総務課の電信担当副領事だった。

「悪いが、アンドラ・ラ・ベリャの警察署の電話番号を調べてくれるか」

「何があったんです。もうバルセロナに戻ってこられたころですよね」

「この時間だと、代表電話は通じないおそれもある。捜査課や警邏《けいら》課などの番号がわかると、ありがたい」

黒田は車内で一人、苦笑した。何をしているのか、と自分でも思う。杞憂《きゆう》であれば、それに越したことはない。だが、確認を取らねば気がすまないのだから、損な性分だと嘆きたくなる。

おおよそ二分後に、総領事館から折り返しの電話があった。

首都のアンドラ・ラ・ベリャに警察署はひとつしかなかった。当直担当者はネット検索によって、犯罪捜査部と交通部の番号を調べだしてくれた。礼を言って、その番号をメモに取る。

まずは犯罪捜査部に電話を入れた。

午前四時をすぎていたが、警察署にも当直の者がいてくれた。アンドラ公国の公用語はカタルーニャ語だが、スペイン語とフランス語も通用する。

「夜分遅くに大変失礼します。こちらは日本の在バルセロナ総領事館の黒田と言います」

「日本の領事館だって？　悪戯《いたずら》電話ならやめてくれよな」

不機嫌そうなスペイン語の声が、わずかに跳ねた。

「実はつい先ほど、そちらにレンタカーで買い物に行ったという日本人旅行者が、総領事館を突然訪ねてきました。アンドラ国内で買い物を楽しんでバルセロナに帰ってきたところ、買い物袋の中から、見ず知らずの他人のパスポートが出てきたというんです。同じ日本人のパスポートだったので、わざわざこの夜中にもかかわらず、総領事館まで届けに来てくれたというわけです」

「何を言いたいのか、よくわからないが……」

「どうも、ピレネーというデパートの店員が、同じ日本人ということで、袋を間違えて渡したらしいんです。買った覚えのないシャツとセーターが入っていて、パスポートがその中に混ざっていたといいます」

「それは、災難だったね」

「ええ。このパスポートの持ち主は、自分の身分を証明するものをなくしてしまい、大変困っていると思われます。アンドラ・ラ・ベリャで紛失に気づいたのであれば、おそらくそちらに遺失物の届けを出したと思うのです」

「待ってほしいな。うちは犯罪捜査部で、落とし物係じゃない」

「担当がわからず、申し訳ありません。パスポートは大変貴重なものですので、紛失した方も非常に困っているはずです。そちらに届けが出されているなら、至急連絡を取りたいのです」

電話で領事館の者だといくら主張しても、取り次いでもらえないケースは考えられた。

落とし主に今すぐ連絡を取りたい。その程度の方便は許されるだろう。

「ちょっと待っててくれるかな。今、わかる者を探してみる」

言うなり回線を切り替える音が響き、電子音の「白鳥の湖」が聞こえてきた。

明け方に近い深夜の非常識な電話だったが、他国の総領事館の職員と称する男からの依頼を、自分の一存で無下《むげ》に断る勇気はなかったらしい。アンドラの心優しき警察官に、心の中で感謝を捧げた。

三分はたっぷりと待たされてから、受話器が取り上げられた。所属も名前も語ろうとしない警察官が、もう一度詳しい事情を話してくれと言い、黒田はまた作り話を披露《ひろう》した。

「どうも、まだその人は気づいてないみたいだね」

「では、そちらに届けは出されていないのですね」

「ああ。この三日というもの、日本人はおろか、どこの外国人からも、パスポートを紛失したという届け出はないね」

電子音の「白鳥の湖」を長々と聞かされて忍び寄りつつあった眠気が、どこかへ吹き飛んでいった。

7

待つか、自ら動くか。

どうすべきか、と考えている時だった。

ホテル・バレーラのエントランスで黒い人影が動いた。

黒田は車のキーに手をかけ、夜の通りに目を凝らした。

黒いシルエットから、女性とわかる。黒いコートに黒のニットキャップ。手に紙袋を提げている。つい三十分ほど前、フロントでチェックインをしたはずの人物が、この未明にどこへ出かけるつもりなのか。

黒田はキーをひねってエンジンをスタートさせると、軽くアクセルを踏んで車を出した。その場でハンドルを大きく切って、Uターンをさせる。

本城美咲とおぼしき人影は、北のカタルーニャ広場のほうへ足早に歩いていった。

いくら街中とはいえ、女性が一人で歩いていい時間帯ではなかった。スペインに長く暮らす彼女ならば理解していて当然だろう。慣れからくる油断という見方もできたが、迷いのない足取りを見る限り、この時間にわざわざ一人で出かけるべき理由があるとしか思えなかった。

やはり彼女は夜道の危険を充分に理解していた。辺りを見回しながら、小走りになった。

カタルーニャ広場の前にはスペイン随一と言われるデパートがあり、昼であれば買い物を楽しむ人々で賑わう場所だった。辺りにはホテルも多い地区だが、今は露天商の場所取りなのか、仕事にあぶれたホームレスなのか、数名の男の影が並木の下にたたずんでいるのが見える。

ホテルから少し離れた路上に、一台のタクシーがエンジンをかけたまま、今にも客が現れると信じるかのように停車していた。

黒田はアクセルを踏み、広場へと急ぐ本城美咲の横を追い越した。つい三十分ほど前まで乗っていた日本車だと気づかなかったらしく、彼女は足取りをゆるめなかった。

ミラーで本城美咲の動きを油断なくうかがいながら、タクシーのすぐ後ろに車を停めた。ドアを開けて降り立ち、歩道を急ぐ彼女を待ち受ける。

「どこへお出かけですか、本城美咲さん」

黒田はタクシーの横へ歩み、もう五メートルほどに近づいていた彼女に向かって日本語で呼びかけた。

本城美咲が、目の前で急に口を開けた落とし穴に気づいたかのように、慌てて足を止めた。

後ろでタクシーの運転席から男がしゃしゃり出てきた。

「おい。その人は、おれの客だぞ。おまえ、営業許可を受けてないだろうが」

「その人はミサキ・ホンジョウという名前だ。君は誰に呼び出されて、ここへ来たのかな」

　黒田は身をすくませる本城美咲から目をそらさず、タクシーの運転手に呼びかけた。

　男が身振り大きく両手を広げた。

「何？　ミサキ……だと。おれは、マチコ・モリイという日本人女性を乗せるために、ここへ来たんだ」

　モリイマチコ。彼女がホテルのフロントで、迎えに来てくれると言っていた友人の名前だった。どうやら、無断で使える偽名の持ち合わせが、あまりなかったらしい。

「本城さん。いいや、それとも、モリイさんと呼んだほうがいいんだろうか」

　黒田は歩道を進み、さらに日本語で呼びかけた。事情を知らない運転手が一人で首を巡らし、黒田と彼女を見比べていた。

「アンドラ・ラ・ベリャの警察署に電話で確認をさせていただきました。この三日間、パスポートを紛失したとの届け出は誰からもなかったそうです」

「――わたしは……ちゃんと届け出ました」

　悪夢を払うかのように、彼女が小さく首を振り、夜の町角より冷えた声を押し出した。眼鏡の奥から、憤りを込めた目を向けてくる。

「あの警官ですよ、きっと……。あの嫌らしい目つきの警官が、届けを処理してくれなかったに決まってます。それ以外には、考えられません」

「おい、何を言い合ってるんだよ。その彼女は、モリイって人じゃないのかよ」

運転手が激しく手を振り上げつつ、苛立《いらだ》たしげに割って入ってきた。

黒田は財布を取り出し、十ユーロ札を二枚抜いた。

「どうやら手違いがあったようだ。君を呼んだ女性は、彼女の知り合いが送っていったらしい。今日のところはこれで勘弁してくれるかな」

「何だよ、困るんだよな。いいかげんにしてくれよな」

運転手は二枚の札をひったくるように取ると、ぶつぶつ不平を洩らしながらもタクシーの中へ消えた。排気ガスを盛大に撒き散らして、カタルーニャ広場の前から走り去った。

黒田たちの横を、大型のトラックが車体を揺らしながら通りすぎた。大通りを行き交う車のライトが、夜道で向き合う黒田たちを白と赤に照らし出していく。本城美咲と名乗った女性は立ちつくしたまま、広場の暗がりへ目をそらし続けていた。

また一歩、彼女の前に近づいた。

「本城美咲の在留届は、アンドラへ向かう前に確認してきました。二〇〇二年に在留届が出されています。ところが、あなたはフロントの前でこう言った。――父の仕事の関係で、長くこちらに暮らしていた、と」

「そうです……。もう十年近くにもなります。何かおかしなことを言ったでしょうか」

居直るような響きはなく、仕掛けられた罠《わな》を探ろうとするような言い方だった。

「いや、おかしくはありませんよ。ただ、二〇〇二年なら、あなたはもう二十歳を超えていたはずですよね。その年代の女性が、父親の転勤についてスペインに来て、十年近くもこちらに住んでいるとは、非常に珍しいと思ったまでです。普通、二十歳を超えていれば、日本にそれなりの人間関係ができていて当然でしょう。しかし、あなたは日本での交友関係をすべて振り切ってまで、父親について異国へ来たらしい。よほど仲のいい家族だったのでしょうね」

「そうです。わたしは父を尊敬していました。だから、一緒にスペインへ来たんです」

「では、なぜ友人の名を使って、タクシーを呼んだのでしょうか。それも、部屋を取ったはずのホテルから離れた場所に。アンドラで買った荷物まで持って、こんな夜明け前の時間に、どこへ出かけるつもりだったのか」

返事はなかった。彼女はまだ黒田と目を合わそうとはしない。

「ホテル・バレーラに部屋は取らなかったわけですね」

「ここまで連れてきていただいたことは、本当に感謝しています。ですけど……外交官の人にすべてを話さなければいけない理由が、どこにあるんでしょうか」

ついに言い訳を思いつけなくなり、彼女は開き直りの言葉を口にした。

異国の地で暮らす同胞をいたずらに苛《いじ》めたくはなかったが、彼女の行動には不自然な点がありすぎた。

「わかりました。あなたがあくまで嘘を貫きとおそうというのであれば、警察を呼ぶしかないでしょうね。あなたに騙《だま》されてアンドラまで向かい、総領事館の車をタクシー代わりに使われた。業務妨害とガソリン代の詐欺《さぎ》にあったとして、被害届を出すことにします」

本城美咲と名乗る女の肩が、わずかに持ち上がった。黒田の遠慮ない指摘を嫌がらせと受け取り、怒りと屈辱に耐えているのだろう。

黒田は微笑みを浮かべながら、携帯電話を取りだしてみせた。スペインでは、警察に救急、それに消防もすべて112をダイヤルすればいい。

「――待ってください。正直に話します」

悔《くや》しそうに一度閉じた目を見開き、彼女は身を揺らした。

黒田は頷き返し、車を指し示した。

「こんな夜明け前の街角で立ち話をするのでは、体が冷えてしまいます。ホテルに部屋は取ってないでしょうし、この時間ではバルも店じまいをしています。どうですか、総領事館にご招待をさせていただけませんか」

「いいえ。ホテルに戻って話をさせてください」

総領事館へ連れて行かれるのをさけたい理由があるのか、と考えた。

外交官という日本の公務員に囲まれたのでは、頭の固い上司が出てきて、警察へ通報しろと言われるのではないか。そう恐れたとも考えられる。ホテルであれば、第三者の目があるので、多少は穏やかな話し合いができる。

相手は女性でもあり、ここは彼女の提案を受け入れるほかはなさそうだった。

「では、参りましょうか。短い距離ですが、お送りしますよ」

「いえ、歩いて行けますので」

真顔で答えるなり、彼女は回れ右をして歩道を先に引き返し始めた。

黒田が車に乗ったのでは、路地に駆け込まれる心配もあった。キーのボタンを押してドアロックをかけてから、彼女の背中を追った。

本城美咲ともモリイマチコとも名乗った女性は、黒田に話しかけられることをさけるかのように、急ぎ足でホテル・バレーラへ戻った。

邦人保護のためにわざわざ夜中にアンドラ公国へ向かいながら、身元詐称《さしょう》の女性の運転手代わりを務めさせられたのだから、世話はなかった。総領事館の幹部が聞けば、公務員たるもの、だから余計な仕事には手を出すな、と笑われるだけだろう。やはりここは、総領事館へ招待するより、ホテルのロビーで話すという彼女の選択のほうが賢明に思える。

二人そろって再びホテル・バレーラのロビーに現れると、フロントにいたホテルマンが驚き顔で奥から出てきた。

「どうしました、セニョル。忘れ物でもありましたか」

「すまない。ちょっとした手違いが起きて、彼女と今後のことについて話し合う必要ができてね。君たちには迷惑をかけない、と約束する。少しの間、ロビーのソファを借りていいだろうか」

ささやかなロビーには、古めかしい革張りのソファとテーブルが置かれていた。黒田はさりげなく財布を取り出し、チップをホテルマンに差し出した。

「コーヒーをお持ちしましょうか」

素早く受け取ったチップを握りしめつつ、ホテルマンがにこやかに微笑んできた。

「お願いするよ。——コーヒーでいいですか。わたしがご馳走《ちそう》します」

先に、一人掛けのソファへ腰を下ろした彼女に呼びかけると、視線は向けられずに小さな頷きが返された。よほど気に入った絵を買いでもしたのか、彼女は割れ物でも扱うような慎重さで、紙袋をそっと横に置いた。

ロビーの横にあった売店はロープで入り口が閉ざされ、廊下も半分ほど照明が落とされていた。辛《かろ》うじて外より寒くはないという暖房の効き具合だった。

二人並んで座るわけにもいかず、黒田はテーブルの横にあった一人掛けのソファをずらし、彼女のほうへと近づけて、そこに腰を下ろした。

「こういう仕事を長く続けていると、徒労や無駄足はよくあるもので、いちいち嘆いたり怒ったりと、感情を乱していたのでは身が持たないところがあります。妻が姿を消した。誘拐されたんじゃないのか。そう大騒ぎして警察を呼んだうえ、大使館にＳＯＳを求めてきた人がいましたが、何のことはない、ただの夫婦喧嘩《げんか》で奥さんのほうが出ていっただけだったとか。轢《ひ》き逃げにあったと病院に担ぎ込まれた旅行者が、実は旅費をなくして食事にも困ったあげく、自分の足を傷つけていたとか……。特に異国の地では、頼れる者がいないケースもあって、我々大使館や領事館の者が引きずり回されるケースが少なくありません」

だから正直に打ち明けてほしい。彼女が嘘をついていたにせよ、その後ろめたさを少しでも軽くさせるため、黒田は笑い話を披露しつつ優しく語りかけた。

わずかに彼女の顔がうつむいていった。だが、カーペットの模様を見つめる彼女の目には、気後れより頑《かたく》なさのようなものが表れていた。

「時に、狂言というのは、軽犯罪法違反に問われることがあります。しかし多くの場合は、詐欺という、最初から相手に損害を与えることを目的とした行為とは、やはり罪の重みが違います。今回のケースで言えば、アンドラへの往復のガソリン代ぐらいしか、我々総領事館に損害はありません。ですので、あなたが正直に話していただけるのであれば、事を大きくするつもりはないのです」

「本当にすみませんでした……」

見た目にはしおらしく、彼女は頭を下げた。初対面の時から、彼女は何度も頭を下げており、それは今思えば罪の意識がなせる仕草だったようである。

「実は……本当に怖《こわ》くて、誰かに来てもらいたかったんです。頼れる人がいなくて、それで総領事館に電話をしました」

意を決するように視線を上げ、黒田を見つめてきた。すがるような必死さが垣間《かいま》見えた。

人前で懸命に言い訳の言葉を継ごうとしている自分の姿に恥ずかしさを覚えたのか、視線がまた落ちた。

「……信じてもらえないかもしれませんけど、男の人に追われたんです。警察の人にも相談はしました。ですけど、自分で男に誘いをかけたんじゃないのか。そう言われてしまい……」

「最初から話していただけますでしょうか。まずは、あなたの本名から」

「はい……」

頷くとともに、彼女は膝《ひざ》に置いていた黒い革製のバッグを開き、中から見慣れた紺の表紙の小冊子を取り出した。日本のパスポートに間違いなかった。

差し出されたパスポートを受け取った。

中を開くと、最初のページに彼女の顔写真が刷り込まれていた。

名前は、新藤結香《しんどうゆか》。年齢は、三十二歳。

「実は今……アンドラに住んでいます。パリの日本大使館に在留届は出してあります」

パスポートのどこを見ても、不審な点は見当たらなかった。出入国のスタンプを確認すると、昨年にパリと成田を往復していた。アンドラへはフランス側から出入りをしているのだろう。あとのページには、やはりパリと成田の往復が三年前に一度ある。ＥＵ内の移動であれば、パスポートのチェックはおこなわれないため、その確認はできなかった。

「去年の十月からアンドラで勤め始めたばかりで……。なのでまだ、アンドラ国内には日本人の知り合いが一人もいません。それで、相談できる人もいなくて……。警察は、フランスやスペインと同じで、ちっとも頼りにならないし」

「待ってください。アンドラの前は、フランスに住んでいたわけなのですね」

黒田は出入国のスタンプから察しをつけて確認した。

「はい。転職したんです。ずっとフランスの銀行で働いていましたが……。アンドラでもっと条件のいい仕事があったもので」

「では、お父さんの仕事の都合で長くスペインに住んでいたというのは――」

「それは本当です。二〇〇六年までは、マドリードの近くで暮らしていました」

外交官に嘘を告げたところで、調べられればすぐにわかることだった。

スペインに長く暮らしながらも、フランスへ渡って銀行に就職したのだから、フランス語にも長《た》けていると見ていい。スペイン国内でそれなりの学歴を積んできたのだろう。

黒田が差し出したパスポートを受け取ると、新藤結香はそれをバッグに戻してから、再び顔を上げた。

「一週間ほど前から、自宅におかしな電話がかかってくるようになってました……」

「男性からですね」

「はい。まったく声に心当たりがなくて……。ただ、おまえのことはよく知ってる、とか。今度二人で会いたいとか、言うんです」

「名前は聞きましたか」

「もちろんです。でも、名乗ろうとしないんです。だから、怖くなって……」

「それで、昨日はその男に追いかけられた、と？」

ロビーの寒さに身を震わすように、新藤結香は両手で自分の肘を抱え込んだ。

「よくわかりません。仕事の帰りに、急に後ろから男の人に話しかけられて……。その声が、電話の声によく似てたように思えて……。あとを追われてるんだ。そう思ったら、もう怖くてピソには帰れませんでした」

長かったスペイン暮らしを物語るように、新藤結香はアパートメントをピソと言った。

黒田は頷かず、ただ無言で先をうながした。話の真偽を見極めさせてもらう、と態度で彼女に示す意もあった。

「勤め先には相談できるほど親しい人もいないし、こういう時に限って、なぜか友人たちは電話に出てくれなくて。あとはもう……」

そこで話を締めくくるように、彼女は短く首を振った。

「しかし、それなら、どうして電話で正直に言ってくれなかったのでしょう。それに、在留届を出していたのなら、アンドラを管轄するのがパリの大使館だということも、理解していたはずですよね」

「すみません……。正直に言えば、大使館の人を信じていなかったんです。

あなたのことも信じていなかったんです」そのニュアンスも、多少は感じられた。

彼女は車の中でも、何かしら探るような視線を黒田に向けることがあった。今も同じような目つきで見てから、さりげなくテーブルのほうへと視線をそらした。

「正直に話したところで、警察に相談しろ、と言われるだけだと思いました」

そうですよね、と目が問いかけていた。

彼女は長く海外で暮らしてきただけあって、真っ当な読みをしている。事実を告げたとしても、誰も彼女を助けてはくれない。警察に相談せよ、とアドバイスを送るのが、外務省で決めた受け答えのルールだった。

湯気を立てたコーヒーが運ばれてきた。ホテルマンは黒田たちを興味深そうに見ることなく、無言でその場から立ち去った。

新藤結香は両手でカップをつかみ、その温かさを確かめるようにしてから、黒田に目を向けた。

「怖くてピソには帰れないし、ホテルに泊まったところで、今日一日はやりすごせても、またいつあの男が来るかもわかりません。実は、仕事でもちょっと悩みを抱えていて……。少し頭を冷やすためにも、アンドラから離れたいと思ったんです。でも、バルセロナやトゥールーズへの長距離バスはもう出てしまったあとでした。雪道の運転には慣れていないので、レンタカーを借りて峠を越えていく勇気は持てませんでした。夜中にタクシーを呼ぶのでは、法外な料金を請求されそうな気がして……。あとはもうバルセロナ総領事館の人に来てもらうぐらいしか思いつきませんでした」

つまり、総領事館から人が来てくれたなら、ガソリン代を支払うくらいでバルセロナまで連れて行ってもらえる。そういう都合のいいアイディアが浮かんだ、ということなのだった。

ここまでの彼女の打ち明け話に、どこにも不自然な点はないと言えた。地元の警察が、時として外国人に冷たいと思われる対応を見せるケースはあった。大使館の職員も似たり寄ったりと指摘されれば、こちらに返す言葉もない。

だが、作った言い訳のようにも感じられた。

「たとえアンドラから離れても、自分のピソにいつかは帰らなくてはなりませんよね」

「もちろんです。でも、今日は怖くて、とても一人じゃいられないと思いました」

あなたは女性が一人、異国の地で暮らす心細さと怖さを考えたことがありますか。そう問いかけるような目を返された。そんな気丈《きじよう》さを持つ人でも、知らない男なかなかに気の強さを持っている女性だった。そんな気丈さを持つ人でも、知らない男に追いかけられれば、誰かを頼り、街を出たいと考えるものらしい。その決意を、嘘と決めつけてかかれそうな根拠は、黒田になかった。

だが、まだひとつ、納得のできないところがあった。

「あなたがアンドラから離れたいと思った理由は、ひとまずわかりました。しかし、この夜明け前に、ホテルには泊まろうとせず、一人でどこへ行くつもりだったのでしょうか」

「友人の住むマドリードです。六時すぎには、アベの始発があったと思うんです。どうせ眠れそうにないのなら、今からサンツ駅へ行ったほうが早いと考えました。あの駅なら、構内にプエスト・デ・ポリシアもありますし、ホテル・バルセロ・サンツとも直結しているので、朝まで時間を潰すこともできます」

彼女はまたスペインの新幹線をAVE《アベ》と略して言い、交番を現地の呼び名で告げた。駅舎の上にホテルがあるというサンツ駅の事情にも通じていた。

彼女の背筋がいくらか伸びたように見えた。

「友人の名前を使ってタクシーを呼んだのには、深い意味はありません。タクシー会社に電話したら、名前と電話番号を聞かれました。番号のほうは携帯のを教えるしかなくて、でも、本名を教えたら、また誰かから電話がかかってくるような気がしただけです。もちろん、考えすぎだとはわかっています。でも、ラ・ベリャでのことがあったので、ついそう名乗ってました。あなたには美咲の名前を使わせてもらったので、別の友人の名前が口をついて出たんだと思います」

見知らぬ男に追いかけられた女性の気持ちになって考えてみたことは、無論なかった。そういう状況にあれば、人とは警戒心からすぐ偽名を使いたがるものなのかもしれない。すでにパスポートを確認したのだから、彼女の身元に間違いはなかった。説明にも、ひとまず筋は通っているように聞こえた。どこまで事実を語っているのか、疑おうと思えばまだいくらでも疑える気はしたが、さらなる嘘をついていると断定すべき証言のあやふやさは見出せなかった。

不審な男に、実は心当たりがあるのでは、という読みはできた。だが、プライベートに関わりかねない問題であり、第三者が根掘り葉掘り質《ただ》していいものでもないだろう。ひとまず納得する以外にはなさそうだった。もちろん、まだ確認を取っておかなくてはならないことはあった。

「念のために、あなたの携帯電話の番号と勤務先、それにマドリードでの滞在先を教えていただけますでしょうか」

「はい……。勤め先は、バンコ・アンドラ・ビクトル——アンドラ・ビクトル銀行です。マドリードの友人は、本城美咲。住所はもうご存じかと思います」

「電話番号をお教えください」

彼女は自分の携帯電話を取り出し、メモリーにある番号を読み上げた。

「友人と連絡が取れたと言ってましたよね」

単なる確認のためにすぎなかった。ところが、新藤結香の顔が微妙に強張《こわば》っていった。

口の動きよりも、声が遅く押し出されてきた。

「あ、いえ……。それはそうなんですが……。美咲さんではなくて」

急に、美咲のあとに「さん」がついた。視線がわずかに揺れている。

黒田は彼女を見据えた。

「正直にお答えください。友人と連絡がついたと言っておきながら、本城美咲さんではなかったのですね。ということは、マドリードへ行っても、本城美咲さんの自宅に向かうつもりはなかった。それなのに、本城美咲さんの名前をあなたは出してきた。またわたしに嘘をついたわけですね」

心苦しさを示すかのように、新藤結香がまたコーヒーへ手を伸ばした。カップの中で、彼女の胸にもあるであろう波紋が揺れて動いた。

「新藤さん。正直に話してください。あなたは外交官を利用して、アンドラから国外へ逃亡しようとした、と見られてもおかしくない状況にあるんです。嘘を重ねるのであれば、こちらとしてもそれなりの対応を取るほかはありません」

新藤結香が口をつけずにカップを置き、腕時計を気にしてから黒田へ目を戻した。膝元で手を重ね合わせて、また深く頭を下げた。

「……本当に申し訳ありませんでした。外交官の方の目を欺《あざむ》こうという意図があったわけではありません。タクシー代わりに使っておいて、何を図々しい、と言われても仕方がないのですが、実を言うと……わたし自身の心の傷にも触れることであり、できるものなら人に話したくない、と考えてしまいました。もちろん、すべてを正直に言えなかったわたしが悪いのですが……」

膝元で握りしめた彼女の指先が、小刻みに震えていた。

「今度こそ正直に申し上げます……。銀行の上司にだけは、概略を話してありますので、確認していただいてもかまいません」

そう言って新藤結香は、アンドラ・ビクトル銀行海外資産運用部のチーフ・マネージャーの名前を出した。

「実を言いますと……明日の九日に、休みをもらっています。それというのも……スペイン国内で、ある裁判を控えていたからでした」

上司の名前を書き留めていた手が止まった。銀行員が裁判に出席するとは、穏やかではない。

新藤結香は視線を落としたまま、静かに話を続けた。

「わたしには――子どもが一人います。その子の養育権をめぐる裁判なんです。こんな時期に、転居したばかりのアンドラで、見知らぬ男と問題を起こしたとなれば、その審理に影響してしまうのではないか。そう思うと、警察にも相談ができなかったんです。明後日にはスペインへ行かねばならないので、先にアンドラを離れてしまいたい……そう考えたんです。不審な男の件についても、担当弁護士に相談ができます。もちろん、ピソに帰るのが怖いのなら、ホテルにでも泊まって、翌朝にスペインへ発てばよかったんだと思います。ですが、裁判が近づくにつれて、嫌がらせが増えてくるなんて、何だかとても怖くなり……。それで、領事館に電話をしてしまいました。本当に申し訳ありませんでした」

ようやく話に一本の筋道が通ってくるようだった。

やはり不審な男に、彼女は心当たりがあるのだろう。だが、子どもの養育権を争う裁判を控えている身では、男との揉《も》め事《ごと》を公《おおやけ》にするわけにはいかなかった。外交官の口から真実が伝わることを恐れ、財布とパスポートを落としたと嘘をつくことを決めた。

もとより彼女は、総領事館の車をタクシー代わりに使う気だったのである。

それを悪質な嘘と考えるべきか。追い詰められた女性が、窮余の策として執《と》った手段と見なすべきか。

黒田が思案していると、新藤結香が視線を上げた。

「まだ疑っているのなら、弁護士の連絡先をお教えします。事務所はもちろん、携帯電話の番号も控えてありますので、確認を取ってもらってもかまいません」

また新藤結香が携帯電話を操作して、ふたつの電話番号を告げた。

「弁護士の名前は、ラファエル・ドミンゲス。事務所はグラナダです。一足早く、グラナダへ向かいたくて、つい総領事館に電話をしてしまったんです。本当に申し訳ありませんでした」

黒田は身を縮める新藤結香の姿を見つめた。

ここで弁護士の名前を出してきたのは、彼女に別の狙いがあるから、とも考えられた。外交官に、捜査権はない。この場で新藤結香を問い質す権利があるとは言えないのだ。電話をかけて事情を伝えたなら、その点を追及してくることもありそうだった。

いや……。裁判は明日の九日に開かれる、と彼女は言っていた。事実であれば、グラナダの裁判所に電話を入れれば、確認はできる。弁護士の名前を出したのは、真実を打ち明けているから、と考えていいように思える。

彼女の身元も判明していた。

タクシー代わりに使われた点は腹立たしくもあるが、同情すべき理由も見受けられる。ここまで確認を取っておけば、今後たとえ何があろうとも、新藤結香の行方を追うことはできる。もちろん、何かあったのでは困るのだが。

黒田は手帳を閉じ、コートの内懐にしまった。

「最後にひとつだけ、聞かせてください」

「――はい、何でしょうか」

まだ緊張感を漂わせたまま、新藤結香が見つめてきた。

「不審な男と、養育権をめぐる裁判に、何らかの関係があるのではないか。そうあなたは考えているわけなのですか」

「わかりません。わたしの考えすぎかもしれません。ですが、色々と事情があるのも、また事実です。詳しいことはお話しできませんが」

これ以上プライバシーに関わってこないでほしい。その思いが伝わってきた。

「今後、もし何かあった場合には、連絡を差し上げることになると思います。よろしいですね」

「はい、ご迷惑をおかけしました」

黒田がテーブルに置かれた伝票をつかもうとすると、彼女のほうが先に手を伸ばした。伝票をつかむなり、あらたまるように立ち上がった。

「いろいろとお手を煩わせてしまい、本当に申し訳ありませんでした」

新藤結香は、また神妙そうに頭を下げた。

8

その死体は、下手《へた》な隠れんぼのように上半身を雪の中に埋めていた。第一発見者が通りかかった時、別荘地の裏の斜面から二本の足だけが逆さに突き出していたという。

辺りを踏み荒らした足跡に目を走らせると、アベル・バスケスはピレネーの山間に訪れた二日ぶりの青空を見上げて白い息を吐いた。これでは、現場保存も何もあったものではない。久しぶりの大事件に、駆けつけた制服警官もよほど慌てたのだろう。

手当たり次第に雪をかき分けられて、死体は雪だまりから引き上げられた。我が身を襲った事態によほど驚いたらしく、口は半開きで目をむき、虚空《こくう》をつかむかのように両手の指先が広がっていた。死後硬直の具合から見て、八時間ほどは経過しているだろう。

現場に灰を撒き散らすわけにもいかないために覚えた嚙《か》み煙草《たばこ》を取り出し、バスケスは口の中へと放り込んだ。

「で、死亡推定時刻はいつなんだ」

「無理ですよ、警部補。検死を頼んだ医者も、まだ来てないんですから」

ホセ・ロペスが足踏みをしながらも、肩をすくめるポーズを作った。周りに立つ制服警官も、寒さに耐えることのほうに力をそそいでいたらしい。

この現場の乱しように、連絡の不行き届き。あまりにも関係者が浮き足立っていた。無理もなかった。後頭部に裂傷を負った死体が別荘地の裏庭から発見されるなど、それこそアンドラ国家警察始まって以来の大事件だった。電話で呼び出しを受けた時も、バスケスは嫌な夢でも見ているのかと思ったほどだ。

一九九三年に自主憲法を制定して独立国家となって以来、国内で発生した殺人事件は数えるほどしかなかった。そもそも八万人ほどの国民しかおらず、警察官の数も百六十余名という少なさなのだ。

観光客が多いために、隣のフランスやスペインから窃盗団《せっとう》が入国することはあっても、そういう連中の仕事ぶりは知れていた。掏摸《すり》や置き引きといった、お手軽な犯罪がほとんどなのだ。

捕まりそうになったところで、ナイフを抜いて構えるような馬鹿なことは絶対にしない。アンドラの刑務所は極寒の地だ、との噂が犯罪者の中で広がっている。下手をして長期刑を食らおうものなら、冬場になるたび氷結地獄に耐えねばならない。

「警部補。第一発見者を向こうに待たせてあります」

「まあ、待て。そう急《せ》かすな」

スペイン語圏で何万人も同姓同名がいそうな平凡極まりない名前を持つ部下を下がらせ、バスケスは現場の状況をあらためて見回した。

首都アンドラ・ラ・ベリャから四キロほど北にある別荘地の中だった。さらに北へ三キロ進むと、スキー・リゾートが広がっている。

税金逃れのために、ヨーロッパの金持ちどもが、いつのころからかアンドラ国内に別荘を次々と建てるようになった。ところが、世界同時不況とかいうやつで、近ごろは別荘を手放す者が多かった。馬鹿な若者が勝手に空き別荘へ入り込んで小火《ぼや》騒ぎを起こしたり、旅行者が無断で宿泊したりと、警察にも相談が寄せられる始末だった。

嚙み煙草の苦みを味わい、雪の上に唾《つば》を吐《は》いた。

周囲は別荘地で、隣家とは離れている。北と東は雪を被った林が囲み、南がバス通りに面して、立地はすこぶる良い。敷地をざっと見渡したところ、アンドラのささやかな国会議事堂が二つや三つくらいは収まるほどの広さがありそうだった。

コンクリートで固めた建物も厳《いか》めしく、別荘そのものが巨大な金庫のように見える。どの金持ちが建てて、手放したのか。

西の裏手に物置があり、さらにその奥がゆるやかな下り斜面になっていた。三メートルほど下は窪地で、雪だまりができている。除雪したあとの雪を、そこに捨てていたのだろう。死体は、その雪だまりの頂上付近に、上半身を逆さに埋めていた。

発見者は、たまたま西側の細い道を通りかかった男子大学生だった。スキー部の合宿を、近くの貸別荘で行っており、朝のジョギングに出かけたところ、道路脇の斜面の上に、人間の足らしきものが二本突き出しているのを発見したという。

「警部補、何か気になることでもあるんですか」

不平を込めたロペスの声を無視して、バスケスはまた足元に横たわる死体に目を落とした。

年齢は五十歳前後か。縮れた黒髪に、無精髭《ぶしょうひげ》も黒。目はブラウン。耳にピアスの跡はなし。頬が角張り、肉体労働者を思わせる体格だった。が、バスケス自身も、死体と同じような体つきで、顔も厳つい。歳もさほど変わらず、遠くない未来の自分を見下ろしているかのような錯覚に襲われる。

「なあ、ホセ。この死体、どこかおれに似てないかな」

「何言ってんですか。警部補が後ろから頭を殴られるようなヘマをする人ですか」

「するさ、おれだって。こんな貸別荘で女と逢い引きの約束でもしてみろ。鼻の下をだらりと伸ばし、隙だらけで待っているさ」

「じゃあ、この男も、女と密会するため、この別荘を借りたと？」

「すぐここを上がったところの裏口だけ、鍵《かぎ》があいていたんだろ？　しかも、何かを引きずったような跡まで残ってた。この男がここで誰かと会っていたのは確実だよ」

犯人は慎重に自分の足跡だけは消そうとしたようだった。箒《ほうき》か何かで掃《は》いたような跡があり、その中に死体を引きずったような凹《くぼ》みがわずかにできていた。

「でも、警部補。別荘を借りたのは別人で、死体を運んで来たっていう可能性もありますよ。駐車場に車が一台もないなんて、不自然ですから」

「犯人が乗って逃げたのかもしれんぞ。こんな別荘の裏手に死体を捨てにくる意味がわからん。見ろ。辺りは木の生い茂った斜面ばかりだ。わざわざ別荘の裏になんか運ばず、そこらに投げ捨てていったほうが早い」

「そりゃ、まあ……そうですけど」

「おい、まだここの管理業者は来ないのか」

「無理ですよ。七時にもなってないんですよ。連絡はつけましたから、おっつけ到着すると思いますけど。今のうちに、第一発見者から話を聞いたほうがいいですよ」

「勤勉だな、おまえは」

「警部補のように、カタルーニャ警察に派遣されるほど優秀じゃありませんからね。ハツカネズミのように一生懸命働くしかないんです」

「皮肉か、それは」

「あ、わかっていただけましたか。ですから、ほら、早く聴取をしておきましょうよ」

隣国への派遣など、とても自慢できるような話ではなかった。アンドラ国家警察では、事件捜査の蓄積が少ない。犯罪捜査部の主任を拝命することが決まり、三ヵ月間の実地研修のため、カタルーニャ州警察で見習いとして社会見学をさせてもらったにすぎなかった。

部下に背中を押されて、バスケスは斜面を上がった。

「そう焦《あせ》るなよ。どうせ犯人は、もう今ごろ国外へ逃亡してるはずだ」

「だからこそ、急がないとダメじゃないですか」

犯人は、少しでも発見を遅らせるために、死体を雪の中に突き落としたと思える。発見までの時間を稼《かせ》ぐためであり、その間に国外へ逃亡を図ったはずなのだ。こんな小さな国では、ちょっとした時間稼ぎで、すぐに外国へ高飛びできる。

「現場の写真を撮り終えたら、雪の中をひっくり返せよ。携帯電話や財布も持ってないんだ。一緒に落ちた可能性もあるぞ。探せ」

制服警官に指示を出しながら、その可能性は低いかも、とバスケスは考えた。

雪の中に死体を隠そうとした犯人なのだ。たとえ恨みを抱いての犯行であったとしても、物取りの仕業《しわざ》と思わせるため、財布や携帯電話を抜き取っていった可能性は高い。

第一発見者は、顔も手足もほっそりした大学生だった。引率の教師まで呼び出されて、一緒に警察車両の中で制服警官から簡単な質問を受けていた。

バスケスは青い小型のバンに歩み寄り、曇《くも》ったドアのガラスを平手でたたいた。制服警官に代わって、ロペスとともに車内へ乗り込む。

学生は顔を青ざめさせつつも、興奮を隠しきれないようで、スペインのテレビ・トークショーの司会者ばりに饒舌《じょうぜつ》だった。同じことをくどくどとくり返すところまで似ているのだから鬱陶《うっとう》しいことこのうえない。

バスケスは、聴取をロペスに任せて窓の霜を手で拭い、別荘前の路上を眺め渡した。幅八メートルほどある通りの向かいは雪を被った林で、見通しは利かない。これでは目撃者もあまり期待はできないだろう。だが、無駄足とわかっても、部下を聞き込みに走らせておく必要はあった。

上司というやつは、ミスを恐れる。万にひとつも見逃しをしてはならじと、やたら時間を浪費させたがるものだ。派遣先のバルセロナ市警も同様で、捜査員はいつも地図を塗りつぶすだけのような上層部の指示に不満を溜《た》め込んでいた。

ましてや、アンドラ国家警察では未曾有《みぞう》の大事件である。ありったけの警察官を動員して、徹底した塗りつぶしの捜査をしたがるに決まっていた。早いところ何かしらの取っかかりをつかんでおかないと、雪の地面を這《は》い回るような地道な捜査に忙殺されてしまう。

「警部補。聞いてますか？　少しは質問してくださいよ」

ロペスが太い眉を盛んに動かし、横目で睨みつけてきた。

仕方ないので、バスケスは学生に視線を戻して微笑みかけた。

「君がジョギングするのは、朝だけなのかな」

質問の意図がわからなかったらしく、学生がぽかりと口を開けてバスケスを見た。

よほど愛国心の強い若者でなければ、優秀な学生ほどスペインやフランスへ留学したがる。そのチャンスをつかめずに燻《くすぶ》るしかなかった学生なのだろうか。横に座る教師も同じような顔を作っていた。

「昨夜、この別荘に灯りがついているのを見たかな。そう訊きたかったんだがね」

学生と若い教師は互いの顔を見合わせた。遊び疲れた子どものように、夜は早々に寝ていたらしい。これ以上は話を聞いても無駄だった。

「ご協力を感謝します」

バスケスが無言で先に車外へ出ると、ロペスがまるで世話女房のように学生と教師に言い添えていた。役目を与えてやれば、ここまで丹念に仕事のできる男だったらしい。だが、出世は望めないタイプだった。

「何を笑ってるんですか」

追いかけてきたロペスが、バスケスの表情に気づいて、不謹慎を諫《いさ》める目になった。

「お偉方が乗り出してくる前に、別荘の中を見ておいたほうがいい、と考えてたんだ」

「当たり前でしょ。だから、さっきから急いで、と言ってたんですよ」

ロペスは一人で鼻息荒く、鍵のあいていたという裏口へ走った。すでに鑑識の作業は終わったらしく、ドアレバーは白い粉で覆われていた。聴取の際に外していた白手袋を再び取り出し、そっとドアを押した。

別荘内には、わずかな温もりが残っていた。確実に、昨日まで誰かがここにいたのである。

入ってすぐが、乾燥室とランドリールーム。短い廊下の奥がキッチンにつながってい

た。そこで二名の鑑識班員が仕事中だった。

「お疲れさん。財布と携帯電話は見つかったか」

「いえ、ありませんね。ざっと見ただけですが」

キッチンのシンク横に、コップがひとつ出しっぱなしになっていた。さらに、どこかで

買い物をしてきたらしく、ビニール袋が置かれ、中にパンとチーズ、リンゴが一個、リン

グイネに、瓶《びん》入りのパスタソースが入っていた。

自炊をするつもりだったのがわかる。死体がこの別荘の借り主であれば、昨日の夕食を

作る前に殺されたということになるのだろう。

キッチンの先が、広々としたダイニングとリビングだった。雨戸が閉められているの

で、中は薄暗い。天窓から淡く光が射し、辺りを照らしていた。一部が吹き抜けとなって

いて、ちょっとしたホールのような広さがある。この一部屋で、バスケス一家の暮らすピ

ソが軽く二つは入ってしまうだろう。

西側の壁に作られた暖炉《だんろ》の火は、すでに消えていた。二階へ続く階段は、木彫りの豪奢《ごうしゃ》

な手すりがつけられ、天井には小ぶりのシャンデリアがある。

ダイニングのテーブルに赤ワインが一本、栓《せん》を抜かれた状態で置かれていた。三分の一ほどが減っている。ワインを入れたグラスは、リビングの低いテーブルのほうに置いてあった。

「警部補、見てください、ここを」

鑑識班員が暖炉脇の壁の前へと歩み寄った。目敏《めざと》く何かを見つけていたらしい。

血痕だった。

一メートルほどの高さだろうか。暖炉側の壁一面が、凹凸のある石を模したタイルで埋められている。その一部に、直径三センチほどの血が付着し、ふたつの筋を引いて下へ流れ落ちていたのだ。

さらには、その下の床に、血をこすり取ったような跡も見える。

「調べはまだですが、塗料じゃありません。血ですね」

壁の前に屈んだロペスを見て、鑑識の男が脇から言った。それでもロペスは、血の臭いを嗅ぎ分けようとする犬のように、血痕を間近で眺め回している。

「ここへ頭をぶつけたわけですかね」

床から一メートルでは、人の頭の高さではない。突き飛ばされるかして後ろに転び、後頭部を打ちつけたと考えられる。

「だとしたら、傷害致死になりますかね」

「おいおい、ホセ。決めつけるのは早いぞ。犯人は、死体をわざわざ雪の中に隠したんだ。突き飛ばして意識を失わせたあとで、止めを刺したとも考えられる。検死の結果を見てからでないと、断定できるものか。いや……壁の血痕は、カモフラージュという見方もできる」

「そこまで疑ってかかりますか」

ロペスが壁の前から立ち上がって苦笑した。彼としては、被害者の身元をたどれば、自然と犯人があぶり出されることを期待しているのだ。

無論、殺人の八割近くが、人間関係のもつれからくる感情のすれ違いによって起こる。残りが行き当たりばったりの強盗や、喧嘩の果ての殺人だった。フランス・ミステリのような驚くべき犯人による仕業というケースは、天文学的に希《まれ》であり、ほとんどあり得なかった。

「おれは可能性を口にしてるまでだ。後ろから後頭部を殴って気絶させる。けど、動機の面から犯人が割り出されてしまうかもしれない。その時に備えて、壁にこうして血痕を付着させておく。いかにも、突き飛ばした勢いで、被害者が頭をぶつけてしまったように、だ。だいたい、死体を運んで隠しておきながら、ここに血痕を残しておくってのも、不自然じゃないか」

「いずれ管理業者が来るはずで、その時にはこの血痕に気づき、自然と死体も発見される。そういう寸法ですかね」

「あり得る話だろうが。こういう状況を作り上げておけば、たとえ捕まったとしても、傷害致死罪に問われるだけですむ。殺人罪で長期刑を受けて、極寒の刑務所で凍死する不安に怯《おび》えなくてもいいんだぞ」

「バルセロナでよっぽど鍛えられてきたんですね、警部補は」

「向こうはお国柄か、ごく単純な感情の爆発による殺人ばかりだったさ。我が国のほうが、ずる賢いやつは多いだろ」

「そりゃ、ごもっとも」

アンドラは長く、スペインとフランスによる共同統治を受けてきた。両方の元首にいい顔をするため、二枚舌の使い分けを得意としてきた。さらには、両国の間にそびえるピレネーの山中という立地から、公認の密輸ルートと言われるほど、関税逃れの荷物が盛んに行き交う地でもあった。そのため、両国の警察の目を逃れるあらゆる手段を、国民総出で考案していた、と揶揄《やゆ》された時代もあったらしい。

何百年も昔の話でありながら、いまだ国境近くのスペイン人やフランス人は、人を欺く者をからかう際、アンドラ人を引き合いに出したがるほどなのだ。小国ならではのいじましさと言えるが、あまり誇れもしない国民性だった。

ざっとすべての部屋を見て回ったが、ほかに血痕や格闘の痕跡は見つからなかった。寝室や三つのゲストルームのベッドにも、横になったような跡はない。すべてベッドメイキングをすませたばかりのように整っていた。携帯電話も財布も発見できなかった。

「一人でこんな広い別荘を借りて、何する気だったんですかね」

「パーティーを開くほどの食料も用意していなかったし。人が訪れたような形跡もない。皆目見当がつかないな」

バスケスがお手上げだと首をひねると、ロペスが二階の窓から庭を見下ろした。

「あ、到着しましたね」

別荘前の通りに、一台のパトカーが赤々と回転灯を巡らし到着する様子が、カーテン越しに見えた。

犯罪捜査部の若手が、この貸別荘を管理する会社の責任者を捜し出し、早くも家を突きとめたうえで、ここまで連れてきたのだった。

「やればできるじゃないか、カルロス」

別荘前で出迎えると、ロペスが言ってバスケスのほうを見ながら片目をつぶってみせた。短時間にここまで手配していたとは驚きだった。口うるさいのは、単に性格ではなく、それだけのことをしてきたとの自負があるからなのだ。

貸別荘を管理するのは、アンドラ・ラ・ベリャに本社を置くスペイン系の不動産開発会社だった。主にスペインの金持ち相手に別荘開発を進めているのだろう。

担当者は赤ら顔で頭頂部の髪の薄いビヤ樽《だる》のような体型をした男だった。

「殺人なんて、困りますよ。裏の窪地に落ちて、頭を打っただけじゃないですかね。何しろここは、ただでさえ敷地が広く、別荘自体も大きすぎて、ずっと買い手がつかなくて困ってたんです。そこに殺人事件が起きて訳あり物件になったんじゃ、もう商売できやしませんよ」

赤ら顔の担当者は、手慣れたカタルーニャ語で嘆いてみせた。不動産にまつわる噂は、すぐ業者間に広がる。ほとぼりが冷めるまでは、貸別荘としても使えなくなるに違いなかった。世界同時不況に続く災難のダブルパンチを浴びて、早くも担当者は息も絶え絶えになっていた。

「まずは書類を見せてくれ」

事務的な態度に徹して、担当者に催促した。スペイン人は無駄話が長すぎる。

別荘を借りた人物の名前は、ジャン・ロッシュ。見るからにフランス系の名前だ。

年齢の欄は空白。住所は、トゥールーズ。こちらもフランスだった。首都のアンドラ・ラ・ベリャとトゥールーズを結ぶバスが日に何本も走っている。どこかのストリート名が書かれていたが、番地までは記されていない。これで契約成立なのだから、実に雑な対応だ。

「支払いは前金だね」

「ええ、そういう決まりですので」

だから、たとえ書類に空欄があろうと、何も問題はない。会社の姿勢が、書類の不備に表れている。

「では、名前や住所を、たとえば運転免許証のようなもので確認はしたかね」

「あ、はい……いいえ。パスポートを持たず、アンドラに来るお客は意外に多いんです。中には、ホテルより気楽にすごしたいと言って、急に貸別荘での滞在を決めるお客もいますので」

たとえ不始末があっても、保険が下りるため、業者に不利益は及ばない仕組みになっているのだろう。これでは、ジャン・ロッシュという名前も、本当かどうか怪しいものだ。

ただし、連絡先として、携帯電話の番号が書かれていた。

もちろん、偽名でプリペイド式携帯を手に入れることもできるが、今はそこまで疑ってかかる時ではなかった。

連絡先の欄を指さし、確認しろ、とロペスに目配せした。

すでに彼は、名前と住所に電話番号を、手帳に書き留めたあとだった。すっとその場から退いて、携帯電話を取りだした。本部へ報告を入れるのだ。

頼もしい部下の動きを横目に、バスケスは質問を続けた。

「予約はいつ入ったのかね」

「一昨日でした。夕方に電話が入り、一泊だけ借りたい、と」

「契約は？」

「昨日の午前中……十一時ごろだったと思います。直接来店して、契約をすませました。現地への案内はいらないということだったので、以前使ったことのある人から話に聞いて来たのかもしれません」

「待ってくれ。この別荘を指定して、借りたいと言ってきたんだね」

「はい。うちの扱っている貸別荘の中でも、ここは値の張るタイプなので、ここを借りたいと言ってくる人は、事前に調べてから来る人がほとんどです」

会社のホームページで、貸別荘を写真付きで紹介しているという。値段はもちろん、備品に付近の案内図、スキー場の割引特典など、比較対照ができるとアピールされた。

「店に訪ねてきたのは、男性が一人だね」

「ええ。一泊だけなんて珍しいな、と思いましたね。うちが扱ってる貸別荘の中では、最も広いタイプなのに、一人のようでしたし」

「その人物は、店までどうやって来たか、わかるかね。たとえば、車で来たとか……」

男があっさりと頷いた。

「ええ。車でしたね。店の前が駐車場になってますので、すぐにわかります」

連絡を終えたロペスが、意味ありげに目配せをしてきた。被害者は車を持っていたのである。だが、この別荘内に、それらしき車は停められていない。

「どんな車だったかね」

「赤のプジョーでしたね。２０６辺りの、ちょっと古いタイプのセダンだったように見えました」

「ありがとう。大変参考になりました。乗ってきた車を覚えているくらいだから、その人物の顔も記憶に残っているだろうね」

バスケスがふくみを込めて言うと、寒さとは別の理由で担当者が頬を小刻みに震わせた。

「確認してもらえると有り難い。こちらへどうぞ」

担架に収容された遺体の前へ案内した。

全身にかけられた白い布の、顔の部分だけをめくってやる。

赤ら顔の男の震えが全身へと伝わっていった。

「間違いありません……この人です」

9

束の間の眠りは、電話の呼び出し音によって破られた。

黒田はベッドから飛び起き、枕元の携帯電話に手を伸ばした。時刻は七時三十五分。ホテルに戻って少しでも仮眠を取っておこうと横になってから、まだ一時間ほどしか経っていなかった。

着信表示には見慣れた番号が確認できた。朝を狙って本省から電話が入ったのかと考えたが、その番号は総領事公邸からのものだった。

「お早う、黒田君。今ちょっといいかね」

川島総領事の糸を引くような間延び声が聞こえてきた。早朝からわざわざ携帯に電話をしてきたのだ。昨夜は酒が入っていたせいもあるだろうが、朝になって酔いが醒《さ》めて、アンドラから入ったSOSの顚末《てんまつ》が、今さらながら気になったものと思えた。

「昨夜《ゆうべ》はお疲れ様でした。昨夜の一件でしたら、すぐに報告書を提出させていただきます」

「そうかね、頼むよ。で、パリにも連絡はしてくれただろうね」

早速──来た。決してうちの総領事館に迷惑をかけるようなことはしないでくれよ、と念押しされていた。

「報告書を仕上げてから、と考えていました」

黒田が答えると、電話の向こうが沈黙した。

在パリ大使館に及ぼす影響を考えているのでは、ない。黙り込むことで、部下に無言の指示を与えるタイプの男だった。

「わかりました。先に詳しい経緯を伝えて、早急に報告書を回すことにします」

「いや、そうしてくれると助かるな。そもそも向こうの管轄内での事案だからね。彼らも成り行きを多少は気にかけているはずだ。何も問題がなければそれでいい、ということでもないからね。君なら充分承知しているとは思うが」

そんなこともわからないのか。役所の縄張りは、紛争地帯の国境と同じく、本来決して侵されざるべきものなのだよ。よそが口や手を出して揉め事へ発展しようものなら、直《ただ》ちに責任のなすり合いという血生臭い紛争が勃発《ぼっぱつ》する。川島は暗に、黒田の役人としての常識のなさを咎《とが》めているのだった。

「で、例の女性をバルセロナまで送り届けたわけだね」

「はい……」

返事をしながらも、黒田は素早く頭で計算した。新藤結香が偽名を使っていた事実をここで打ち明けたなら、また皮肉を言われるに違いないが、隠しておいたほうがさらに事を煽る結果を招く。

「……実は、パスポートを紛失して困っているという電話の中身は、事実と少し違っていました」

「何を言ってるんだ? 意味がわからないな……」

黒田は腹を決めて、昨夜の顚末を伝えていった。川島は質問を挟むことも、相槌《あいづち》を返すこともなく聞き入っていた。そして、再び電話の向こうで沈黙した。

無言の圧力が携帯電話を通して伝わってくる。

「養育権を争う裁判というプライバシーにかかわることですので、詳しい確認まではしていません。ですが、男女関係の揉め事から自宅へ戻れなくなり、昨夜のうちにスペインへ向かおうとして、偽名でSOSをかけてきた事情はわからなくもありません。パスポートを確認し、彼女の携帯の番号も控えていますし、弁護士の連絡先も聞き出してあります」

まだ沈黙が続いた。黒田を不安がらせるために黙っていた。容疑者の不安を煽って口を割らせようという刑事のような手口だった。

その術中にはまって、黒田のほうから口を開くほかはなかった。

「パリにも、その旨を詳しく伝えておきます」

「……黒田君。君は、その女性の打ち明け話をすべて信じたわけなのかね」

やっと言葉が返ってきた。ここで初めて、問責口調へと変えていた。さあ、これからが取り調べの本番なのだ。

「大筋では、信じるしかない、と考えました。彼女が総領事館の車をタクシー代わりに使ったことは明白ですが、こちらが被害届を出すべきほどではない、と判断しました」

「無論、君一人の判断で、だね。パリに相談はしていないね」

本来は在パリ大使館が動くべき案件だった。ただし、アンドラとは距離が遠すぎるため、支援の手が必要と見なされたなら、在バルセロナ総領事館に協力を求めてきた可能性はあった。その場合、たとえ在バルセロナ総領事館の車がタクシー代わりに使われようと、パリからの要請があって車を出したことになる。

だが、黒田が自らの意志で動いたため、あくまで在バルセロナ総領事館の判断と見なされる。そのことを、川島は憂慮しているのだった。

「夜明け前の午前五時すぎに、パリへ相談したところで、まともな返事はもらえなかったと思います」

「たぶん、そうだろうね。でも、それは君一人の判断だったことを忘れてもらっては困るよ。わかるね、わたしが言いたいことは」

ねちねちと責任の所在について問われるぐらいなら、すべてを一人で被ったほうが遥かに気は楽だった。

「はい。その件もふくめて、直ちにパリへ報告します」

「黒田君――」

電話を切ろうとしたが、さらにしつこく呼び止められた。

「……念のために、アンドラ国内で何かなかったかどうかも、注目しておいてもらったほうがいいだろうね。もちろん、弁護士にも確認の電話を入れてくれたまえよ。どこまで正直に依頼人の秘密を打ち明けてくれるか、疑問はあるがね」

かなり徹底した安全策を講じてからでないと、自らは動こうとしない腰の重さである。役人にはよく見られる慎重派だ。

黒田が黙っていると、珍しく川島のほうから切り出した。

「要するに、だ。その女性が何かしでかしておいて、アンドラから逃げ出そうとしたケースも考えられなくはないわけだ。弁護士の名前を出せば、外交官も手出しができなくなる。そう向こうが考えたように思えるじゃないか。銀行員というのが気になるな……。金銭が絡んだ事件の裏には、たいてい女性がいるものだからね。いや、わたしの先入観が言わせるわけではなく、過去にそういう事例が多かったと思うだけだ。違うだろうか」

無論、黒田もそういう何らかの事件の可能性を考えなかったわけではない。ただ、疑わしいと見るべき確証があるわけではなかった。

外交官に捜査の権限はなく、あの場で新藤結香の身柄を確保できるような立場にもない。だが……。

川島の指摘を、単なる心配しすぎの責任逃れと決めつけるのは早すぎる。

アンドラは陸路でしか国境を越えるルートがない。

雪道の運転に不慣れだと、新藤結香自身が口にしていた。レンタカーを借りての国境越えは、彼女にとっては難しいものだったかもしれない。あの時間に、バルセロナやトゥールーズへの長距離バスはなくなっていた。バルセロナに友人がいれば、車で迎えに来てもらうことはできたろう。だが、友人に連絡はつかず、国境の近くに頼れる知り合いもいなかったとすれば、あとはもうタクシーを使うしか方法は残されていなかったのだ。

彼女自身が口を滑らし、スペインに長く暮らしていたと言わなければ、黒田は何も疑問を抱かず、ホテルを離れていただろう。外交官の手を借りることができれば、国境の検問所で何を問われたところで、遥かにタクシーよりも安全に通過できる。

人に知られずアンドラを出るには、素晴らしい思いつきだったように思えてくる。

「わかるかな、黒田君。我々在外公館の職員には、在留者に冷たいとの苦情が寄せられやすい。しかし、甘く接しすぎたのでは、一部の悪知恵に長けた者を、我々行政官が不当に利してしまうケースも出てくる。守ることと、甘やかすことは明らかに違う。その線引きのルールを自ら決めて徹底するには、それなりの覚悟が必要なんだよ」

ヒーローを気取って邦人保護に励むのもいいが、職域を越えたスタンドプレーはほどほどにすべきだ。この機に教え諭《さと》してやるほかはない。仏心《ほとけごころ》からの忠告には聞こえなかった。

「総領事館には決して迷惑をかけないようにします。お手数をかけて申し訳ありません」

役人としての常で、黒田は建て前を口にして詫《わ》びた。

「じゃあ、あとのことは任せたからね。よろしく頼むよ」

「わかりました。では、失礼いたします」

総領事館の置かれたバルセロナで国際会議が開かれながら、そこの代表を差し置いて、本省から送られてきた若造が多くを切り回していたのである。反撃する機会を手ぐすね引いて待っていたようにも思えてきた。セクショナリズムに縛られた役人世界の汚物を一身に浴び、黒田は自分を笑った。

こういう現実も承知しておくべきと考えて、稲葉は今回の会議を黒田に任せたのである。もし黒田を今の仕事に就けた張本人である片岡博嗣が事務次官の職を退いたなら、今後は役人世界に特有の七面倒くさい雑事が降りかかってくると見ていい。

嘆いてばかりいても、始まらなかった。黒田は早速、新藤結香から教えられたラファエル・ドミンゲスという弁護士の携帯に電話をかけた。

五度のコールで、相手が出た。

「朝早くに失礼します。在バルセロナ日本総領事館の黒田と言います。新藤結香さんの担当弁護士であるラファエル・ドミンゲスさんに間違いはないでしょうか」

「ええ、ユカ・シンドウは確かに依頼人の一人です」

見事な低音が淡々と答えた。

「明日九日に、彼女の一人息子の養育権を巡る裁判がそちらで開かれると、新藤結香さんから聞きました」

「ええ。その準備に追われています。総領事館の方が、なぜセニョリタ・ユカの裁判についてわたしに確認を取るのでしょうか」

「実は、彼女が偽名を使って、わたしどもの職員を夜中に呼び出し、アンドラからバルセロナへと総領事館の車を使って移動しました。その理由を尋ねているうち、あなたの名前が出てきたわけです」

「なるほど。彼女はずっと嫌がらせの電話に悩んでいました。それであなた方に迷惑をかけてしまったのでしょうね」

新藤結香からすでに電話をもらっていたのであれば、どうとでも口裏は合わせられた。確認を取るならば、どこで何時から裁判が開かれるかのほうだった。

「総領事館としては、被害届を出すつもりはありません。ですが、書類に残しておく必要があるため、いつどこで裁判が開かれるのか、確認しておきたいのです。協力を願えますでしょうか」

「残念ですが、わたしの口から教えることはできません。彼女がそれをあなた方に伝えなかったからには、そうすべき理由、またはそうしておきたい心情があった、と想像します。依頼人の気持ちを確認もせず、あなた方に裁判の詳細を伝えることはできかねます。ご理解いただけますね」

これも予想どおりの答え方だった。

「わかりました。グラナダ周辺の裁判所に問い合わせてみましょう。もし彼女とあなたの名前が見つからない場合は、それ相応の処置を取らせていただくことになると思います」

「そうしてください。我々は逃げ隠れする気はありません。では」

そこで電話を切られた。

時刻はまだ八時前。公的機関に問い合わせようにも、役所はどこも窓口を開けていない時間だった。

受話器を戻さず、そのまま在パリ日本大使館に電話を入れた。スペインとフランスに時差はない。当直担当の者以外にも、そろそろ職員が出てきている時間だった。

多くの在外公館で、日本人スタッフのほうが朝は早く、夜も遅い。領事部の職員が電話に出てくれた。

「――偽名を使うなんて、ちょっと性質《たち》が悪いですね。最近、大使館を便利屋か何かのように思って、やたらと頼ろうとする在留者が多くて、本当に困りますよ」

大村《おおむら》と名乗った邦人保護担当領事は、海外逃亡の可能性など露ほども疑っていないと思わせる無頓着《むとんちゃく》さで応じた。警察や自衛隊からの出向者で、選ばれた者しか味わえない海外勤務を謳歌《おうか》している者なのだろう。

「詳しい報告書はすぐにも送りますが、念のため、そちらでもアンドラでの情報に注目しておいていただけると助かります」

「あそこは治安のいい国ですからね。まあ、よほどのことがない限り、日本人が犯罪に巻き込まれるケースはないと思いますよ」

相手の身元確認ができているため、パリの担当者はのんびりとしたものだった。

そもそも、日本人がたとえ異国で罪を犯したり、事件に巻き込まれたとしても、解決の責任があるのは、その国の捜査機関なのである。ましてや在バルセロナ総領事館の者が自ら迎えに行った事案であり、もとよりパリ大使館に負うべき責任はなかった。それを承知しているため、悠長な返事ができるのである。

「もし向こうで何かあるようでしたら、すぐに連絡します。それでよろしいですね」

あっさりと受話器を置かれた。

在外公館へ相談に出向き、部署を盥回しにされる在留邦人の心細さが実感できた。このスペインにも、そして隣のフランスにも、味方はいない、と考えておいたほうがよさそうだった。

10

一刻も早く報告書を仕上げるべく、黒田は手早く顔を洗って身なりを整えると、電動シェーバーを手にホテルの部屋を飛び出した。

通報から二時間近くも経った八時前になって、ようやくホルヘ・ディアス部長が現場の貸別荘に到着した。よく働く部下を信じるあまり、ゆっくりと寝覚めのコーヒーを味わってから迎えのパトカーに乗り込んだのだろう。

五十四歳。冬眠前の灰色熊に負けじと脂肪をまとった体を揺すり、後部座席から降り立った。久しぶりの大事件に頰を見事なまでに紅潮させていた。パトカーを出てすぐに首を巡らせたのは、現場を確認するためではなく、部下の視線が自分に集まっているかどうかを見るためだったように思えた。

「バスケス警部補、みんなを集めてくれ」

二十年ほど前、バスケス同様に、トゥールーズの警察本部で犯罪捜査のABCを学んできたと聞いている。だが、刑事として現場で働いてきた経験は、ほとんど持たない。もっぱら、国境をまたにかけた窃盗団の摘発のため、フランスとスペイン、両国家警察との折《せっ》衝《しょう》役を務めてきた男で、一年ほど前に犯罪捜査部に来たばかりだった。アンドラ国家警察内でも、彼を警察官としてではなく、有能な役人として見る者がほとんどだった。

ディアス部長はバスケスに報告をさせると、その場に警官を集めて早速訓示を垂れた。

「諸君。年間千二百万人もの観光客を集める我が国にとって、別荘地で殺人が行われるなど、決してあってはならない事件である。世界から集まってくる人々が安心してすごせるよう、一刻も早く犯人を突きとめねばならない。我々の捜査いかんで、我が国を訪れる観光客の数にも影響が出ると考えてくれたまえよ」

国家財政を支える観光産業への影響をまず案じてみせるところが、実に役人らしい。ディアス部長がその場で即決した捜査方針は、現場を知らず、マニュアルを優先するしかない上司の常で、予想の範囲を一ミリも超えていない地道なものだった。

死亡推定時刻の割り出し。現場近くの徹底した聞き込み。連絡先として書かれた携帯電話の洗い出し。国境の検問所に設置された監視カメラの映像解析……。

事件が大きくなると、手をつけるべき捜査項目は多くなる。が、アンドラ国家警察犯罪捜査部の専任捜査員は二十名のみという小所帯だった。昨日までに発生していた窃盗事件の捜査はひとまず放り出し、全捜査員を殺人に投入するほかはなかった。

「いいかね。今は現場の聞き込みと、携帯電話の割り出しを最優先とする。それでも、頭《あたま》数《かず》が足りないと思われるので、交通部や警備部から非番の者を招集してもらう手はずは調えた。バスケス警部補。君が責任者となって、付近の聞き込みに当たってくれ」

「待ってください、部長。聞き込みも重要ですが、とにかく現場をよく見てください。先ほども報告しましたように、この別荘内には、車が一台も停まっていないんです。ところが、被害者は別荘を借りる契約に、赤いプジョーのセダンで店を訪れています。その手配が先ではないでしょうか」

「それは交通部にやらせる。彼らのほうが専門だ」

ディアス部長がばっさりと斬って捨てると、横にいたロペスが実に控えめな態度で手を上げた。幹部職の顔色まで見て態度を変える技を、いつのまに身につけたのか。

「何だね、ロペス君」

「実は、もう交通部の者に、検問所の監視カメラをチェックするように依頼してあります。赤のプジョーをすべて調べだし、ナンバーを報告してくれ、と」

部長の頭越しに、よその部署へ応援を頼んでいたことを事後報告されて、ディアスの厳つい顔が彫像のように硬さを帯びた。

「だったら、どうして先に言わない」

「警部補が報告されたと思ってました」

人に責任をなすりつける技まで覚えているとは、逞《たくま》しい。

「それと……携帯電話の番号に関しては、すでに総務のほうに問い合わせてもらうよう、頼んであります」

犯罪のグローバル化にともない、携帯電話は国境を越えて使用される。そのため、通信各社は、各国の警察からの問い合わせに答える窓口を設けていた。裁判所からの令状さえ取れれば、すぐに持ち主の割り出しと、通信記録の取り寄せができる。

「優秀な部下を持って、わたしは大いに心強いよ」

「いえ、すべて警部補の指示です」

そんなところで謙遜《けんそん》して上司を立てるな、と言いたかった。

案の定、ディアスの睨むと言っていい眼差しが、バスケスをとらえた。

「交通部への手配が終わっているなら、わたしに進言するまでもなかったんじゃないのかね」

ほら見ろ。機嫌を損ねてしまった。これで捜査のほかにも幹部の機嫌を取るという、実に役人じみた手間が増える。

横目でロペスを睨みつけると、彼の携帯電話が鳴りだした。

「来ました。早速、交通部からです」

ディアスとバスケスに目で断りを告げてから、ロペスが素早く携帯電話を開いた。

「……そうか、ありがと。今度ランチを奢るよ」

鼻の下を少し伸ばしながら言ったところを見ると、交通部の上司を通さず、現場の若い女性警官にでも直接頼み込んでいたらしい。

脂下《やにさ》がりかけた表情を引きしめ直したロペスが、バスケスに向かって親指を立てた。

「狙いどおりでした。ここから一キロほど南に行った別荘の敷地内に、赤いプジョー206が無断駐車しているとの苦情が入ったそうです」

現場に到着していた六人の捜査課員に聞き込みの指示を出してから、鑑識班を引き連れて一キロ南の別荘地へと移動した。

次々と到着した警察車両を、別荘の持ち主は喧《やかま》しいスペインの映画ロケ隊を前にしたフランス人役者のような憂鬱《ゆううつ》そうな顔で出迎えた。素姓《すじよう》を尋ねると、スペイン国籍の会社役員だという。

車はプジョーの206だった。ボディのあちこちに凹みと傷ができている。右の前輪を雪だまりの中に突っ込み、傾いた形で停めてあった。

「これ、たぶん被害者の車に間違いないですよね」

「ああ。管理会社の男の証言どおりだからな」

ディアスが、当然のことを言うなとばかりに眉を寄せて頷いた。だが、ロペスが半信半疑に尋ねてきたのは、なぜこんな現場の近くに乗り捨てられていたのか、それを訝しんでのことだった。

門の前はバス通りなので除雪がされており、車を乗り捨てていった者の足跡は残っていない。街中でもない、こんな山間の別荘地に車をなぜ置いていったのか。

朝になって、門の前に停められている車に気づいた。昨夜は早く休んだため、いつこの車が乗り捨てられたのかはわからない。不機嫌そうな顔を変えずに、別荘の持ち主は言った。

丹念ながらも仕事の遅い鑑識班の尻をたたいて、ドアの指紋採取をさせた。だが、運転席側のドアレバーには、布で拭《ふ》き取ったような痕跡があり、指紋は検出できなかった。部長に目で許可を得てから、ロペスが慎重に助手席側のドアを開けた。車のキーはハンドルの下に差し込まれたままだった。

登録証書の類は、グローブボックスの中と決まっている。ロペスが、びっくり箱を開けるかのような慎重さで手を伸ばした。

汚れたタオルに、スペイン国内の古びた道路地図。折りたたんだスペイン語の新聞。その下から、ビニールのカバーがつけられた登録証が見つかった。

所有者の氏名は、ジャン・ロッシュ。別荘を借りた人物と同じ名だった。住所欄には、やはりトゥールーズのストリート名と、今度は番地までが書かれていた。

「とりあえず、これで身元を探る手間ははぶけたみたいですね」

登録証を引き出したロペスが、名前の欄を指先で弾いた。

「やはり旅行者か……」

最も望ましくない事態に、ディアスがたちまち顔を曇らせる。

治安の良さが、アンドラ観光最大の売り物なのだった。旅行者を狙った殺人事件が発生したのでは、観光客にも影響が出る。

バスケスは、部長とは別の理由で、治療しかけの奥歯が疼《うず》き出した。もう味のしなくなった嚙み煙草を、近くの雪だまりに吐き捨てた。

被害者がフランス人となれば、フランス国家警察の顔色をうかがいながらの捜査になる。動機を探るためには、被害者の交友関係を掘り起こす必要があり、嫌でもトゥールーズへ足を運ばねばならなかった。

アンドラは、シェンゲン協定を批准《ひじゅん》しているため、国境検査を撤廃している。協定では、司法と刑事面での協力も謳《うた》われており、海外へ逃亡した犯人を追う場合には、国境を越えての活動も許されていた。ただし、捜査で赴《おもむ》く際には、ユーロポールに情報を上げるとともに、当事国の捜査機関に許可を得る必要があった。

相手は旧宗主国のフランスであり、下手をすれば、こちらの捜査の進め方に口を挟んでくるケースも考えられた。

「最終的な身元確認のためにも、早速フランス国家警察に連絡を入れさせろ」

ディアスが当然の指示を出し、制服警官が本部に連絡を入れる。

「トゥールーズなら車ですぐですから、うちからも早く捜査員を出すべきでしょうね」

フランス側の余計な口出しを防ぐため、先手を打っておく必要があるのではないか。その意を込めて、バスケスは部長の横顔に進言した。

「勝手に捜査員を送れるはずがないだろ。まずは向こうの意向を確かめるしかない」

揉め事を嫌う役人らしい発想だった。先が思いやられる。捜査の方針も、すべてフランス側に仰いでから決めるつもりかもしれない。

早いうちに犯人の手がかりを見つけておかねばならなかった。

鑑識班がハンドルの指紋採取にかかっていた。ドアレバーと同じく、布で拭き取られた跡が見つかったという。サイドブレーキやシフトレバーも同様だった。

「犯人は、ここで車を乗り捨てたわけですよね。てことは、この辺りに別の車を用意してあった。そういうことですかね」

ロペスが車内から身を引き、腰を伸ばしながら辺りを見回した。

死体が発見された別荘からは、おおよそ一キロほどの距離。道は現場方面へ向けて、なだらかな登り傾斜になっている。

バスケスは、目の前のバス通りからロペスに目を戻した。

「待てって、おいおい。犯人はこの辺りに車を停めて、わざわざあの別荘まで歩いていった、と言いたいのか」

「違いますかね。被害者のジャン・ロッシュは、犯人が徒歩で別荘に現れるとは思ってもいなかった。要するに、車の到着を待っていたんですよ。ところが、歩いて別荘に来たものだから、被害者は犯人に気づくことができず、後頭部をゴツン！で、止めを刺されてから、雪の中に突き落とされた」

「考えられるな」

ディアスも腕組みになり、生徒の模範解答を聞く中学教師のような顔つきで頷いた。

バスケスは慌てて手を振り回し、おもにロペスへ向けて言った。

「待てよ。被害者に気づかれたくないからといって、一キロも離れた場所に車を停めておくか？　もっと近くの路上に置いとけばいいはずだ」

「じゃあ、警部補はどうして、こんな場所で車を乗り捨てたと思うんです」

その場にいた捜査員の視線が集まった。鑑識班までが手を休めて、こちらを見ている。

バスケスはひとつの可能性を口にした。

「犯人は、雪道の運転に慣れていなかった。そういう見方はできるだろ。別荘まではタクシーかバスを使った。が、話がこじれて、ジャン・ロッシュを殺してしまった。慌てて死体を雪の中に突き落として隠し、被害者の車で逃げようとしたものの、動揺していたことと運転に不慣れだったため、そこらの街路樹にぶつけそうになった。見てくれ。別荘からはなだらかな下り斜面で、スリップもしやすかったように見えるじゃないか」

一同がそろって別荘前の通りを見渡した。スキー場へ通じる道であり、交通量はそれなりにある。除雪も行き届いてはいるが、ところどころで雪が踏み固められ、アイスバーンのようになっている箇所もあった。

赤いプジョーはスタッドレスタイヤをはいていたが、運転に不慣れな者では、恐怖が先に立ったとしても不思議ではない。

「ここから先は、徒歩で逃げたという気なのか」

ディアスが否定のニュアンスを込めて、坂の下へと目をやった。

「犯人がこの近くに住んでない限り、徒歩かバスでしょうね」

バスケスは通りの反対側に見えた停留場の看板を指し示した。

ロペスが雪を蹴散らし、走りだした。通りを横切り、バス停で時刻表を確認して、手を振った。こちらへとまた走りながら、声を張った。

「最終は、八時半です」

犯行時刻によっては、最終便に間に合ったかもしれない。

「それと、部長……スペインの地図と新聞が気になりますよね。なかなか面白い取り合わせに思えますよ」

バスケスが次の疑問を提示すると、ディアスが怪訝《けげん》を眉に表し、見返してきた。

「何がおかしい？　スペイン観光へ行ったついでに、我が国にも立ち寄ったんじゃないのか」

「でも、あの別荘にも、この車内にも、土産《みやげ》らしい物はひとつとして見つかっていないんです。たとえ仕事でスペインに立ち寄ったとしても、鞄ひとつないのは解せません」

車内を慎重に調べてみたが、グローブボックスのほかは紙くずひとつ落ちていなかった。トランク内にはスペアタイヤと工具があるだけで、ここへ乗り捨てておくことをあらかじめ見越して掃除をしたかのように整然としていた。

「なるほど。こりゃ、おかしいですよ。あまりに中が綺麗《きれい》すぎますね」

ロペスが塵《ちり》ひとつ落ちていなかったトランクルームの蓋《ふた》を閉め、首を傾《かし》げた。

その横顔に、ディアス部長が問いかける。

「どういう意味だね」

「この車からは、生活の臭いが感じられないんですよ。警部補の車なんか、やたらとシールは貼《は》ってあるし、おかしな人形もぶら下がってるし、奥さんの膝掛けに息子さんのおもちゃやら、ティッシュの箱に飲みかけのペットボトルまで、目を疑わんばかりにやたらと転がってるんですからね」

「うるさい。おれの車はどうだっていい」

「確かにそうだな。よほど綺麗好きの者だったにしても、旅行者ならスーツケースかバッグのひとつぐらいあって当然か……」

「ですよね、部長。これだと、まるで何らかの理由があって、クリーニングをしたあとみたいじゃないですか」

バスケスがさらに穿《うが》った意見を放つと、ディアスがまたも現場での捜査の乏《とぼ》しさを露呈する発言をくり返した。

「どういう意味だ」

「ホセ。この車の登録年月日はいつだ？」

バスケスの指示に、ロペスが白手袋で登録証をひっくり返した。

「二〇一〇年十二月十五日。購入して三ヵ月ですね。でも、三ヵ月も乗れば、ゴミくらいは転がってて当然でしょうね」

「そのとおりだ。これではやはり、警察に調べられることを想定して、あらかじめ掃除しておいたようにも思えてしまう。乗り捨てた犯人が、被害者の残したゴミを持っていくはずもないしな」

「君たちは何を言ってるんだ。どうして被害者が、我々警察に調べられることを予想しなきゃならない」

「えーと、つまりですね」

ロペスが耳の上の癖毛をかき回し、勘の鈍い上司にわかりやすく説明していった。

「――被害者も訳ありの人物で、警察を警戒しつつ、このアンドラに入国してきたんじゃないのか。そう警部補は想像を逞しくして、疑ってるんです。あまりにも車内が綺麗すぎて、普通の車には思えませんから」

「国境での税関検査のことを言ってるのか」

アンドラから出国する際には、フランスとスペインの両国が独自に税関検査を実施していた。免税品の自国への持ち込みを制限しているからだった。

どちらも車から人を降ろしたうえで、税関の係員が調べることとなる。検査を早くパスするには、車内を綺麗に片づけておくに限る。

「それもあるかもしれません」

バスケスが方向性を修正するため、やんわりとした表現で言うと、ディアスが意外そうに目をまたたかせた。

「ほかに何があるって言う」

「たとえば、プロの犯罪者で、あらゆる自分の痕跡を消しておきたかったか……」

「被害者が、か？」

「一人であんな大きな別荘を借りるなんて、やはり少し不自然に思えます。マフィアの関係者ならば、名前も登録証も偽物を用意していたとしてもおかしくはありませんし」

「君たちは、イタリア映画の見すぎだな」

「可能性を口にしたまでです」

バスケスはあまり強く主張はしなかった。だが、生活臭をあらかじめ消し去ったかのような車内の様子には違和感を覚えてならない。

グローブボックスに残されていた地図を信じるなら、スペインのどこかへ行き、その帰りにアンドラへ立ち寄ったように見える。だが、下着の替えすら、別荘からも車内からも見つかってはいないのだ。ただの旅行者とは思えない。

ジャン・ロッシュなる人物は、スペイン国内で何かしらの目的を遂げると、あの別荘で一晩をすごす緊急の用件が生じたのである。

いや……。

地図と新聞が意図的に残されたもの、という可能性も考えられる。たとえば、警察を誤った方向へ導くため、犯人が残していった……。

「部長。被害者は、一昨日の夕方に貸別荘の予約を電話で入れています。契約して鍵を受け取ったのが、昨日の午前十一時。スペインからの帰りだったとしても、替えの下着は見つかっていない。犯人が鞄ごと持ち去ったのでなければ、被害者には昨日の夜、どうしても貸別荘に宿泊する理由が生じたことになります」

「つまり、急にその用事ができてしまった。だから、替えの下着までは用意していなかった」

「あるいは、いったん自宅のあるトゥールーズへ帰った可能性もあります」

「なるほど。スペインから自宅へ戻ったあと、昨日になってアンドラに入国した。あり得ますね」

ロペスが白手袋を脱ぎながら頷いた。

「よし。どっちにしろ、国境に設置された監視カメラを調べていけば、この車が映っているはずだ。確認を急がせろ」

ディアス部長が当たり前すぎる指示を、もっともらしい口調で告げた。

被害者ジャン・ロッシュは、あの貸別荘で何者かと会う予定になっていたと思われる。だが、まともな食事を用意してはいない。

バスケスは革手袋の上から指先に息を吐きかけた。どうもよくわからなかった。ゲストルームを三つも持つ貸別荘を借りておきながら、ジャン・ロッシュはワイン一本と申し訳程度の食べ物を買ったのみで、人を持てなすような支度はろくにしていなかった。

相手方が食事の用意をしてくる予定だった、とは考えられる。だが、あのワインは、どこにでもある安物だった。人と会うのに、安月給で働かされている刑事ならともかく、大きな別荘を借りる余裕のある人物が、あんな安物を買って来るものだろうか。

しかし、彼は人を待ちながら、先に安物の赤ワインを飲んでいたのである。

犯人と二人きりで会うために、あの別荘を借りたとすれば……。

あの別荘が、二人にとっての思い出の地であった、という可能性もあり得そうだ。つまりは、女か？　いや、女と思い出にひたるとなれば、ますます安物のワインなどは選ばない。

綺麗すぎる車内に、安物のワイン。広すぎる別荘……。

まだ情報が少なすぎた。

時刻は午前八時をすぎたところで、辺りの別荘内に滞在者がまだ残っていそうな時間帯だった。バスケスはさらに現場に集まってきた十名の捜査員を二名一組に分け、聞き込みに動員した。

ディアス部長がまたも訓示を垂れた。その後、彼は先に署へ戻り、フランス側からの連絡を待つ。幹部は寒さに耐えて聞き込みをしなくていいのだから、やはり出世するに越したことはないようだった。

部長が、穴蔵に引っ込む態さながらに、パトカーの後部座席に乗り込もうとした時、彼の携帯電話が鳴った。

「何だって、もうフランスから返答があっただと？」

声を裏返すなり、ドアに手をかけたままバスケスのほうを見上げてきた。目が驚きに揺れている。ロペスに向かって小声で告げた。

「メモに取ってくれ。トゥールーズ署公安部の番号だ」

公安、とは聞き捨てならない。

こちらが協力を求めた先は、捜査関係の部署であるはずだった。ところが、公安部という治安の維持を目的とする部署から、アンドラ国家警察の本部へ連絡が入ったらしい。

ディアスが直ちに電話をかけ直した。流暢なフランス語で挨拶を始める。

「はい……わたしが犯罪捜査部の部長を務めていますホルヘ・ディアスです。……いえ、こちらに来ると言うのですか？」

見事な低音が、軽く一オクターブは跳ね上がった。捜査協力どころか、わざわざ国境を越えてアンドラまで駆けつけるとは――。

「身元は間違いないのですね。……そうですか、わかりました。しかし、大事件になるほど初動捜査が重要になってきます。……はい、現場の聞き込みはもちろん、できる限りのことをするつもりです。……いえ。しかしそれでは……」

ディアスが眉を寄せて、虚空を睨むと言っていい目つきになった。明らかに何かしらの難題を吹っかけられている。

「――いえ、理由をうかがえないのであれば、我々としては今の態勢で捜査を進めるほかはありません。ご理解ください。……いえ。では、お待ちしています」

通話を切ったあとも、ディアスは電話の向こうにいると信じるフランス側の警察官を睨むような目を、携帯電話にそそいでいた。

「トゥールーズの公安部が、何だってこっちに来ると言ってるんです？」

バスケスは我慢できず、部長の前に迫った。ロペスも固唾を呑むように見つめてくる。

「……ジャン・ロッシュは元警官で、今では彼らと契約する情報提供者だそうだ」

横でロペスが息を呑み、捜査員が目を見交わし合った。

警察と契約して情報を売る者――。

フランス側が慌てて駆けつけてくるのも当然だった。公安部が使っていたとなれば、スパイと考えていい。赤いプジョーがクリーニングを終えたばかりのように綺麗だったのには、そういう事情があったのである。

殺害されたジャン・ロッシュは、プロのスパイとして、フランス国家警察公安部の指示を受けて何者かを探っていた、と思われる。その真の目的を、彼らが正直に打ち明けてくれるものなのか。

「警部補……。とんでもないことになりましたね」

ロペスが凍える頰をこすりながら、茫然《ぼうぜん》と言葉を洩らした。

バスケスは、まだ驚きから立ち直れずにいるらしい部長に向き直った。

「通話記録を先に押さえられてしまうのではないでしょうか。大至急、手を打つべきです」

「無茶を言うな……」

フランスという旧宗主国のひとつの警察組織に、真正面から挑んでいいものなのか。そう不安が先に走ったと見える。だが、小国とはいえ、アンドラは独立国だった。司法権は確立されている。どこの大国だろうと、捜査に介入する権限はない。

「急ぎましょう。下手をすれば、事件そのものが闇に隠されてしまうかもしれません」

遅れを取ってはならなかった。バスケスは携帯電話を取り出すと、署の国際連絡部を呼び出した。

11

「お早うございます、セニョル・クロダ。ずいぶん早いですね」

駐車場から階段を上がると、この一週間で顔馴染《なじ》みになったスペイン人の警備員が、朝から飛びきりの笑顔を見せてくれた。

「昨日はよほど遅くまで楽しんでたんですね。顔に疲れがまだ残ってますよ」

彼に悪気がないのはわかっていた。が、わずかな仮眠しか取っていないのだから、疲れが顔に出ていて当然だった。もう若くもないのだ。微笑もうとしたが、おそらくは卑屈な笑みにしか見えなかったろう。

総務のオフィスへ上がると、黒田の借りたデスクに、昨日のうちに職員らの仕上げた書類が積み重なっていた。本省に送るべき書類で、これにも目を通さねばならなかった。

会議に出席するだけなら気は楽だが、本省から派遣された責任者となると、書類仕事が一気に増える。これが出世の階段を登ることを意味するのなら、絶えず現場で働きたいとの思いが、また募《つの》る。

「昨日はお疲れ様でした」

振り返ると、宮崎英俊が部屋に入ってくるところだった。まだ何も知らされていないと見え、呑気な顔で黒田に近づいてきた。よほどこちらが酷《ひど》い顔をしていたらしく、からかうような笑みが浮かんだ。

「ずいぶん女性とのドライブをゆっくり楽しんだみたいですね。目がまだ眠そうですよ」

「実は、ちょっと面倒なことになってきた。この総領事館で、こっちの役人と太いパイプを築き上げてる職員を教えてもらえないかな」

「送り届けただけじゃなかったんですか」

いかにも自衛官らしく、黒田の言い方から察しをつけて身を正した。

「明日、スペイン人と離婚した日本人が、こちらで養育権を争う裁判に出席する。その詳細について、ちょっと調べたい」

「法務関係なら、ぼくも少しは役所に顔を出していますが……」

「頼めるかな。日本人女性の名前は、新藤結香。担当弁護士は、ラファエル・ドミンゲス。グラナダ周辺の裁判所だと思う」

「昨日、アンドラへ迎えに行った女性とは、名前が違いますよね」

怪訝そうな目を寄せる宮崎に手招きをして、隣の空《あ》いた椅子に座らせると、小声で簡単に事情を伝えた。

たちどころに事態を悟《さと》ったらしく、正直にも黒田の前から身を引く素振りを見せた。誰だって、火の粉は被りたくない。

「パスポートから身元は判明しているので、そう大きな問題にはならないと思う。あくまで確認のためだ。手を貸してくれないか」

「ええ、まあ、手を貸すだけならば……」

貸した手をつかんで、こっちまで引きずり込まないでほしい。そういう警戒心が目にあふれて見えた。

「知り合いに頼んではみますが、こっちの連中はスペイン時間で仕事をしていますから、すぐに回答があるとは思わないでください」

宮崎は安請け合いはせずに、慎重な言い方をした。

その意を汲《く》んで、黒田は仕方なく頷いた。

「もし必要経費が入り用であれば、遠慮なく言ってくれ。領収書を寄越せとまでは言わないから」

最後は冗談めかすことで、金を渡すことへの後ろめたさを拭《ぬぐ》おうとしたつもりだったが、宮崎は真顔のまま表情を変えなかった。

「とにかく、やってはみます……」

ひとまずこれで、裁判の有無の確認はできそうだった。

事実であれば、問題はない。新藤結香は明日、裁判所へ出廷する。

もし裁判の話が嘘であれば、川島総領事の悪い予感が当たってしまうこととなる。

午前八時二十五分。黒田は迷いつつも受話器を取った。裁判所のほかにも、まだ確認を取れそうな相手が一人いた。

新藤結香から教えられた番号を押した。彼女は黒田の前で自分の携帯電話を開き、登録してあった番号を読み上げたのである。黒田もその画面を、向かい側からだが、確認している。

しかも、総領事館にSOSを発してきた当初、新藤結香はその女性の名前を騙《かた》っていた。総領事館の職員が在留届を確認することは見越していたはずだ。少なくとも、本城美咲という日本人在留者は存在する。

六度目のコール音の途中で、相手が出た。

「ディガ《もしもし》」と女性のスペイン語が頼りなく応えた。表示された番号に心当たりがなかったためか、相手を誰何《すいか》する口調だった。どことなくカタカナの読み上げに近い発音で、日本人の発したスペイン語に聞こえた。

黒田は日本語で話しかけた。

「こちらは在バルセロナ総領事館の黒田と言います。本城美咲さんで間違いないでしょうか」

「ええ、はい……」

「実は、アンドラに住んでおられる新藤結香さんから、この番号をお聞きしました」

「ああ……。すみませんでした。新藤さんに、どうしても、と頼まれたので、つい……」

　本城美咲の声がたちまち小さくなっていった。

「新藤さんから事情は聞きました。その確認のために、電話をしています」

「本当にすみませんでした。でも、彼女の話を聞くと、怖くてピソに戻れないっていうのも頷けて……。領事館の車をタクシー代わりに使っちゃ悪いと思ったんですけど、それ以外にバルセロナへ行く方法がないから仕方ないって、彼女に頼まれてしまい……。あの、彼女は何かの罪に問われるんでしょうか」

「いえ、あくまで確認のためですので。順を追って話してもらえますでしょうか」

　本城美咲の負担を軽くするために言いながらも、黒田はあえて事務的な口調を心がけた。彼女にまで嘘をつかれたのでは困る。

「……昨日の晩の七時二十分ごろだったと思います。すごく慌てた口調で、新藤さんから電話がありました。実は、よく知らない男に追いかけられて困っている、と。警察がちっとも取り合ってくれないので、ピソには帰れないし、新しい仕事についたばかりで、アンドラでは頼れる人がいない。そう言われました。なので、わたしの名前を使わせてほしい。そして、もしかしたら、パリやバルセロナの在外公館から確認の電話が入るかもしれないから、今夜だけはちょっと我慢して電話に出ないでくれないか、と……」

「失礼ですが、新藤さんとは、いつからのご友人なのでしょうか」

「はい……。彼女がマドリードを離れる前からです。知り合ったのは、彼女が仕事に復帰したあとで、二〇〇二年ぐらいだったと思います。銀行に日本人は新藤さんだけだったので、自然とわたしの店の担当もしてくれて……。あ、主人と小さな日本料理店を開いています。彼女には、ずいぶんとお世話になりました」

「新藤さんは、マドリードでも銀行に勤めていたのですね」

「はい。バンコ・エスペリアのイグレシア支店に勤めていました」

「新藤さんが、明日、息子さんの養育権を争う裁判に出廷することになっているのは、ご存じだったでしょうか」

「え、そうなんですか……？　そこまでは聞いていませんでした。でも、元の旦那《だんな》さんが亡くなったことは……。てっきりエドアルド君の養育権は、彼女のほうへ移るのだとばかり思ってました……」

新たな情報がふくまれていたが、黒田はすでに承知していたように軽く相槌《あいづち》を返してから、話を続けた。

「色々と事情があるようですね。その辺りの詳しいことは、何かお聞きでしょうか」

「あの……どうして総領事館の方が、そこまで知りたがるのでしょうか」

当然の警戒心だったろう。友人のプライバシーにかかわることを、公務員に問われるまま打ち明けたのでは、友情に罅《ひび》が入りかねない。

「実はまだ裁判の確認を取っている最中なのです。彼女が本当にグラナダでの裁判に出廷するため、アンドラを早めに出ようと考えたわけなのか、こちらとしては裏付けを取っておきたいのです。もしあなたの名前を騙ったように、裁判までが真実でなかったとすれば、色々と面倒なことになってくると思われます。ご協力ください」

「実は……話が話なので、あまり多くを聞いてはいません。離婚と同時に、彼女はエドアルド君の養育権を一方的に奪われたと聞いています。でも、悔しいけど、自分のほうにも非があった。そう彼女は話してくれました」

離婚と同時に、父親が新藤結香の養育権を制限する訴えを起こしたものと思われる。

ヨーロッパでは、両親がいかなる理由で離婚しようと、子どもに対する親である権利——親権——は侵されざるものとして父母がともに有する、との考え方が根づいている。よって、たとえ養育権を奪われても、息子と面会する権利は保障されていたはずだ。それでも彼女は、子どもと別れてスペインを出ることとなった。

が、子どもを引き取った父親が、最近になって死亡した。一人息子は元夫の親族が養育し、このまま育てると主張しているのだろう。そこで、今度は彼女のほうから養育権を回復する訴えを起こした、と思われる。

「新藤さんが結婚されていたのは、どういう方だったのでしょうか」

「貿易商だったと聞いています。彼女のお父さんと同じ職業で、銀行の仕事で知り合った、と……」

おそらく元夫には、それなりの額の遺産があったのだろう。その男性がまだ再婚していなかったとなれば、相続の権利を持つのは、新藤結香との間に生まれた息子一人となる。たとえ再婚していたとしても、ほぼ全額を相続するのである。

一人息子の養育権を回復する訴えは、元夫の残した遺産を、新藤結香が息子を介して手に入れるための手段とも考えられた。

彼女の周りで嫌がらせがあったとしても、頷けてくる。

「新藤さんの息子さんが、今誰と暮らしているのか、ご存じでしょうか」

「いえ、そこまでは……。彼女には、旦那さんが亡くなったことも、連絡はまったくなかったそうで。エドアルド君のことを、彼女、ずいぶんと心配していました」

黒田は本城美咲に礼を言って、受話器を置いた。

新藤結香が、単にパスポートと財布をなくして助けを求めてきた旅行者であったなら、どれほど気が楽だったろう。邦人保護の仕事をしていると、救助を依頼してきた人たちの悩みや窮状を間近に見てしまうことが往々にしてあった。

離婚、一人息子との別れ、元夫の死亡、裁判……。

通りすがりのような女性でありながら、新藤結香の幸福とは言えそうにない過去と今の立場が、重く垂れ込めてくるようだった。

ここまで確認が取れれば、彼女の言葉に嘘はなさそうだと信じられた。彼女の周囲で起きていたという嫌がらせも、裁判と関係するものだった可能性はある。

彼女が今なおアンドラで、男と揉め事を起こしている。そういう事実をでっち上げるため、息子と暮らしている元夫の親族がアンドラまで来て、彼女に何かしらの罠を仕掛けていた、という想像さえできる。

最初から正直に打ち明けてくれていたなら、総領事館の車をタクシー代わりに使ってくれても、問題は何もなかったろう。

いや……そうではない。

彼女はマドリードとパリに長く暮らし、在外公館の職員に相談したところで、在留邦人のために手を貸してくれたケースなどないことを、充分に知り尽くしていたのだ。

もし新藤結香が正直に電話をかけてきていたなら、どうなっていたか。

パリ大使館の職員は、地元の警察に相談すべき、とアドバイスを送ったに違いない。公務員たる外交官が、在留邦人のプライベートに立ち入ってはならないからだ。

だが、彼女が警察に相談した場合、男との揉め事が記録として残ってしまう。

在外公館は頼りにならない。裁判を控えた身であり、何者かが邪魔立てをしているのではないか。そこまで彼女は思い詰め、だから嘘をついてSOSを発信するほかはない、と決めたのだ。

一人で懸命に異国で生きようとする在留邦人に、表立って手を貸すことすらできない。彼女でなくとも、誰しも多かれ少なかれ、異国の地で悩みを抱え、生きている。そのすべてに手を貸すことは、もとよりできないことだった。

黒田は苦い思いを隠しつつ報告書を仕上げて、在パリ日本大使館にファクシミリで流した。あとは川島総領事に手渡せば、これで新藤結香に関する仕事は片づいたことになる。

執務室に出向いたが、川島はまだ来ておらず、秘書室に報告書を託しておいた。

宮崎はわざわざ役所まで出向いてくれたようで、席を外していた。携帯に電話を入れると、安堵したような声が返ってきた。

「ちょうど頼み込んだところですよ。少しばかり必要経費はかかりましたけど、ここで経費を返せと言ったら、次の頼み事ができなくなりますから、投資したぶんは働いてもらいましょう」

「君にも手を煩わせてしまった。申し訳ない」

「いえ、ちょっとした緊張感を、久しぶりに味わわせてもらいました。黒田さんが国外逃亡犯に手を貸したわけじゃないとわかって、まずはひと安心ですよ」

笑い飛ばすように言ってもらえたのが、せめてもの慰めだった。

黒田はデスクに戻り、睡魔を宥《なだ》めながら、積み上げられた書類の確認という本来の仕事に取りかかった。

十時が近づき、一足先に日本へ帰る警察官僚を見送りに行く時間が迫っていた。

「黒田さん、パリの大使館から電話です」

若い職員に名前を呼ばれて、鼓動が跳ねた。

送った報告書の件であれば、少しばかり反応が遅すぎた。送信してから、もう一時間近くがすぎていた。

パリから黒田あてに電話が入る心当たりは、ひとつしかない。

すぐに受話器を取って回線をつないだ。予感は的中し、二時間ほど前に電話で話した領事部の大村という職員だった。

「どうも良くない報せですよ、黒田さん。たった今、アンドラ国家警察の犯罪捜査部から問い合わせの電話が入りました。新藤結香の住所と連絡先を教えてくれ、と」

来た――。

暖房が効きすぎているわけでもないのに、手が汗ばんでいった。アンドラ国内で、新藤結香の素姓を問い合わせたくなる何かが起こっているのだ。

つまり彼女は、川島総領事が恐れたように、警察から逃れるためにアンドラを出国したわけか……。

「本来なら、警察から正式な書面をもらうことになっていますが、現地に大使館がないため、まもなくファクシミリで依頼書が送られてきます。昨夜の一件も報告しておくべきだと、うちの参事官が言っておりますので、その旨を黒田さんにも伝えるため、電話を差し上げました」

「わざわざありがとうございます。アンドラで何があったのでしょうか」

「それがですね……。理由をはっきりとは教えてくれないんです。ある事件の関係者が、彼女と電話で連絡を取っていた、というだけでして」

「向こうで今、どういう事件が起きているか、そちらに何か情報は入っていますでしょうか」

「いえ。それがまったくないんです。ネットでアンドラ国内の報道サイトをチェックしてみましたが、目新しいニュースはまだ何も出ていません」

だが、何かが起こり、その関係者の周囲に新藤結香の名前が出てきたのだった。

礼を言って電話を切ると、黒田は川島総領事の執務室へ内線電話を入れた。ようやく公邸から到着したところだという。

「報告書ならあとで読ませてもらうよ」

「いえ、実はパリの大使館から連絡が入りました……」

手短に経緯を伝えた。また電話の向こうが沈黙した。

深く息を吸う音だけがくり返されてから、やっと声が聞こえた。

「……黒田君。すぐこちらに来たまえ」

電話で話せるようなことではなかった。黒田は書類の載ったデスクを離れた。

総領事の執務室に入ると、参事官の古賀義輔《こがよしすけ》も呼び出されていた。

古賀は、本省勤めの長い川島とは正反対に、在外公館という現場で鍛え上げられてきたベテラン外交官だった。事務畑のスペシャリストということで、いつしか語学も堪能となり、新任の大使には絶大な人気を誇る男と言われていた。

「黒田君。これはまずいよ。結果として、外交官が邦人容疑者の海外逃亡に手を貸したも同じだからね」

「まあ、待ちなさい、古賀参事官。まだ決まったわけではない。そうだね、黒田君」

すでに打ち合わせでもできていたのか、片方が責め立て、もう一方が仏心を見せる。まるで取調室における二人の刑事のコンビネーションを間近に見る思いだった。もちろん川島総領事は、黒田にすべての責任があるとわかっているから、慌てずにいられるのだ。

「アンドラ国家警察は、容疑者とは言っていなかったようです」

「同じじゃないかね」

古賀参事官が膝を乗り出しすぎたせいで、ガラスの天板を載せたテーブルがぐらりと揺れた。

「総領事もよくお考えになってください。よろしいですか？　身分を偽って外交官を呼び寄せて、国境を越えたわけですよ。いくらアンドラ国境でパスポートのチェックを行っていないとはいえ、何が起こるか不安があったんでしょうね。ですが、外交官の車に同乗して国境を越えるのであれば、まず心配はない。そう企んで黒田君を呼び出した。そうに決まってます」

「そのとおりだよ。黒田君は善意からアンドラへ邦人保護に向かい、欺かれてしまった。こちらも被害者と言える」

川島が一人落ち着き、希望的な観測を口にした。

古賀参事官の表情は冴えない。

「もちろん、対外的にはそう発表するしかないでしょう。しかし、誰が見たって、まんまと犯罪者に利用されたという事実は動きませんよ。マスコミがそう鋭く追及してくるのはさけられないと思われます」

「総領事館にご迷惑はおかけしません」

黒田が横から言うと、二人の視線が突きつけられた。

「もう迷惑がかかっているんだよ。派遣されてきた身をわきまえもせず、スタンドプレーするなんて大概《たいがい》にしてほしいものだな」

古賀がソファの肘掛けをたたきつけるようにして言った。

「君は明日、日本へ帰る予定だったな」

その先のことを暗に仄めかして、川島が確認した。

「本省に相談して、この件の片がつくまでこちらに残るつもりでいます。その許可をいただけますでしょうか」

「例の女は、このスペインに身内がいるわけだね」

古賀が報告書をめくりながら、視線を黒田に戻した。

「いることはいます。別れて暮らしている息子が一人」

「そこへ逃げたんじゃないのか。逮捕される前に、一目でも息子に会っておきたかった」

古賀はもう、新藤結香を何らかの犯人と決めつけていた。

「どこに住んでいるのか、わかるのか？」

「突きとめる方法はあると思います」

「こちらが先に女の行方を把握しておけば、警察の心証も悪くはないでしょうね」

古賀が川島の機嫌をうかがうような目になった。

「そうだね。黒田君、すぐにかかってくれたまえ。警察官僚の見送りなんかは若い者に任せておくんだ。いいね」

身から出た錆《さび》を自分の力で落としてみろ、と言われていた。

12

ジャン・ロッシュが別荘を借りる際、書類に記した携帯電話の番号は、国際連絡部の素早い仕事の成果もあって、裁判所への令状請求から一時間もせずに探り出せた。

「うちの署員もやる時はやるじゃないですか」

聞き込みの最中に知らせを受けて、ロペスは指を鳴らして歓声を上げた。

バスケスは、残りの聞き込みをロペスたちに託して、一人でアンドラ・ラ・ベリャの国家警察本部へ戻った。

すると、取り寄せた通信記録を前に、ディアス部長のみならず、マルク・レジェス署長までが顔をそろえて、重々しい空気を辺りに振り撒いていた。五十六歳。本人は目つきの据わったハゲタカを気取っているというが、所員はみな羽をむしられたキツツキと陰で噂する痩身《そうしん》だった。いつも猫背で長い首を前に突き出し、やたらと部下をその鋭い嘴《くちばし》でつつきたがる悪癖がある。

「見たまえ。共和国のスパイってのも、けっこう正直者だぞ。この調子で、幹部連中も気取らずにすべてを打ち明けてくれたら、話が早いんだがな」

レジェス署長が取り寄せた書面のコピーを、神経質そうに指先でつついてみせた。

携帯電話は、フランスの大手通信会社オランジュ社と契約している番号だった。購入者の氏名は、ジャン・ロッシュ。住所は、車の登録証にあったトゥールーズと同じ番地が記されていた。契約年月日も、登録証と同じ日付だった。おそらくトゥールーズの住まいも、登録証と同じころに賃貸契約を結んでいるはずだ。

ジャン・ロッシュは、三カ月ほど前、トゥールーズに住まいを構えて、車を買い、携帯電話を購入したのである。

トゥールーズは、アンドラ国境へと通じるフランスの玄関口となる都市でもあった。アンドラ・ラ・ベリャと結ぶバスが、一日に十便近く運行されていた。ジャン・ロッシュの主なる仕事先は、このアンドラだった可能性が高い。

「車と同じ日に契約したとなれば、あくまで仕事用の携帯電話ってわけでしょうね」

バスケスが確認を入れると、二人の幹部が示し合わせたようなタイミングの良さで、嘆くように首を振り回した。

「うちも優秀な署員が多くて嬉しいよ。気を利かせて、通信記録にあった番号まで調べたんだからな」

ディアスが熊のような巨体を揺らしてぼやけば、レジェス署長が細身の体を折るようにして吐息をついた。

「久しぶりの大事件に、興奮しきってる者ばかりだ。張り切ってくれるのはいいが、上司への報告をあと回しにしたがるのは勘弁してもらいたいね」

本来なら、仕事の早い署員を誉《ほ》めるべきなのに、二人の幹部は困惑を隠さなかった。

フランスは、アンドラ公国にとって、かつての宗主国のひとつである。今も軍事と外交面では、全面的にフランスの力を借りている。国連加盟の独立国であるが、アンドラにとってフランスは、今なお多大な影響力を持つ。

そのフランス国家警察で働いていた元刑事が、アンドラ国内で何らかのスパイ行為に手を染めていた可能性が出てきたのである。フランス側が、属国同然である小国アンドラの、これまた塵のような規模しか持たない警察に、真実を打ち明ける可能性は一パーセントもない、と断言できた。

必ずやフランス当局は捜査の主導権を握り、ジャン・ロッシュの仕事を隠すべく、あの手この手で圧力をかけてくるはずだった。

しかも、張り切りすぎた署員の活躍で、ジャン・ロッシュの通信記録に登場する電話番号の相手まで、裁判所の許可を得たうえではあったが、調べ出すことに成功していた。

ますますフランス側の反応が怖くなってくる。署長たち幹部としては、自国の大臣よりも、フランス国家警察の出方のほうが気になるのである。

「こりゃ、外務省辺りからも圧力をかけようと動いてきますね、きっと」

「楽しんでるのかね、君は」

レジェス署長がテーブルをたたかんばかりに席を立ち、曇りガラスとなった窓のほうへと意味もなく歩きだした。ディアス部長までが睨みつけてくる。

バスケスは通信記録を打ち出した用紙を眺めていった。

この一ヵ月で、ジャン・ロッシュが電話をかけたのは、三十五件。着信は少なく、たった十件だった。

ふたつの記録を眺めていくと、発信した先の二十二件と、着信の四件が同一の番号だった。

そして、発信した先の五件が同じ番号で、着信記録にその番号は出てこない。

「この、やたらと電話をかけてる相手が、スパイの親玉でしょうね。ずいぶんこまめに電話で報告を上げるものなんですね」

バスケスが感心しながら番号を示すと、ディアス部長が眉の横を太い指先で押し揉んだ。

「驚いたことに、こっちは該当する番号がなかったそうだ。改造された携帯電話である可能性が高いとか言ってたみたいだが、おそらくは通信会社までが警察当局に抱き込まれていて、契約の届け出自体を揉み消したんだろうな」

いくら警察組織でも、番号の行方を追えない相手はいる。

たとえば、一国の中枢にある政治家や警察幹部が使用する電話の番号などは、たとえＩ

ＣＰＯが動こうとも、情報は絶対に提供されない。

やはり、ジャン・ロッシュが頻繁に報告していた相手は、フランスの諜報機関と結びつく、かなりの大物なのだ。

ジャン・ロッシュは、末端の一情報部員であり、資金を提供されて、市販の携帯電話を手に入れて、仕事に使っていたにすぎないのだろう。

ただし、こちらの動きが早かったために、相手の名前を突きとめられた番号もあった。二番目に多くジャン・ロッシュが電話をかけていた番号の相手だった。

しかも、その人物は、ジャン・ロッシュが最後に電話をかけた相手なのである。日付と時間から見て、貸別荘に予約の電話を入れた直後と思われる。

しかも、この番号からの着信は、一度もなかった。ジャン・ロッシュが一方的に、この番号の相手に電話をかけているのだ。このひと月、五度にわたって。

「この人物を別荘に呼び出したんですかね」

バスケスは二人の幹部を交互に見た。

レジェス署長は腰の後ろで手を組んだまま動かず、ディアス部長がメモを押し出してきた。

ユーカ・シンドウ、と読むのだろうか。こちらはプリペイド式の携帯電話ではなかった。請求書の送り先はアンドラ・ラ・ベリャ。本部からもそう遠くない住所だった。

「日本人だそうだ。外国人の在留届と住民票が出されていた」

「何者ですか」

「パリの日本大使館に問い合わせているところだ。すぐに回答があるだろうさ」

「この請求書の送り先に、捜査員を向かわせたのですよね」

二人に確認をしたが、どちらからも返事はなかった。フランス側の出方を恐れ、じっと指をくわえていたらしい。

バスケスは携帯電話を取り出し、メモに書かれたユーカ・シンドウの番号を押した。成り行きを危ぶむような目を、二人の幹部が送ってくる。電話に出ないとなれば、重要参考人と見ていいようにも思えてくる。

呼び出し音が鳴り続けた。だが、電子音めいた女のフランス語が不在を告げた。メッセージを残すべきか、少し迷った。意を決して、携帯を口元に引き寄せた。

「こちらはオランジュ社アンドラ営業所のホセ・ロペスと言います。あなたがお使いの携帯電話がリコール対象となりましたことをお知らせするため、連絡をしました。このまま使用を続けた場合、電池が発火するおそれがあるとわかりました。また、発火しなくとも、登録された記録が熱によってすべて消える可能性が出ています。無料で修理をいたしますので、早急に電話をもらえると助かります。よろしくお願いいたします」

勝手にロペスの名前を使ってメッセージを残した。これで電話をしてこないとなれば、かなり疑わしい人物と言える。

バスケスは続いてロペスの携帯に電話を入れた。

「聞き込みは、ほかの連中に任せておけ。今すぐこっちに帰ってこい。カサノバ通り四五の三。そこに住む日本人女性に、ジャン・ロッシュが別荘を借りた直後に電話をかけている。おれも今から向かう」

「待ちたまえ、バスケス警部補」

レジェス署長が窓辺から振り返るなり、険しい顔で近づいてきた。

「君には残ってもらうぞ。もうすぐフランス国家警察の警視が来る。現場の責任者として君にも立ち会ってもらいたい」

フランスのエリート警官の接待などは、あんたらアンドラのエリートがやればいいじゃないか。そう言えたなら、どれほど胸が晴れたろうか。

だが、現場を知らない幹部二人に任せておいたのでは、捜査の主導権をあっさり奪われるのは目に見えていた。バスケスはやむなく携帯に告げた。

「ホセ。カルロスと二人で行ってくれるか。おれは署長からバリケード役にご指名された。フランスからの進撃を食い止めにゃ、ならんようだ」

「押し潰されないよう気をつけてください」

「何かわかったら、すぐに電話をしろ」

「任せてください」

あきれたことに、フランス国家警察の警視は繁華街を練り歩く広報車さながらに、回転灯とサイレンで己の存在を辺りに訴えながら、アンドラ国家警察本部のささやかな庁舎前に覆面パトカーで乗りつけた。彼らの慌てぶりが手に取るほどにわかる乗り込みようだった。

まだ午前十時八分。知らせを受けるとともに、まさしく彼らは猛スピードで飛んできたのだ。が、真っ先に車を降りてきた私服の男は、ファッション雑誌の紳士特集から抜け出してきたかのように、身形《みなり》や髪の整え具合に一分の隙もなかった。

男は、公安部のドミニク・コルベール警視と名乗りを上げた。会議室へ導かれると、レジェス署長にも名刺を出そうとせず、握手を求めようとした右手に気づかない振りをして、部屋の奥へと勝手に歩んだ。国の規模からくる互いの権威の違いを、のっけから見せておくべき、と考えたらしい。

パンを蝕《むしば》む黒黴《くろかび》のような口髭を誇らしげに手で撫《な》でつけ回すのが癖のようだった。歳は五十代の前半だろう。いけ好かないフランス人の男を思い描けとアンドラ人に持ちかけたなら、半数以上がドミニク・コルベールのような容姿を思い浮かべるに違いなかった。

後ろの二人はともに四十代か。一人が制服警官で、公安部の警部だった。もう一人が国際捜査部のやはり警部で、どちらも役人然とした優男《やさおとこ》だった。この二人はおまけと見ていい。

ディアス部長に続いてバスケスも名を告げたが、ドミニク・コルベール警視は目を向けてもくれなかった。会議室に転がるゴミとでも判断したのだろう。大国のエリート警察官僚から見れば、確かにゴミのような末端の警察官ではある。

「すでに被害者の持つ携帯電話の通信記録をそちらで取り寄せた、と聞きました。我々の仕事にも関係する重要な情報がふくまれている可能性もありますので、その方面からの捜査に関しては、今後、我々フランス国家警察にすべてお任せください」

コルベール警視は事件の詳しい経緯を聞こうともせず、いきなり他国の捜査方針に口出ししてきた。しかも、互いに協力し合おうという建て前さえ語ろうとせず、威圧的な言い方に徹してだった。

「しかし、それは――」

ディアス部長が言いかけると、反論を寄せつけまいとするような素早さで、コルベール警視が手を広げて待ったをかけた。

「ただ、被害者が電話をかけていた相手の中に、アンドラに居住する者も何人かいるようなので、その捜査を我々がこの国で行うことを許可してもらえると助かります」

「待ってください。ジャン・ロッシュというあなた方の関係者が殺されたことは、大変痛ましく無念であったとご推察はします。ですが、今回の殺人は、我がアンドラ国内で発生した事件であり、我々アンドラ国家警察が解決すべきものであります」

レジェス署長が巨大な風車に立ち向かうドン・キホーテに負けじと、果敢に主張した。少しはやる気を見せている。

コルベール警視が、風車への向かい風を受け流すかのように、涼しげな顔で髭を撫でつけた。

「もちろんですとも。早急な解決を、我々も望んでいます。皆さんはあまりご存じではないかもしれませんが、たとえばNATO軍が駐留するスペインの基地に勤務するイギリス軍の兵士が事件を起こしたとします。その場合、地元スペインの軍警察が捜査に動くのは当然ですが、同時に、駐留するイギリス軍警察も軍内部の交友関係を中心に捜査を進め、互いの情報を共有することになっています。そのケースに倣い、我々も皆さんの捜査に、できる限りの助力をしたいと考えます。なにぶん、ジャン・ロッシュ氏は、我々フランス国家警察にも情報を提供してくれていた者であり、元警察官という立場から、フランスの捜査側にも広い交友関係を持っているのです。他国の警察内の事情に詳しくないであろう方々では、何かと捜査に不都合も出ると思われます。よって、その点については、我々がすべての負担を請け負う覚悟である、と申し出ているわけなのです」

見事な演説に、バスケスは心から拍手を送りたかった。

あんたらミニ国家の警察が、おれたち大国フランスの警察事情についての捜査などできるわけがないだろうが。だから、そこんところは手を出すなよ。そういう本音を、大人の分別から表向きの、穏やかな言葉に置き換えて言ってみせたのだった。

レジェス署長とディアス部長が、早くも助けを求めてバスケスに視線を送ってきた。彼らは、フランスに言われるがまま任せてしまったほうが楽になる、と早くも尻尾《しっぽ》を巻く気でいた。アンドラ国家警察の誇りを抱いていないらしい。

バスケスは手にしたボールペンを指先で回しながら、コルベール警視に微笑みかけた。

「では、手始めに、お互いの情報を共有し合うことにしませんか」

馴れ馴れしい物言いに驚いたらしく、ディアスが目を白黒させた。が、コルベール警視はあくまでバスケスを存在しない者と扱いたいのか、まだ視線を向けもせずに言った。

「では、我々がアンドラ国内で捜査に動くことを許可していただけるのですね」

とにかく、その言質《げんち》を先に取っておかねば気がすまないようだった。

署長と部長が、責任をなすり合うかのように互いの顔を見回した。

二人に下手なことを言われるより先に、バスケスは口を開いた。

「被害者のフランス国内での動きと、交友関係についての捜査にご協力いただくことは、我々としても非常に助かります。しかし、アンドラ国内の捜査は、我々の本来の任務でもありますので、お任せください」

「この点は、外務省からも今、正式にアンドラ政府へお願いをしているはずです。しかし、現場の頭ごしに、大臣同士で事を決めてしまったのでは、皆さんの士気にも関わってきましょう。お互いの力を出せる部分を見極め、早急な事件解決に導くための方策を見つけ出すことが重要だと考えます」

あんたらがゴネれば、大臣命令が出されることになるんだぞ。自分たちの捜査の腕をわきまえて、さっさと承諾しろよ。コルベール警視はアンドラ人を気遣う言葉を使ってくれた。

その押しつけがましい親切心に感嘆しつつ、バスケスは頷いた。

「そのとおりだと思います。フランス国家警察の皆さんには、ぜひともジャン・ロッシュ氏のフランス国内での行動を追っていただき、彼が誰に接近しようと図っていたのか、その辺りのことを突きとめていただきたいのです」

コルベール警視は見事な意志の強さを持っていた。ここまでゴミに生意気な発言をくり広げられても、まだ目を向けようともしないのだから、称賛に値する自制心の持ち主だった。

「その手始めに、ジャン・ロッシュ氏がアンドラ国内で何をかぎ回っていたのか。あなた方は、彼にどういう指示や依頼を出していたのか。その辺りのことを包み隠さず教えていただけるとありがたいのですがね」

バスケスのさらなる挑発に、コルベール警視ではなく、連れの制服警官のほうが目を寄せ、初めて口を開いた。

「皆さんもご存じだとは思いますが、我々はスペイン国家警察と協力して、ETAの排除に力を尽くしてきております。相手はテロ組織であり、ジャン・ロッシュ氏が誰に目をつけ、足取りを追っていたのか。それをここでお答えすることはできないのです。万が一、秘匿すべき情報が外部に漏れてしまった場合、ほかの内偵捜査員に危険が及ぶケースもあり得ます」

ETA――バスク祖国と自由。つい何年か前に、その主要メンバーが、フランスとスペインの合同捜査によって逮捕されていたはずだった。

アンドラは、スイスやリヒテンシュタインと並ぶタックス・ヘイブンの地であり、国内の各銀行は預金者の秘匿《ひとく》主義を守り通してきた。

だが、マネーロンダリングや脱税に利用されるケースが多く、特に二〇〇一年にアメリカで発生した同時多発テロ以降は、テロ資金の撲滅《ぼくめつ》を世界の主要国が叫びだし、タックス・ヘイブンを売り物にする国の銀行に情報開示を求める圧力が高まっていた。

ついに、スイス政府が、二〇〇九年に国内の銀行守秘義務を緩和させる方針を打ち出し、アンドラも追随《ついずい》するとの声明を出す事態となった。

今ではアンドラも、スイス同様に、脱税の疑いがある顧客の情報に限っては、他国の捜査機関にも開示している。

それでも、まだ銀行によって守られたテロ組織の資金が眠っているとの指摘はあった。特にアンドラは、スペインの隣国であり、ETAにまつわる資金が隠されているのでは、との噂が絶えなかった。

バスケスはまたボールペンを指先で回した。

「ほう……。ジャン・ロッシュ氏は銀行関係者に接触していたのですね」

「早合点はしないでいただきたい」

やっとコルベール警視が振り向いてくれた。

願いが叶《かな》い、バスケスは笑みを送った。だが、相手はすぐに目をそらし、また署長たち幹部に向けて口を開いた。

「相手が銀行関係者であろうとなかろうと、非常に危険を伴う接触であったと言えましょう。その人物が直接テロ組織に関与しているならまだしも、テロ組織にまつわる情報をジャン・ロッシュ氏に提供する人物であるのかもしれない、とお考えください。自らの危険を顧みずに協力してくれていた者に、我々警察が安易に近づけば、その人物に予想もしない危険が及ぶケースも出てきます。ですから、専門の担当官を有する我々にお任せいただきたい、と申し上げているわけです」

物は言いようで、あらゆる詭弁《きべん》を弄《ろう》してでも、彼らはスパイの中身を打ち明ける意思はなく、自らの力で事件を片づけたがっているのだった。

「我々はアンドラ国家警察への協力を惜しむつもりはありません。ただ、捜査の方向を見極め、互いの得意分野で力を尽くしたほうが、解決へも近づけるのではないか、と考えます。もちろん、アンドラ国内で起こった事件ですし、我々はあくまで助力させてもらい、表立った発言をするつもりはありません」

彼らとしては、最大限の譲歩なのだろう。

名目上はアンドラ側に捜査を進めてもらいながらも、捜査の本筋は自分たちで押さえて、解決へと持ち込みたい。すべての手柄はアンドラ側に譲ってもいいと考えている。悪い話ではないはずだ。これを断ろうものなら、外交上の問題として、政府が正式に働きかけることになる。そこをよくわきまえて返事をしなさい。

結論は最初から用意されているのだった。それを納得させるために、彼らはサイレンを鳴らして物々しく国境を越え、相談という名の強要に来たのである。

バスケスは二人の幹部の顔色を見た。フランス側の真意を読み取り、今にも白旗を掲げそうな頼りなさが目に表れていた。

ポケットに入れた携帯電話が震えだした。ユーカ・シンドウの自宅へ向かったロペスからの報告だった。が、こんな席で電話に出られるはずもなく、バスケスは片手で電源を落とした。

その隙を突いたかのように、レジェス署長が身を乗り出した。

「ここはお互い、協力すべき状況がそろっているようですね。どうでしょうか、それぞれの国内へ足を伸ばす際には、事前に報告を入れるという紳士協定を結んでおくことにしませんか」

条件付きの降伏だった。

表情も変えずに、コルベール警視がわずかに顎を引いた。

「そのほうがよろしいでしょうね。我々はアンドラ国内で正式な捜査を行う場合、逐一ご報告することを約束しましょう」

つまり、正式な捜査とは言えそうにない場合には、今までどおり秘密裏に行わせてもらう、と言っていた。まさしく形式的な決着だった。

「それと……ジャン・ロッシュ氏が接触したと思われる人物への安易な取り調べは、どうかお控えください。突発的な事態が起こるかもしれません。事前に我々への相談をお願いします」

いいか、必ず守れよな。コルベール警視の目が、初めて真正面からバスケスへとそそがれた。小兎《こうさぎ》を丸呑みにしようというワニかアナコンダを思わせる感情の読み取れない目だった。

「では、早速、報告をひとつさせていただきます」

バスケスもあえて無表情に徹して見つめ返した。

「うちの捜査員が、ジャン・ロッシュ氏の通信記録にあったユーカ・シンドウという日本人女性のピソを訪ねています。こちらからの電話にも出ませんし、どこかへ姿を消している可能性があります」

コルベール警視が顎を突き出すようにしてから小さく頷いた。

「ジャン・ロッシュが五度、電話をかけている相手ですね。今はまだ、なぜ彼が接触していたのか、我々もつかみかねています。パリの日本大使館に問い合わせを入れたので、すぐに返事があると思われます。日本にもかつては赤軍派というテロ組織が存在しておりましたので、どうかその日本人女性への接触はさけてください。慎重に周辺を調査したうえで、我々も対応を考え、必ず報告させていただきます」

バスケスが黙っていると、横でレジェス署長がキツツキ張りに唇を突き出して、何度も忙《せわ》しなく頷いた。

「仕方ないでしょうね。我々は現場近くの聞き込みに重点を置きます。それと、捜査員をトゥールーズへ送り、ジャン・ロッシュ氏の現地での交友関係も調査したいと考えています。あなた方の仕事とは関係なく、私的な動機から殺害された可能性も残りますので」

「そちらはお任せします。我々に協力すべきことがあれば、何でも言ってください」

これにて、大国の威信を笠《かさ》に着た、一方的な不可侵条約が締結された。

バスケスは肩で息をつきたいのを堪《こら》えて、携帯電話を握りながら席を立った。一同の視線が集まった。

「早速、部下にストップをかけねばなりませんので。失礼いたします」

事件の詳細については、バスケスでなくとも報告はできる。猿芝居の政治交渉がくり広げられる場にいたところで、現場を預かるバスケスに得るものはなかった。

署長と部長の視線を背中に感じながら、会議室のドアを開けて廊下へ出た。すぐに携帯電話の短縮番号を押した。

一度のコールでロペスが出た。

「ちょっと面白くなってきましたよ」

「何かわかったのか」

「フランスの諜報部員さんは、どうもアンドラの銀行を調べようとしてたみたいですね」

銀行――。早くも読みが的中したらしい。

「女は銀行員なのか」

「ユーカ・シンドウはアンドラ・ビクトル銀行に勤めています。管理人のところに、連絡先として銀行名と電話番号が控えてありました。ピソのカーテンは閉められたままで、中には誰もいませんね」

「銀行に電話はしたな」

「当然ですよ。そしたら、明日休みを取っていたのに、今朝になって今日から休みたいと電話があったそうです。ね、面白いでしょ」

確かに興味深い事実だった。ユーカ・シンドウには、一日早く休みを取っておきたい理由が、急にできたのである。

「今、銀行へ向かってるところです。フランスのお偉いさんは、何かうるさいこと、言ってましたか」

「残念だが、おれたちにできるのは、ここまでだよ。銀行には近づけない」

「どうしてですか」

叫びに近い声がバスケスの鼓膜を打った。

「一方的な不可侵条約を押しつけられた。おれたちは聞き込みに戻る」

「冗談じゃないですよ。ここまで来て、引き下がれますか。ジャン・ロッシュが殺された翌日から、急に仕事を休んでるんですよ。これ以上疑わしい容疑者が、どこにいるって言うんですか」

彼の怒りようはもっともだった。バスケスも大声で叫びたかった。だが、捜査の分担は、すでに幹部の間で決められたのだ。隣国との合同捜査を受け入れた以上、命令違反は外交問題の議題ともなる。

できるものなら、部下と連絡が取れなかったことにして、ロペスたちを銀行に向かわせたかった。殺人は突発的な事態だったのかもしれない。だが、容疑者たる日本人女性が、明日から事前に休暇を取っていたというのが気になる。仕事を休み、女は何をする気でいたのか。探れるものなら、探り出しておきたい。

「おれだって、悔しいよ。けど、合同捜査が正式に決定されたんだ。おれたちに与えられた仕事は、地道な現場周辺の聞き込みだ。今は耐えろ」

「それで本当にいいんですか、警部補。おれたちは独立国家の治安を守る警察官じゃないんですか」

「おれは聞き込みに戻る。おまえたちもすぐに合流しろ。いいな」

あとは返事を聞かずに電話を切った。

いつまでもロペスの悲痛な声が耳をついて離れなかった。

13

急き立てるような視線に押されて総領事の執務室を出ると、またも在パリ日本大使館からの電話が待っていた。

「黒田さん。今度はフランス国家警察から正式な問い合わせが来ました。いったいこれは、どうなっているんでしょうか」

防衛省から出向してきた大村という領事が声を詰まらせた。アンドラに続いて、国境を接するフランスからも、新藤結香の素姓を問う請求が寄せられたのだった。

「請求理由を聞きましたか」

「持ち込まれた書類には、フランス人がアンドラ国内で殺害され、新藤結香の知り合いである可能性が高い、とありますね」

黒田はネクタイをゆるめるために首筋へと手を差し入れた。二ヵ国の警察が新藤結香を追い始めていた。どうやら最もあってほしくない海外逃亡という疑いがますます強まってきた。

「フランス国家警察の担当者に、わたしの携帯の番号を伝えてください。そちらへ送った報告書も合わせて、お願いします」

「了解です。あとは黒田さんに任せましたからね」

パリ大使館はただの連絡係を務めるので、二ヵ国の警察にそちらで協力してくれ、と念を押されていた。もちろん、ここまで来ては、すべてを引き受けるしかなかった。

電話を切ると、黒田は総務へ戻り、政治部の若い職員に、日本へ帰国する警察官僚の見送り役を託した。いずれ本省へも連絡すべきと思えたが、今は時間が惜しい。

裁判の問い合わせを頼んだ宮崎は、まだ戻っていなかった。黒田はパリの大使館にまた問い合わせがあったという報告を川島総領事へは上げずに、自分のデスクへ戻って新藤結香の携帯に電話を入れた。

　やはり出ない。

　移動中は電源を落としているのか。受話器を置いて、自分の携帯から電話をかけ直した。

「……バルセロナ総領事館の黒田です。アンドラとフランスの警察から、パリの日本大使館にあなたの素姓を問い合わせる電話が入りました。あなたの知り合いが、何かしらの事件に巻き込まれたと聞いています。至急、電話をください。あなたがスペインに入国したことを両警察が知ったならば、アンドラから逃げ出した、と考えるでしょう。悪くすれば、あなたの裁判にも影響してくると思われます。この伝言を聞いたら、わたしの携帯に必ず電話をください」

　脅しに近い文言も添《そ》えて、メッセージを残した。

　彼女は、知り合いが巻き込まれたという事件と関わり合いになりたくないがために、アンドラを離れたかったのだろう。養育権を求める裁判の前に、訴えた本人が事件らしきものに関係していたとなれば、裁判官の心証は悪くなる。相手方も、それを論《あげつら》う戦術に出てくると思われる。

　だが、警察から正式な素姓を問う依頼が入り、まるでアンドラから逃亡を企てたような状況にあるのでは、もっと立場が悪くなるはずだった。

黒田はパソコンの前に戻り、ネットでバルセロナからの航空便を調べた。

新藤結香が雇った弁護士は、グラナダに事務所を構えているという。裁判が事実であったならば、その近くの裁判所で行われると考えるべきだった。

もし新藤結香がグラナダへ向かうつもりでいるなら、彼女がホテルのロビーで語ったようにAVE――新幹線――を利用するとは思えなかった。

グラナダは、イベリア半島の南岸、地中海に面したアンダルシア自治州の都市である。バルセロナから半島の東岸に沿って南下していけば、アンダルシア州に入る。だが、バレンシア州を越えてアンダルシアに至る鉄道は存在しない。いったん半島の真ん中に位置する首都のマドリードを経て、そこから南下する路線しか通じていないのである。

AVEを使ってバルセロナからマドリードまでが二時間半。さらにグラナダまでは四時間を要する。

飛行機を使えば、それぞれの空港間は、一時間二十五分。

今朝の午前四時十分、新藤結香はホテル・バレーラに到着して黒田と別れたあと、四時半すぎにはタクシーを呼んで一人で出かけようとした。あの時、AVEを使ってマドリードへ向かうためにサンツ駅まで行くつもりだった、と言っていた。

だが、彼女の本当の目的地は、グラナダ周辺であった可能性が高い。

バルセロナ発グラナダ行きのフライト時刻をネットで検索してみると、早朝七時十分発が二便あった。

彼女はこれに乗るつもりで、バルセロナ・プラット空港へ向かおうとしてタクシーを呼んだのではなかったか。

ホテルをさけて近くの広場にタクシーを呼び出したものの、黒田に見つかったため、ホテル・バレーラへ逆戻りすることになった。彼女から裁判の話を聞き終え、黒田がホテルを離れた時は、六時近かったはずだ。

市内から空港までは、車で二十分はかかる。あれから急いでホテルを出てタクシーをつかまえたとしても、六時半に空港へ到着することは難しかったろう。まずこの便には乗れなかったと見られる。

次のグラナダ行きは、七時三十分の便だった。彼女が事前に予約を入れていたとは思いにくい。チェックインカウンターでのチケット手配が、何分前に締め切られるかが問題だった。ぎりぎりこの便には間に合ったろうか。

もし間に合わなかった場合には、次が十二時ちょうどの便になる。

黒田は腕時計に目を走らせた。十時五十五分。今から空港へ急げば、どうにか十二時発の便には間に合いそうだった。

まだ裁判の確認はできていないが、返事を待っていたのでは遅くなる。

デスクに山積みされた書類をそのままにして、一人で総領事館をあとにした。ディアゴナル通りへ走り出て、通りかかったタクシーをつかまえる。

車内から、まず空港カウンターに電話を入れた。十二時発グラナダ行きの便には、まだ空席があった。空港へ向かっていることを告げて、座席を確保する。

次に、裁判の確認を頼んだ宮崎に電話を入れた。

「——今、地方裁判所です。また少し経費はかかりましたが、相手が外国人ならすぐにわかるだろうって言われたんで」

礼を言って、結果がわかり次第、携帯に電話をもらえるように頼んだ。

「ああ、そろそろ見送りの時間ですね」

「そうなんだ、頼む」

勘違いをいいことに、アンドラとフランスからパリに問い合わせが入ったことは伝えずに、電話を切った。総領事館に戻れば、どうせすぐにわかることだった。

次に川島総領事に電話で、遅ればせながらの報告を上げた。

「フランスからもか……」

川島は電話口で唸《うな》りを上げると、またも沈黙した。今度は、無言で部下に威圧を与えようという思惑ではなく、返す言葉が出てこなかったと思える。

「新藤結香はグラナダへ向かった可能性があります。息子の養育権を争う裁判が明日開かれると言ってましたので、その確認が取れ次第、グラナダへ向かいます」

「明日の帰国を取りやめることは、もう伝えたろうね」

「いえ、本省にはすぐ事情を伝えます。それと、昨夜の一件をパリの大使館が報告すると言っていますので、わたしあてにアンドラやフランスの捜査当局から連絡が入ると思います。何かあり次第、総務に報告を入れておくことでよろしいでしょうか」

直接すべてを報告しろ、と言うのなら、それでもよかった。が、役人であれば、災難には関わらずにいたほうがいいと考える。ましてや黒田は、本省から派遣されており、総領事館の職員ではなかった。

予想どおりの回答が返ってきた。

「そうしておいてくれ。くれぐれも本省への報告を忘れないでくれたまえよ」

黒田の返事を聞かずに、電話は切れた。

午前十一時。すでに日本は午後七時になっていたが、まだこの時間なら、多くの職員が本省に残っているはずだった。

生憎と、稲葉は執務室を出ていた。半年前、邦人テロ対策室長から、邦人保護課の課長へと昇進した深井護《ふかいまもる》も、午後はずっと出たまま帰らないと言われた。上司の不在をいいことに、伝言を託して電話を切った。

今は多くを説明しなくてすむだけ助かるが、あとで絞られるのは間違いない。出世は望んでいないので、どれほど叱責《しっせき》を浴びようと、そもそも恐れることはなかった。疫病神扱いも、慣れている。

バルセロナ・プラット空港に到着すると、イベリア航空のカウンターへ走った。十二時ちょうどに出発するのは二便ある。が、そのうち一便は、ネット直販の格安航空会社だった。新藤結香がもし七時半の便にも間に合っていなかったとすれば、利用するのはイベリア航空のほうになると思えた。

カウンターで搭乗チケットを購入し、手続きを終えた。

「急いでください。まもなく出発します」

「連れが先にチェックインしたと思うんです。黒いコートを着た日本人女性です。もう搭乗ロビーに向かいましたよね」

スパンエアー七時三十分発のチェックイン手続きが、早めに終了してくれていることを祈りながら、黒田は尋ねた。

イベリア航空の女性社員が、パソコンのモニター画面に目を走らせてから、急げと言うように手を振って答えた。

「もう搭乗されたはずです。急いでください」

黒田は礼を言ってカウンターを離れた。搭乗ロビーへ走りながら、ホテル・バレーラの肌寒いロビーで彼女とコーヒーを飲んだ時間が無駄にならなかったことを感謝した。黒田が丹念に問い質していったことで、彼女は七時半の便にも間に合わなかったのである。女性にはしつこく話しかけてみるものだった。

エスカレーターを駆け上がった。チケットを提示しながらセキュリティチェックを受けて、コンコースを走る。

出発ゲートの前に、もう搭乗客の姿は一人もなく、係員が黒田の到着を待っていた。体格のいい女性係員の目が吊り上がっているところを見ると、時間切れ寸前だったようだ。

ボーディングブリッジを抜けて機内へ入った。

中型機なので、通路を挟んだ右と左に、二席ずつが並んでいる。ビジネスクラスの席に、新藤結香の姿はなかった。通路を歩きながら、日本人女性の姿を探した。

黒田はあえて最後尾の席を選んでいた。こうやって通路を進んでいけば、ほぼすべての乗客の顔を見ていける。

探し求めていた女性は、18のA席に座っていた。

黒縁眼鏡に黒いニットキャップを深く被った女性が、毛布を膝にかけて窓のほうへと顔を向け、早くも目を閉じていた。無理もなかった。黒田同様、彼女も昨夜からほとんど寝ていないのだった。

新藤結香に間違いない。彼女は黒田が通路を通りすぎても、身動きひとつしなかった。

昨夜のうちにアンドラを出国でき、しつこい外交官からも解放されて、今は安らかな眠りに落ちているらしい。

黒田も自分の席についてシートベルトを締めた。幸運にも新藤結香を見つけられた安堵感から、たちまち睡魔が襲ってきた。

グラナダ・ハエン空港までは一時間二十五分。その間だけは、ぐっすりと眠れそうだった。

14

手荒なタッチダウンの揺れで目が覚めた。

シートベルト着用のサインは消えておらず、まだ滑走路を走っているのに、客の大半が席を立ち、降り立つ準備に動きだしていた。携帯電話を使って大声で話し始めている者もいた。

定刻より八分遅れての到着だった。多分に、黒田が遅れたことも影響していたろう。

早くも通路へ歩きだす客もいて、18番のA席は見通せなかった。気づかれてはいないと思うが、黒田は気の早いスペイン人に負けじと席を立った。

飛行機が駐機場に停まるとともに、客がどっと出入口へ押し寄せる。人の垣根越しに、新藤結香の後ろ姿が見えた。

　彼女は黒のニットキャップを目深に被り、うつむきがちに——まるで顔を隠そうとするかのように——乗務員の前を通りすぎてボーディングブリッジへと抜けていった。手荷物は、小さなバッグと大きめの紙袋という、昨夜からと同じ姿のままだった。

　広くもないボーディングブリッジを横に並んで占領するスペイン人女性の三人組をかき分けて、黒田はあとを追った。

　新藤結香は手荷物受取所へは向かわず、出口のゲート方面へ歩いていく。やはり着替えも持たずに、裁判の地へ乗り込もうというのだった。

　黒田は後ろから近づき、彼女を追い越しざまに振り返った。

「新藤さん。ちょっとよろしいでしょうか」

　前をふさぐようにして立ち止まる。

　空港内に設置された監視カメラを気にするかのようにうつむいていた、彼女の顔が上がった。

　刑事という人種は、たとえ証拠がなくとも真犯人をその挙動から見抜く、と聞く。人は本心を隠そうとも、ふいをつかれたなら、顔や態度に気持ちの揺れが表れる。驚きに目を見開いた新藤結香は、黒田を認めて明らかな衝撃を受けていた。

　一切の表情が消え、頬と顎《あご》が小刻みに震えだした。喉が悲鳴を呑むように動いたが、声は出てこなかった。足がふらつき、その場に倒れるのではないかと思い、黒田のほうが身構えてしまったほどである。

だが、彼女は気丈にも衝撃から立ち直り、眼鏡の奥で幾度もまたたきをくり返してから、それとなく辺りを見回した。黒田のほかに人がいないことを確かめたと見える。

「わたしが追いかけてきた理由は、あなたのほうがよくご存じだと思います」

「いえ……。なぜ、黒田さんがここに？」

寝不足も手伝っているのか、老女を思わせる痛々しいまでのかすれ声だった。化粧は軽く直したらしいが、目の辺りがやけに落ちくぼんで見える。

「人を呼んでもいいのですが、あまり大袈裟《おおげさ》なことはしたくありません。そこのゲートを出たら、またコーヒーでもご一緒させてください」

「意味がわかりません」

声に力が戻っていた。懸命に自分を奮《ふる》い立たせようとしているらしく、彼女は紙袋とバッグを抱き寄せるようにして、背筋を伸ばした。

「パリの日本大使館に、アンドラとフランスの両警察から、正式にあなたの素姓を確認する依頼が入りました」

よその国の警察から調べられていると聞き、驚きと戸惑いを覚えない者はいない。だが、新藤結香は冷静にその事実を受け止めようとした。言葉の意味を頭の中で反芻《はんすう》し、置かれた立場を見つめ直しているのだろう。

「あなたの今の状況は、非常に危ういものだと理解してください。警察から見た場合、あなたは日本の外交官に嘘を告げてアンドラから慌てて出国したわけで、国外逃亡を図ったと思われても仕方のない状況です」

「意味がわかりません」

また同じ言い方をして、意志の強さを感じさせる眼差しを返してきた。

「つまり、警察から素姓を問われる意味がわからない、心当たりがない、と言われるのですね」

「はい――」

黒田が言い終えないうちに、彼女は大きく頷き返した。

絶対に認めてはなるまい、という強い意志だけは感じられた。過剰なまでに無関係であることを訴えておきたかったようである。

「その辺りのこともふくめて、どうかじっくりと話を聞かせてください」

黒田はゲートを手で示して、新藤結香を誘った。

彼女の足は動かなかった。次々と吐き出されてくる搭乗客に追い越されるまま、フロアに立ちつくした。見ず知らずの男から電話の嫌がらせを受けていたというが、その相手を前にしたかのような目つきだった。

ゲートへ向かう人々の流れをさえぎるようにして立つ、非常識な日本人二人に多くのスペイン人の目が集まっていた。

黒田は態度を頑なにする女性をコーヒーに誘うべく、精いっぱいの笑顔を作った。

「こちらからも警察に問い合わせることはできます。まだあなたが何らかの容疑者であると決まったわけではありません。ここはどうか、じっくりと真実を聞かせてください」

やがて新藤結香は無言で歩みだし、黒田に言われるがまま到着ゲートを越えると、ロビーの右手に見えた喫茶コーナーへ足を運んだ。騒ぎ立てても無駄と悟るまで、少し時間がかかったとしても仕方はなかった。

隅の席が空いていたので、身振り大きく笑い合うスペイン人の間を抜け、先に新藤結香を座らせた。黒田はカウンターに寄って、コーヒーをふたつ頼んだ。

片時も視線はそらさず、彼女を目の端でとらえ続けた。彼女も黒田のほうを気にしながらも、携帯電話を取り出して着信をチェックしていた。伝言が残されていたようで、電話を耳に当てていた。その表情は彫像を気取るかのように変わらない。黒田が残したメッセージを今さらながら聞いたのか。そうであれば、硬く厳しい表情にも頷けた。

紙コップに入ったコーヒーを受け取り、彼女の席へ戻った。

黒田も携帯電話を取り出した。着信が四件入っていた。ひとつが、宮崎から。ふたつが、バルセロナ総領事館。もうひとつは、見覚えのない番号からだった。

留守電にメッセージが残されていた。

「宮崎です。グラナダで間違いありません。明日の午後三時。地方裁判所の第三小法廷で、第一回公判が開かれます。弁護士の名前はラファエル・ドミンゲス。連絡先もわかりました。それと、アンドラでの事件ですが、殺人かもしれません。向こうのニュースで、少しずつ報道されています。フランス人旅行者が別荘地で殺されたようです。詳しいことがわかったら、また電話をします」

「古賀だ。君あてにアンドラ国家警察から電話が入った。これを聞いたら、すぐに電話をくれ」

「アンドラ国家警察犯罪捜査部のアベル・バスケス警部補です。パリの日本大使館からあなたの電話番号を聞きました。電話をください。こちらからもまた電話を入れます」

新藤結香の視線を浴びながらメッセージを聞き終えた。その鋭い眼差しをそらすため、紙コップをつかんでコーヒーを口にした。ミルクなしでは呑めそうにないほど煮つまったコーヒーだった。彼女は口をつけるどころか、紙コップには目もくれずにいた。なかなかの対決姿勢を見せてくれる。

「裁判の確認が取れました。明日の午後三時、こちらの地方裁判所、第三小法廷ですね」

「わたしは嘘なんか言っていません」

声には落ち着きが戻り、口調もとがってはいなかった。ただ、見つめる目の中に抗議の意志があふれていた。

「総領事館に入った情報によりますと、あなたの知り合いであるフランス人が、アンドラ国内で殺害された可能性が高いということでした」

眼鏡の奥で瞳が揺れた。殺人の可能性を指摘されて、驚かない者はいない。

当然の反応ではあったが、戸惑った様子は見られず、彼女は人の流れへと目をそらしてから口を開いた。

「意味がわかりません……。銀行にフランス系の行員は何人もいます。ですが、特に親しくしている人はいません。今朝、銀行に電話を入れた時も、そんなことは聞かされませんでした」

「勤め先以外に、知り合いのフランス人はいませんか。旅行者だったという情報もあります」

黒田が問うとともに、あ、と口が開いた。

すぐに思い当たったのではなく、問われて気づいた。そういう演技に見えないこともなかった。

「……電話です」

急に前のめりになった。その勢いに、テーブルが揺れた。

「男の人に追いかけられた、と言いましたよね」

「はい。それで怖くなり、ピソには戻れなくなったんです。携帯に電話も何度かかかってきました。それも話したと思いますが」

「聞いています。では、その人物が……」

「今思うと、どことなくフランス訛《なま》りがあったような気がします。何度か電話があって……。どうしてわたしの番号を知っているのか。ずっと不思議に思っていました。まったく心当たりがなかったし、名乗ろうとしない男でした」

今になって証言を訂正する気はないようだった。演技か、真実なのか。見極める材料はまだ少なかった。

「その男は、電話であなたに何を言ってきたのでしょうか。詳しく教えてください」

「はい……。おまえのことはよく知っている。今度会いたい……。わたしが銀行に勤めていることも知ってました。携帯の番号を変えようか悩んでいたところなんです」

「性的な嫌がらせの電話ではなかったのですね」

「違います。だから、あとになって裁判と何か関係があるのか、と考えたんです」

「発信元の番号はわかりますか」

「すみません。その時は何だか怖くなって履歴は消してしまいました。それからは、メモリーにない番号からの電話には出ないようにしていました」

そこで急に、彼女の背筋が伸びた。視線をまた黒田から外し、横を向いて小さく一人で頷いた。テーブルに置いた携帯電話をつかみ、いくつかボタンを押し始めた。メモリーされた情報を確かめていた。

「何か気づかれたのですね」

「はい……。実はその少し前に、あるフランス人の方から電話をもらっていました。この番号です」

新藤結香が携帯の画面を黒田のほうに向けた。

着信履歴らしく、時間と電話番号がいくつも並んでいた。そのひとつを、指先で示してみせた。

「パリの銀行に勤めていたことは、お話ししたと思います」

「ええ……」

「その同僚から、わたしの電話番号を聞いた、と言ってました。今度アンドラへ行く予定があるので、観光名所やホテルを紹介してもらえるとありがたい、と電話をかけてきた人です。知り合いとは言えなかったので、すぐに思いつけなかったんですが、何度か電話をもらいました」

「そのフランス人の名前は？」

「確か、ロッシュとか言っていたと思います。フルネームを聞いたような気もしますが、覚えていません。どこにでもあるような名前だった気がします」

「直接の知り合いではないのですね」

「――はい。パリの銀行の誰かが、わたしの電話番号を教えたのだと思います。あまりしつこく訊いたのでは、問い詰めるようなことになると思って……。もしかしたら、銀行の得意客かもしれませんし。それで仕方なく、ホテルや貸別荘などを紹介はしました」

別荘……。

宮崎の情報によれば、フランス人は別荘地で殺されたという。

殺人の状況に極めて近い情報だと言える。

「そのロッシュという人物は、アンドラへ行く予定があると言っていたのですね」

「はい。確か一昨日にも電話があって、別荘を借りることにしたとかで、お礼を言われました」

殺害現場に被害者の携帯電話が残されていて、その発信記録から新藤結香の名前が出てきた。そうであれば、大使館に連絡が来るのは当然に思えた。しかも、一昨日にその人物と電話をしているのである。

新藤結香はニットキャップを脱いで、眉を寄せた。

「もしかしたら……殺されたというのは、その人なんでしょうか」

「確認してみましょう」

ここまでの彼女の話に、一応の筋は通っているように思えた。黒田は携帯電話の番号ボタンを押した。まずは、在バルセロナ総領事館に電話を入れる。

「――もしもし、わたしだ。宮崎君から聞いたよ。もうグラナダに到着したんだな」

代表電話から回線をつないでもらうと、古賀参事官が息もつかずに声をとがらせた。黒田からの電話を待ち兼ねていたらしい。

「何とか間に合いました。今、新藤結香さんと一緒にいます。これからアンドラ国家警察に電話を入れようと思っています」

「どこだ、まだ空港か」

「はい」

「何食わぬ顔で聞いてくれ。君一人じゃ不安だろう。トイレに行くとか言われたら、それまでだからな。こっちから空港に電話を入れて、警備員を近くに配置してもらう。スペインの警察にもルートはある。それまで目を離すんじゃないぞ」

「つまり、どういうことなのでしょうか」

「決まってるだろ。警察に協力するんだ。身柄を引き渡すまで、絶対に逃がすんじゃない」

もう古賀参事官は、新藤結香を何かしらの犯人と決めてかかっていた。

「そう思われる情報があるのでしょうか」

「何を言ってるんだ。二ヵ国の警察が追ってる女だぞ。よほどの理由があるに決まってるだろ」

そんなことだろう、と思った。黒田を名指ししてアンドラの警察からかかってきた電話に驚き、神経を張り詰めているにすぎなかった。

「ひとまず新藤さんから詳しい話を聞きました」

そう前置きしてから、概略を伝えた。うるさいほどの相槌を返したあとで、古賀がさらなる断定口調になった。

「間違いないさ。その男がアンドラで殺されたんだよ。ずいぶん正直に話したじゃないか。まあ、隠しても無駄だと思ったんだろう。案外、その別荘とかで密会してたのかもな。すぐ警察を通して空港に人を送らせる。それまで待ってるな」

「ほかに情報は入っていないのですね」

「警察が、事件の中身を懇切丁寧に解説してくれるわけがないだろ。パリの大使館が独自にアンドラの警察関係者に電話を入れてるところらしいが、まだこちらには何も伝わってきてはいない」

つまり、新藤結香が容疑者の一人であると決めつける材料は、まだ何ひとつないのだった。が、最もあってほしくない事態に備え、容疑者かもしれない女性を逃がすな、と古賀は厳命していた。

「とにかく、これからアンドラの警察に確認を入れてみます」

「相手がトイレに行くと言いだしたら、近くの警備員を呼ぶんだぞ。いいな、今度こそ逃がすな。頼むぞ」

「わかりました」

目の前で視線をそそぐ新藤結香を気にしながら通話を終えた。すぐに携帯のネット検索で、アンドラ国家警察本部の代表番号を調べて、電話を入れる。

携帯の着信記録に、アンドラのバスケスという警部補から入った電話の番号は記録されている。だが、本当に警察官であるかどうかの確認は、番号からだけではできなかった。在外公館には多くの問い合わせが入り、個人情報も管理している。相手先の確認は、最も基本となる作業の第一歩だった。

電話に出た女性に素姓を名乗り、犯罪捜査課のアベル・バスケス警部補を呼び出してもらう。しばらく待たされ、回線がつながった。

「犯罪捜査部のホルヘ・ディアス警視です。バスケスは仕事で外に出ています。バルセロナ総領事館の黒田さんに間違いないですね」

「はい。そちらのバスケス警部補から電話をもらいました。アンドラ国内に居住するユカ・シンドウという日本人女性について」

なぜか小さな舌打ちが聞こえた。続いて鼻息が盛大に電話口にかかった。

理由はわからないが、バスケスという警部補が黒田に電話を入れていた事実を、この警視は聞かされていなかったのかもしれない。

予測は的中した。

「まだ情報がバスケス警部補から上がってきておらず、彼が何のためにバルセロナ総領事館に問い合わせを入れたのか、よくわからないところがあります。ですが、ユカ・シンドウが今どこにいるのか、フランス国家警察とともに調べているのは確かなのです。そちらで情報があるのですね」

「実は今、わたしは新藤さんと一緒にいます」

「本当ですか！」

耳を圧するほどの大声で問われた。が、見つめる新藤結香の手前、いたずらに表情を変えるわけにはいかなかった。

「アンドラ国内でフランス人が殺害されたと聞いています。もしかすると、ロッシュという人物ではないでしょうか」

「なぜ知ってるんだ！」

今度は反射的に携帯から耳を離さずにはいられなかった。これほど驚いてもらえるとは思わなかった。

「新藤結香さんは、つい一昨日にも、そのロッシュという人物と電話で話しているそうです」

黒田はそう前置きして、彼女から教えられた話を、拙《つたな》いスペイン語で伝えた。

その途中で、何度もまた大きな鼻息を聞かされた。興奮のあまり、鼻だけでなく口でも呼吸をしているらしく、ため息とも熊の唸りのような音が電話を通して耳に届いた。

「もう一度確認させてもらえますか。あなたは在バルセロナ総領事館の……」

「黒田と言います。コウサク・クロダ。正確に言うならば、在バルセロナ総領事館の職員ではありません。ある国際会議のため、本省から派遣されてきました。たまたま昨夜、新藤さんから電話をもらい、アンドラ・ラ・ベリャからバルセロナへお連れしました。その辺りの経緯は、おそらくバスケス警部補が在パリ日本大使館の者から聞きだしていると思います」

「ユカ・シンドウは君の横にいるのだね。電話を代わってくれないか。確認させてもらいたいことがある」

黒田は携帯電話を口元に近づけたまま、新藤結香へ視線を振った。電話の向こうにも聞こえるように、スペイン語で呼びかける。

「アンドラ国家警察の警視が、あなたから直接話を聞きたいと言っています」

「ロッシュという人が、やはり亡くなったのですね」

新藤結香は日本語で黒田に尋ねた。無言で頷き返すと、彼女も同じように短く顎を引いた。それから、携帯電話を受け取ろうと、手を伸ばしてきた。

「はい、電話を代わりました。わたしがユカ・シンドウです」

黒田より数倍も流暢なスペイン語で彼女は言った。すぐ目の前にディアスという警視がいるかのように、彼女は姿勢を正して電話に向かった。

「はい。その人と会ったことは一度もありません。……グラン・リアン銀行のサンラザール支店の融資第二課に勤めていました。その時の同僚も、わたしがアンドラへ転職したことは知っていますので、もしかすると、顧客の一人に頼まれ、仕方なくわたしの連絡先を教えたのかもしれません。いいえ、そういう電話はもらっていません。ただ、サンラザール支店のことをよくご存じのようでしたから、顧客の一人なのだろうと思っていました。……四度か、五度くらいでしょうか」

通話は五分を超えた。

ディアス警視は、彼女と殺害されたロッシュ氏との電話についてしつこく問い質していた。いつ、何度電話が入り、何を話したのか。

「一昨日は、お礼の電話でした。そのちょっと前に……いえ、いつかはよく覚えていませんが、ホテルや別荘について教えたからです。……はい、それだけです。いえ、銀行の仕事について聞かれたことはなかったと思います。アンドラのデパートや、税金の事情を聞かれたので、答えたことはあります」

新藤結香は、見ている黒田が驚くほどに、淀《よど》みなく答えていった。

実際の刑事が目の前にいたわけではなく、電話なので重圧を感じずにすむこともあったのかもしれない。銀行員を長らく務め、人と話すことにも多少は慣れてもいたろう。が、殺人事件の直後に自分がアンドラを出国するという実に際どい状況にあると知りながら、慌てることもなく慎重に言葉を連ねていく。

異国の地で長く暮らした経験が、精神力の強さを生んだわけなのか。

「実は、裁判のためにアンドラを出国しました。そのことは、銀行の上司にも伝えてあります。……はい、明日の三時です。一人息子の養育権を争う裁判ですので、必ず出廷します。どこにも逃げたり隠れたりはしません。確認していただければわかるはずです。……はい」

彼女の横顔を見つめていると、ふいに視線が黒田に振り向けられた。

「電話を代わってほしい、と言ってます」

日本語で言われて、黒田は差し出された携帯を受け取った。

「裁判が開かれるのは、君が本当に確認したんだね」

「はい。在バルセロナ総領事館の者が確認しました。内容も、彼女が今伝えたとおりです。弁護士の名前も連絡先もわかっています」

そこでまたも盛大な吐息が送話口にぶつかって音を立てた。

事件の直後に国外へ出たという状況は見逃せない。だが、彼女の話にさしたる矛盾《むじゅん》はなく、疑わしさを晴らすことはできずとも、決定的な関与を示す証拠と言えそうなものは見当たらないのだ。重要参考人として呼び寄せるほどの不審な点も浮かんではきていないと見える。

「君はいつまでユカ・シンドウと一緒にいるのだね」

「わかりません。上司と相談してから決めることになると思います」

「もう一度、ユカ・シンドウに電話を代わってもらえるか」

向こうもかなり迷っているらしい。再び彼女に電話を手渡した。

「はい……。ホテルが決まり次第、必ず電話をします。わたしの電話番号も伝えておきます。よろしいでしょうか……」

電話番号が告げられ、また黒田へと携帯が戻された。

ディアス警視の低い声が耳に届く。

「フランス国家警察からも君に電話があるかもしれない。それまでは、ユカ・シンドウと一緒にいてもらえるとありがたい」

「我々外交官に、在留邦人を拘束する権限はありません」

「そうかもしれないが、彼女は被害者に別荘を教えたという、紛《まぎ》れもない事件の関係者の一人で、君がアンドラ国内から連れ出したことに変わりはない」

権利はなくとも、君には義務がある。そう言わんばかりの物言いだった。おそらく、総領事館の古賀に指示を仰いでも、同じ言い方をするはずだった。

黒田は携帯電話を口元に寄せたまま、スペイン語でまた新藤結香に呼びかけた。

「アンドラの警視が、フランス側から連絡があるまで、あなたと一緒にいてほしい、と言ってきています」

「わたしは容疑者の一人なんでしょうか」

「容疑者であれば、直ちにアンドラから警察官が飛んでくると思われます」

「明日、裁判があるんです。わたしは逃げも隠れもしません」

もちろんわかっている、と伝えるために頷いた。それでも協力してほしい、と警察が求めていた。

首を振られてしまえば、それまでだった。が、彼女は外交官に嘘を言ってアンドラを出国し、さらに嘘を重ねてバルセロナのホテルからも出ようとした。疑わしい状況がありすぎた。容疑者の一歩手前にいる人物と言っていい。

新藤結香が黒田から目をそらし、吐息をつくように言った。

「仕方ありません……。断れば、また逃げるつもりなんだと言う人が出てきますよね」

「協力していただけるようです」

黒田は電話の向こうの警視に告げた。

「疑いが晴れるまで、どうか目を離さないでくれたまえよ」

「わかりました。フランスからの電話を、とにかく待ってみます」

15

紙コップのコーヒーは、すでに冷えきっていた。

空港ロビーの片隅に置かれた喫茶コーナーに座って二十分がすぎたが、辺りに警備員が増えたようには見えなかった。古賀が電話で請け負ったものの、スペイン国家警察を通して空港へ人を送る手配に手間取っているのだろう。まだ容疑者と決まったわけでもない者を監視するために、そうそう人手を割《さ》けるものではなかった。ましてやアンドラ国内で発生した事件であり、スペインの警察当局が手を貸すべき理由も見つかってはいないのである。

いずれフランス国家警察からも電話が入るだろうが、新藤結香といつまで冷めたコーヒーを挟んで向き合っていればいいのか。ここは総領事館の古賀に電話を入れて、場所を移る許可を得ておいたほうがよさそうだった。

携帯電話をあらためてつかみ直した時、手に揺れが伝わってきた。フランス側からの電話かもしれない。

「――はい、在バルセロナ日本総領事館の黒田です」

「アンドラ国家警察のバスケス警部補です。君がユカ・シンドウをアンドラ国外に連れ出した外交官だね」

黒田の携帯に伝言を残した刑事からの電話だった。あえて低い声を作り、威圧の響きを与えようという意図が感じられた。

「その件でしたら、たった今、そちらのディアス警視と話をしたところです」

盛大な舌打ちが聞こえた。上司のディアス警視も、バスケス警部補の名前を伝えた際、同じような反応を見せた。現場と上層部の間で意見の対立があるのは、どこの国の役所でも珍しくはない。

「ユカ・シンドウとはいつ、どこで別れたのかね」

「ディアス警視にすべて伝えてあります。新藤さんと今一緒にいることもふくめて」

「何？　どういうことだ。最初から話してくれ」

黒田は自分の携帯を耳元から少し離した。携帯電話に嚙みつこうとする血気盛んな刑事の姿が想像できる。

「すでに彼女はアンドラ国家警察の捜査に協力し、電話でディアス警視の質問にすべて答えています。また何かあれば、捜査本部で情報を摺《す》り合わせてから、連絡をください」

「君は、外交官なのか。それとも、ユカ・シンドウの弁護士なのかな」

わかりやすい皮肉に、黒田は笑った。

「もちろん、外交官です。他国に交渉を持ちかける際には、まず正式な外交ルートを守り、窓口をひとつにしていただけると助かります。では、よろしく」

頭から外交官を脅してかかろうという古くさいタイプの刑事を相手にしても始まらなかった。上司の許可を得ずに、黒田のもとへ電話をかけてきているのである。

現場を担《にな》う者同士として、面と向かえば理解し合える部分は多いだろうと予想はできたが、今は外交官として、アンドラ国家警察の正式な窓口を相手にするほかはなかった。

黒田の対応ぶりが解せなかったらしく、新藤結香がもの問いたげな目になっていた。

「ご心配なく。現場の刑事が上司を差し置いて電話をかけてきただけです。それより、このグラナダでいつも利用しているホテルがあるでしょうか」

つい十二時間ほど前にも、アンドラで同じ質問をしたばかりだった。デジャビュと睡眠不足を振り払うためにも、黒田は冷めたコーヒーを口にふくんだ。

「グラナダ駅に近いホテル・ラスカサスを使っています。裁判の打ち合わせで、何度か来ていますので」

「ひとまず、そこに移動しましょう」

黒田は再び携帯電話を握った。総領事館の古賀に許可を得るべく通話ボタンを押す。

すると、テーブルに置いてあった新藤結香の携帯電話が震え、カタカタと音を立てだした。

彼女が手を伸ばして発信元を確認する。その表情がにわかに固まり、不安げな目が黒田にそそがれた。

「覚えのない番号からの電話ですね」

「はい……」

黒田は手を伸ばして携帯電話を受け取った。彼女に頷き、通話ボタンを押す。

「オイガ……」

もしもし、とスペイン語で告げたが、電話の向こうは息を詰めているかのように物音ひとつしなかった。

「こちらはユカ・シンドウの携帯電話です。彼女はちょっと席を外しているため、わたしが代わりに出ています。どなたでしょうか」

呼びかけの途中で、プツリと電話は切れた。

息を詰める新藤結香に、携帯電話を差し出した。受け取ろうとする彼女の指先が、かすかに震えて見えた。

「今の番号が、何度かかかってきたという不審な電話の発信元でしょうか」

「わかりません。本当によく覚えてなくて……」

「着信履歴を表示させてください」

黒田の申し入れに、新藤結香が頼りなさそうな表情のまま、携帯のボタンを操作した。

表示された電話番号を見つめた。ヨーロッパでは、自動国際ローミングになっており、わざわざ国番号を押さなくとも他国の携帯に電話ができる機種が多い。番号を見ただけでは、どこの国からかかってきたものかは、わかりにくい。

黒田は表示された番号を見ながら、自分の携帯のボタンを押した。

呼び出し音が鳴り続ける。

が、相手は電話に出なかった。自らは見ず知らずの者に電話をかけても、自分のほうは登録されていない番号からの電話には出ない主義らしい。

やがて機械音めいた女性のフランス語が、電話に出られない状況にあると告げた。が、メッセージについての情報は流れなかった。今時、留守番電話機能のサービスをつけていないとは珍しい。

「新藤さん。この番号を警察に知らせてもいいですよね」

当然の問いかけに思えたが、一瞬、新藤結香が迷うような表情を見せた。

黒田の前では出られない相手からの電話であったなら、その番号を警察に教えるのを躊躇《ためら》うだろう。本当に心当たりのない番号であれば、相手を突きとめたいと思うのが普通だった。

「銀行関係の人なら、黒田さんがわたしの名前を告げた時に、そう言ってくると思います。ただの間違い電話かもしれませんが、そうすべきと思われるなら、わたしのほうは構いません」

　さして決意を込めるでもなく、彼女は淡々と言った。一瞬の迷いは、銀行関係者からの電話だったケースを考えてのことだったらしい。

　黒田はまず総領事館に電話を入れて、移動の許可を古賀に求めた。

「新藤さんは両警察の捜査に協力すると、アンドラ側の警視に伝えています」

「おいおい、黒田君。君は頭からそう信じているわけじゃないだろうな」

　彼のように頭から否定できる材料もまだ見つかってはいないのである。最も悪いケースを考えて対処の道を選ぶ。役人としては、それが正解なのだとは思う。

「そうでしょうか。裁判の前に、警察と揉め事を起こしたがる者がいるとは、常識では思いにくいんですが」

　新藤結香にも聞かせるために言うと、電話の向こうで古賀が黙り込んだ。反論を思いつけなかったのではなく、人のよすぎる考え方しかできない外交官を嘆き、どう諭すべきか迷っていたに違いない。

　長々と話を聞きたくないので、すぐに本題を切り出した。

「いつまでも空港にいても仕方ないので、これから、新藤さんがいつも利用しているホテル・ラスカサスへひとまず移動します」

「……わかった。あとは頼むぞ。まだスペインの警察には話がうまく通っていない。ホテルに場所を移すと早速伝えておく。念のためだ。アンドラの警察にも報告を入れておいてくれ」

「了解です」

続いて再びアンドラ国家警察の本部に電話を入れて、ディアス警視を呼び出した。

「うちの部下が、また直接君に電話を入れたようだね」

ホテルに移動する件を伝えると、また吐息まじりの声になった。

「ディアス警視の名前を出させてもらいました。ご迷惑だったでしょうか」

「いいや。移動の件は君に任せる。何かあったら連絡を頼む」

「実は、新藤さんにまた心当たりのない発信元から電話がかかってきました」

「例の不審な男からの電話かね」

「断定はできません。こちらが呼びかけても、相手は一切答えなかったもので」

黒田は事情を伝えて、着信履歴に残った電話番号を伝えた。

メモに取る気配があり、電話の雑音が途絶えた。番号から持ち主を探る指示を、部下に出したものと思われる。

「情報提供を感謝する。今の番号を探ることで、少しはユカ・シンドウの話に信憑《しんぴょう》性が出てくれると、お互いありがたいのだがね。もし何かあれば、また協力を依頼することになると思う」

「彼女は明日の裁判に出廷するわけですから、逃げたり身を隠したりはしないはずです」

「そうであることを祈っているよ」

16

ドアを抜けて本部庁舎へ駆け入ると、バスケスに気づいた制服警官が慌てて姿勢を正した。受付横にいた職員が、そろって動きを止めていた。

「警部補、待ってください……」

警官の一人が呼びかけてきたが、聞こえなかった振りをして足早に階段を上がった。

後ろに続こうとした警官を、ロペスが無理やり引き止めている。面倒事は部下に任せて、とにかく今は先を急ぐべきだった。おおかた、バスケスが戻ってきかねないと踏んだ部長辺りが、受付に人を配しておいたに違いない。実に姑息《こそく》な手を使う。

捜査本部とされた会議室前の廊下には、連絡係を任された総務課長が待ち受けていた。早くも下から連絡が入ったらしい。バスケスの顔を見るなり、両手を広げつつ近づいてきた。

「バスケス警部補。今は聞き込みの最中だったと思うがね」

「だったら、どうだというんです。聞き込みを続けたくたって、上からちっとも情報が下りてこない。こっちから尋ねに行くしかないでしょうが」

やんわりと胸を押し返そうとしたが、総務課長は大袈裟に横へ跳ね飛んだ。こちらの顔色を見て、先に道を空けてくれたらしい。ほかの職員連中も、火に投げ込まれた栗《くり》を見るかのような及び腰になり、廊下の端へと退避してくれた。

バスケスはノックもせずに会議室のドアを押し開けた。

窓際の幹部席で、ディアス部長を中心に、交通課長と国際協力室の警部が集まり、フランス側の警察官と密談中だった。レジェス署長の姿はない。フランス側のコルベールという警視の髭面も見えなかった。どちらも捜査は下っ端に任せるべきと判断したのだろう。

地元の署員は彼らを遠巻きにするのみで、聞き耳を立てようとする者もいなかった。文字どおりの蚊帳《かや》の外に置かれていた。

「部長、なぜ死亡推定時刻のほかには、ちっとも情報が下りてこないんでしょうか」

嚙み煙草で憤りを文字どおりに嚙み殺しながら歩み寄ると、幹部連中がこちらを向いた。

交通課長と国際協力室の警部は呆気《あつけ》に取られたような顔を見せたが、ディアス部長一人が目の前に臭いモップを突きつけられた時と同じ表情になっていた。フランス側の二人は余裕にあふれ、路傍《ろぼう》の石を見るに等しい目を向けた。

「会議中だ。席を外してくれ」

「いいえ、部長。わたしが現場を代表して、ここに来ました。あえて我々に情報を隠そうというのであれば、この場を動く気はありません」

国際協力室の警部がひと言ありそうな顔でバスケスに向き直った。が、ディアスがそれを制し、デスクを回り込んでバスケスの前へ近づいた。

「勝手な捜査はするな、と言ったはずだ。君は許可も得ずにパリの日本大使館に連絡を入れたうえ、ユカ・シンドウを国外へ連れ出した日本の外交官にも電話をしたね」

「当然です。ユカ・シンドウは殺人があったその夜に、アンドラ国外へ逃亡を謀っているのです。それも、日本の外交官に嘘までついて。これ以上、疑わしき状況はありません」

「そんなことは君に指摘されなくとも、警察官ならば誰でもわかる。君は、フランス側との紳士協定を破ったんだぞ。ジャン・ロッシュが接触した人物を安易に捜査してはならない。事前の了解を得るべきことは、君だって承伏したはずだ」

今さらここで原則論を持ち出してくるとは思わなかった。容疑者としか思えない人物が海外へ逃亡した可能性が高いのである。しかも、ユカ・シンドウは今も日本の外交官と一緒にいる。すなわち、日本側も彼女を怪しいと見て、アンドラとフランスに協力すべく動いているのだった。

「日本側に身柄の引き渡しを正式に要求したのでしょうか」

「早まるな。まだ容疑者と決まったわけじゃない」

「何か政治的な事情でもあるのでしょうか」

じっと成り行きを見ているフランス側の警察官に問いかけた。

二人は曰《いわ》くありげに目を見交わし合い、制服のほうがディアスの横へと進み出た。

公安部の警部だったはずだ。跳ねっ返りの中学生を指導するスキー教室のコーチのような顔つきになり、大きく片手を振り回して見せた。

「いいかね。ユカ・シンドウがスペインへ向かったのには、疑う余地のない正当な理由があった。彼女は明日グラナダで、一人息子の養育権を争うための裁判に出廷する」

「外交官に嘘をついて出国したことにも正当な理由があったわけですね」

さらなる疑問をぶつけると、今度はフランス側の国際捜査部の警部が説明してくれた。

不審な男からの電話。裁判に影響を与えたくないための嘘……。

それなりに筋は通っているようだった。だが、あまりにも作り話めいて聞こえた。殺された男と頻繁《ひんぱん》に電話で連絡を取っていた女に、不審な男が近づいていた、というのも都合がよすぎる気がしてならない。

「その電話番号の確認は取れたのでしょうか」

「今裁判所に人を走らせているところだ。すぐに確認はできる。君は捜査に戻るんだ」

ディアスが大きく手を上げ、出ていけと身振りで告げた。肝心な捜査のほうは、早くもフランス側に牛耳《ぎゅうじ》られたらしい。

「部長、怪しい人物がありながら、我々アンドラの刑事は近づくことさえ――」

「いいから、聞き込みに戻れ。今ユカ・シンドウの写真を手に入れている。現場付近で、彼女を目撃した者がいないか、聞き込みに全力を挙げろ。いいな」

まくし立てながら歩み寄ってきたディアスが、バスケスを見据えながら小さく頷いてきた。

フランス側の手前、部下を怒鳴《どな》りつけておく必要があった、とわかる。大国風を吹かす同業者を相手に、部長としても苦しい立場にあるのだった。

バスケスは幹部連中に一礼してから、ひとまず廊下に出た。ドアの裏で聞き耳を立てていたらしいロペスが、目で首尾を問いかけてきた。

後ろ手にドアを閉めて、ささやいた。

「どうもフランスさんが情報を一手に握ろうとしてるようだ。部長は板挟みだよ」

「こんなにも早く容疑者が浮かんできたんですよ。なのに、我々は無駄な聞き込みを続けるだけですか」

「おれたちの代わりに、日本の外交官がユカ・シンドウの身柄を保護しているとさ。この先は、外交の問題もからんでくるのかもしれない」

「待ってくださいよ。昔からうちの外交はフランスに頼りっぱなしじゃないですか。我々の出る幕は、ますますないってことになりますよ」

　アンドラはフランスと友好協定条約を締結しており、有事の際にはフランス軍が安全を保障してくれることになっている。外交と貿易に関しては、独立前からフランス政府に依存し、その許可を経たうえで多くの世界的な条約を批准してきた過去がある。

　しかも、アンドラ国内に日本の大使館は置かれていない。パリの日本大使館が兼務している以上、フランスの外交ルートに頼るほか方法は見当たらないのだった。

「こりゃ、お手上げですね。この先はただフランス側の言いなりになって動くしかないわけだ」

「大袈裟に嘆くな。誰も同情すらしてくれないぞ。あきらめたら終わりだ」

　丸まりかけたロペスの背中をたたきつけて、歩きだした。

　あとはディアス部長の、今は堪えてくれ、と言いたげな目を信じるほかはなかった。いずれ、情報は流れてくると見ていい。

　二人して階段を下りていくと、後ろに足音がつづいた。振り返ると、会議室にいた交通課の制服警官だった。

「警部補。ディアス部長がこれを、と……」

　バスケスは目を見張った。これほど早く情報がもたらされるとは思わなかった。ディアスもフランス側への対抗心を抱いていたのだ。

差し出された二枚の紙片を受け取った。

一枚目には、明日開かれるという裁判の詳しい中身が走り書きされていた。担当弁護士、一人息子の名前。その養育権を争っている親族の名前と住所。相手側が雇った弁護士の連絡先もある。

もう一枚には、ジャン・ロッシュの車のナンバーとともに、「スペイン側、九時五十二分通過」と書いてあった。

メモをのぞき込んだロペスが、バスケスを見つめた。

「どういうことですかね？　ジャン・ロッシュはスペイン側から入国してたなんて……」

確かに解せない。

ジャン・ロッシュは替えの下着すら持っていなかった。スペインへ旅行に行った帰りとは思いにくいのだ。

バスケスはメモを指先で弾き、頭の中を整理していった。

「ジャン・ロッシュは何らかの理由でスペインへ行っていた。その帰りに、どうしてもアンドラで別荘を借りる必要ができた。あと三時間も車を走らせれば、自宅のあるトゥールーズへ帰れるというのに、わざわざ別荘を借りたわけだ。つまり、よほどそうすべき理由があった、か……」

「あの別荘について、もう少し調べてみますか」

ロペスが目つきを据え、提案してきた。

一人で泊まるには、贅沢すぎる別荘だった。ジャン・ロッシュは最初からあの別荘を借りたいと管理会社に申し出ていた。

ゲストルームが三つもある別荘に、安ワイン一本とパスタぐらいしか持ち込んでいなかった。あまりにも不自然すぎる。そこを洗い直せ、と告げるために、ディアス部長はこのメモを預けたと見える。

「パーティーでも開く予定があったなら、昨夜のうちに別荘を訪ねてくる者があって当然だし、遺体発見も早くなっていたかもしれない。ところが、あの別荘には、被害者のほかは犯人しか訪ねてこなかった、としか思いにくい。いくら人目を忍んで二人で会うにしても、あんな大きな別荘を借りる意味がわからないな……」

「そうですよ、警部補。ジャン・ロッシュと犯人には、あの別荘で会う必要が、どうしてもあった。そう考えたほうが納得できますよ」

二人で頷き合い、凍《い》てつく寒気の中へ飛び出した。

覆面パトカーを飛ばして、貸別荘を管理していた不動産開発会社のオフィスを訪ねた。アンドラ・ラ・ベリャのメインストリートであるメルチェル通りに面した一等地に建つビルの三階にオフィスは入っていた。

今朝も現場に来てくれた担当者が、赤ら顔をさらに紅潮させて二人の前に現れた。客は一人もいなかったが、人目があるので、と言われて奥のオフィスへ案内された。

「例の貸別荘について、もう少し教えてもらいたい。あの別荘を過去に借りた人物のリストは保存してあるだろうか」

過去五年の顧客リストが、店のパソコンの中に保存されていた。どの別荘を借りたのかも、識別番号によって選別できた。

ジャン・ロッシュが借りた別荘の識別番号は、12。三年前から貸別荘として利用され、のべ二十五組が借りていた。一年に平均、八組ほどである。稼働率としては、あまりいいほうではないだろう。

スペイン人やフランス人が、やはり多い。中には、スペインの会社が冬の二週間にわたって借り上げていたケースもあった。

過去の契約者リストの中に、ジャン・ロッシュもユカ・シンドウの名前も見つからなかった。

バスケスは思いついて、担当者に訊いた。

「この別荘は、三年前からこちらで管理しているのですね」

「ええ、そうだと思いますが……」

「それ以前は、誰かが所有する別荘だった？」

「だと思いますけど。ちょっと待ってください」

赤ら顔の担当者は隣の部屋へ下がり、やがて六十年配の小男を連れてきた。この営業所に十年近く勤めるアンドラ人の経理担当者だという。

「ああ、12番ですね。何年か前に売りたいと言われて、営業に動いたんですけど、物件自体が大きいもので値も張ってしまい、ずっと買い手が見つからなかった物件でね。それで、貸別荘にしてはどうか、と提案したものです」

「では、所有者は別にいるわけですね」

「いるというか、いたというか……」

曖昧《あいまい》な言い方をして気まずそうに頭を掻《か》き、何やら書類を選び出した。棚から一冊のファイルを取り出し、ページをめくった。

「スペインの小さな貿易会社が所有してた別荘ですね。実際には、社長一家が利用してたんだと思います。三年前の九月に売りたいという相談を受けたんですが、話はまとまらず貸別荘への登録をしてます。つい最近になって、その会社の社長が亡くなりましてね。今はその会社に融資をしていた別の投資会社の持ち物に替わったばかりです」

別荘管理の契約書を受け取った。

エクシト・インベルシオン。会社名に「成功投資」と名づけるとは振るっている。住所はマドリードのアルバラード。どの辺りなのか、まったく見当がつかない。

「前の所有者はわかりますか」

この契約書には、今の持ち主である投資会社の名前しか書かれていなかった。

経理担当者がまた別のファイルから一枚の用紙を引き出した。

バスケスの肩越しにのぞき込んできたロペスが、耳元で叫びを上げた。

「警部補、これですよ、これ！」

バスケスも書類を持つ手に力が入った。

以前の所有者は、エスコバル・コメルシオ——エスコバル貿易という名の会社だった。

ロペスが慌てて手帳を取り出し、その間に挟んだメモを開いた。ディアスから渡された二枚のメモのうちのひとつだった。

そこには、ユカ・シンドウの裁判に関する情報が記されている。彼女が養育権を争っているという一人息子の名前に目が吸い寄せられる。

エドアルド・エスコバル——。


「おい待て、アベル。おまえ、何を考えてるんだ」

電話で報告を上げると、ディアス部長の声が一段と低くなった。近くにフランス側の監視役がまだいるのだった。

「考えるまでもありませんよ、部長。いいですか、被害者の借りた別荘の前の持ち主がエスコバルで、ユカ・シンドウの一人息子もエスコバルという名前なんです。こんな偶然があると思うんですか」

「そりゃ……確かに見逃せない符合ではあるが、まだ両者が一致したわけじゃないだろ」

「一致するに決まってるじゃないですか。昔、一家で使っていた別荘で、フランス人のスパイが殺された。だから、ユカ・シンドウは自国の外交官に嘘までついて、アンドラを出国したんですよ」

「待て待て、先を急ぐな。おまえ今、どこにいる」

少しは出世の階段を上っている男らしく、そこそこ冴《さ》えた勘《かん》をしていた。もっとも、空港へ急ぐために、回転灯を屋根に載せてサイレンも鳴らしているので、向こうにもいくらか騒音が聞こえていたはずだ。

隣でハンドルを握るロペスが、バスケスを見て苦笑を浮かべながら、またアクセルを踏み込んだ。

「答えろよ。不動産屋のオフィスを出て、どこへ行く気だ。ずいぶんと派手にサイレンを鳴らしてるじゃないか」

「部長。幸いにも、ユカ・シンドウの身柄は日本の外交官がグラナダで保護してくれているわけですよね。バルセロナの空港へ急げば、今日の夕方にはユカ・シンドウから直接話を聞けます」

「おまえたちまでアンドラを出国する気か」

ついに怒鳴り声が携帯電話のスピーカーを揺らした。バスケスはわずかに耳元から電話を離して、負けずに声のボリュームを上げた。

「フランス側と協力して、直ちに確認をお願いします。トゥールーズからグラナダへの直行便はありません。我々がバルセロナ経由で向かうほうが早いんですよ」

「しかし、こっちの判断だけでは……」

「犯人がすぐそこにいるとわかってるのに、どうして遠慮する必要があるんです。今すぐあちらさんに情報を伝えて、最善の策を打ち出してください。アンドラの警察に勝手なことをされたんじゃ困るというなら、我々は日本の外交官と一緒にユカ・シンドウの身柄を押さえるだけにしておきますよ」

「警部補。その場合は、一応スペイン側にも断っておくべきですからね。縄張り争いで揉めたくありませんから。部長にもそう伝えてください」

「聞こえましたね、部長。念のため、スペイン側にも話を通してください。頼みます」

ディアス部長の返事を聞かずに電話を切った。

手柄をフランス側に譲ってもいいと言ってやれば、彼らとしても異を唱えてはこないだろう。いくら昔の統治国とは言え、独立国家にそこまで要求できる権利などはない。彼らは、アンドラという他国でおこなっていたスパイ活動を隠しておきたいだけなのだ。手柄をすべて譲ってやったなら、大国の力であとはどうとでも発表できるし、隠し立ても可能に思えた。

だが、この犯人だけは、アンドラ国家警察の誇りにかけても逮捕してみせる。

車は山間の大きなカーブを越えた。前方に、早くも国境の検問所が見えてきた。

「警部補。空港へ電話をかけて、グラナダ行きの便を確かめてください」

「いや、日本の外交官に電話するほうが先だ」

バスケスが問い合わせの電話を入れたにもかかわらず、日本の外交官はアンドラ国家警察本部に連絡を入れた。確認のためだとわかるが、融通の利かない高慢ちきなアジア人らしい対応だった。容疑者を確保していながら、証拠を提出すべきだと、建前論を口にしてきそうな気もする。だが、もとよりアンドラの外交ルートになどは期待できっこないのだ。今はグラナダへ向かうことを告げておくしかないだろう。

スペイン側の国境ゲートで、分厚いコートを着込んだ係員が敬礼してきた。

バスケスは窓を開けて警察手帳を突き出した。

「バルセロナまで急ぐ。詳しいことは本部からそっちの警察に話が行ってるはずだ」

17

「黒田さん、お願いがひとつあります」

到着ロビーを抜けてタクシー乗り場へ向かうと、新藤結香が控えめな声で切り出してきた。

女性が出し抜けにしおらしい声で話しかけてきた時ほど、男は気を引きしめてかかる必要があった。黒田は足を止めて、新藤結香の表情をつぶさに観察した。

「ホテルに向かう前に、ちょっとだけ寄り道をさせてください。荷物を引き取る手配をするだけですので、時間はそう取りません」

目に落ち着きはあったし、声も裏返りはしていなかった。こちらの警戒心を伝えるために、無言をさらに通すと、新藤結香が伏し目がちになって声を低めた。

「わたしはどこにも逃げるつもりはありません。電話で予約を入れておいた荷物を、本当に引き取るだけなんです」

「荷物とは何でしょうか」

「絵です。こちらの画廊に寄って、もう一枚の絵を引き取りたいんです」

手にした紙袋に、一度目を落とした。ここにも一枚の絵を、彼女は持っていた。

今さらながら、疑問が浮かぶ。

「どうしてその絵を持って、グラナダに行く必要があったんでしょうか」

「恥ずかしい話ですが……」

彼女の目がさらに落ちていった。

「絵は、元夫の趣味でした。その影響で、わたしも気に入った絵を集めていたことがありました。こっちの絵は――」

そう言って、〝ピレネー〟とデパートメントの名前が書かれた紙袋を軽く持ち上げ、彼女は話を続けた。

「――たいしたことない安物です。昔好きだった絵に少し似ていたもので、昨日手に入れたばかりでした。これから受け取りに行きたい絵のほうは、ちょっと思い出がある絵なんです」

どこまで信じていいものか。

新藤結香は、アンドラとフランスの両警察が容疑者の一人と考えている人物だった。彼女の言い分にはそれなりの筋が通っているように見えるが、疑わしさが晴れたわけではない。ここまで黒田には何度も嘘を口にしてもいた。

「裁判が終わってからでも、絵を引き取りに行けますよね」

「実は、予約を入れただけで、まだ代金の支払いはすんでいません。電話を入れて、売らないでくれと伝えはしましたが、こちらの人は、電話の予約よりも、目の前にいる買い手を優先しがちです。値段の交渉はつけましたが、それより高い値を出す人がもし現れたら……。そう思うと心配なんです。今日のうちにグラナダへ行こうと思ったのも、実はその絵を早く手に入れたかったということもありました。お願いします。嘘はついていません。電話で確認してくださってもけっこうです。本当に予約を入れてある絵が、こちらの画廊にあるんです」

黒田は無言で新藤結香を見つめ返した。

「やっと見つけた絵なんです……」

彼女は乱れてもいない眼鏡を片手で支え直してから、言葉を継いだ。

「──息子とわたしの、思い出の絵でもあります。処分されたと聞いて、ずっと探してました。それが、グラナダの画廊にあると知って、すぐに電話で確認を入れたんです。話を聞いて、間違いないとわかりました。もう人手には渡したくない絵なんです。どうかお願いします」

表情を変えようとしない男の前で、女性が何度も頭を下げる様子を遠巻きにして、多くのスペイン人がこちらを見ていた。

人の目を気にするより、彼女の言葉の真偽を確認するほうが先だった。

「その画廊の電話番号を教えてください」

新藤結香が頬をわずかに和《なご》ませ、携帯電話のメモリーを表示させた。

黒田は自分の携帯で電話を入れた。

短いコールのあとで、すぐに落ち着いた声の女性が答えた。

「はい、ゴメレス画廊です」

「こちらは在バルセロナ日本総領事館の黒田と言います。今、ユカ・シンドウさんとグラナダ・ハエン空港に到着しました。そちらに、ユカ・シンドウさんが予約を入れた絵が一枚あるはずですが、まだ誰にも売ってはいませんよね」

「お待ちください」

回線が切り替えられる音が続いた。切れたのかと疑いたくなる沈黙のあと、甲高い声の男性が電話に出た。

「──セニョリタ・シンドウですね。もちろん、絵はまだこちらにありますとも。すぐご覧になったほうがよろしいでしょうね。素晴らしい絵ですので、別の買い手がいつ現れるか、わかりませんから」

黒田は電話口で笑みを嚙み殺した。日本総領事館の者がなぜ電話をかけてきたのか、その事実に疑問を覚えるより、商売しか頭にないような受け答えだった。日本人が外交官を引き連れて買い物に来る、上客に違いない、と喜んだのかもしれない。

新藤結香が絵を見に行く約束をしていたのは間違いなかった。なぜ今、との疑問はまだ残る。だが、それを確かめるためにも、画廊へ足を運んでみる必要はありそうだった。

プライバシーをのぞくようだが、息子との思い出の中身にも興味は湧《わ》いた。なぜ彼女は養育権を奪われるにいたったのか。その点を確かめることで、アンドラで発生した事件の容疑者であるのかの見極めにもつながるかもしれない。

「では、これからお邪魔します」

黒田が放ったスペイン語を聞き、新藤結香が目に喜びを表してから、深々と頭を下げた。その姿を見て、また多くのスペイン人が足を止めた。

新藤結香をうながして、タクシーに乗った。

彼女が流暢なスペイン語で、行き先を告げた。アルハンブラ宮殿への坂道の途中だという。

黒田はそう聞いて初めて、このグラナダが、世界遺産にも指定された歴史ある建造物を有する街であることを思い出した。

「言っとくけど、歩くとかなり大変だからね、奥さん。悪いことは言わないよ。チケット売り場の前まで乗っていったほうがいい。ねえ、旦那さん」

誤解した運転手が太い眉を盛んに上下させて、身振り大きく振り返った。

「ありがとう。でも、宮殿は今度にします。今日は坂の途中の画廊に用があるので」

「ガイドなら、おれが引き受けるよ。いつでも電話してくれないか」

商売熱心な運転手がカードを黒田のほうへ手渡してきた。この分だと、車中でグラナダの観光案内でも始めそうな雰囲気だった。黒田は仕方なくカードを受け取った。

「急いでるんだ。車の運転に専念してくれるかな」

運転手は大袈裟に肩をすくめてみせると、慌ただしくアクセルを踏み、タクシーを発進させた。

新藤結香は、絵の入った紙袋を大切そうに抱え、グラナダの青い空と街並みに目をやっていた。やはり夏場の陽射しが強いためか、白い壁を持った家が多い。北には雪を被った山脈が間近に見える。周囲に緑が多いのは、まだ中心街に近づいていないからだろう。

新藤結香に話しかけるタイミングを計っていると、黒田の携帯電話が震えだした。

メモリーにはない相手からで、フランス国家警察からか。

「はい、在バルセロナ総領事館の黒田です」

「先ほどは失礼しました。アンドラ国家警察のバスケス警部補です」

パトカーの車内からかけているのか、サイレン音が後ろで鳴り響いている。

「あらためて確認するまでもなく、ユカ・シンドウと一緒にいるわけですよね」

「はい……」

何かまた判明したのか。そう問いたかったが、真横から新藤結香の視線がそそがれていた。無表情に徹して無言で先をうながした。

「今バルセロナへ向かっています。今日の夕刻にはそちらへ着けると思います。それまで、ユカ・シンドウから目を離さないでいただきたいのです」

「ひとまず、そのつもりでいますが」

「実はまた興味深い事実が判明しました。ですが、今ここでそれを伝えるわけにはいかない状況でして。アンドラ、フランスの両警察ともに、ユカ・シンドウから直接話を聞くべきと考えています。今日の滞在先は、もう決まりましたか」

「いえ、これからです」

「まだ空港ですね」

「はい」

「では、出発前に、必ず連絡をください。我々もグラナダに到着次第、そちらへ向かいます」

「わかりました。では……」

意味ありげな言い方の裏に、犯人と決めてかかるような強い意志を感じさせた。興味深い事実とだけ伝えておき、その中身を直接ぶつけて新藤結香の反応を見たがっているとわかる。

通話ボタンを押し、横からの視線を意識しつつも、彼女を見ずに言った。

「何かの確認に手間取っているようです。できれば今日中に、捜査員をこちらまで送りたいと言っています」

「わたしは何もしていません」

新藤結香が黒のニットキャップを脱ぎ、それをしわくちゃに握りしめた。

「幸いにも、こちらにはあなたの雇った弁護士が事務所を構えていますよね。もし一人で警察の聴取を受けることに不安があれば、弁護士の同席を主張すべきでしょう」

邦人保護担当領事として、過去に幾度となく語ってきた当然のアドバイスを送った。

新藤結香が決意を感じさせる口調になった。

「はい、そうさせていただきます」

「レコンキスタって知ってるかい？」

陽気な運転手が呼びかけてきた。堅苦しい顔つきで話を終えた二人を気遣ってくれたらしい。

新藤結香は窓の外へ目をやったまま、運転手のほうを見ようともしなかった。

黒田が代わりに応じた。

「キリスト教徒による、スペインの国土回復運動のことだね。グラシアス」

最後につけ足した「ありがとう」は、黙っていてくれとの意をふくめたつもりだったが、気のいい運転手は得意顔になって続けた。

「ここにあるカテドラルは、グラナダ解放後に、モスクを壊して建てたんだよ」

多少は黒田も知識があった。記憶によれば、このグラナダは、アラブ人によるイベリア半島支配の最後の砦となった地のはずだった。高台に築かれたアルハンブラ宮殿も、イスラム時代の王宮であり、今なおイスラム文化の流れを汲む建造物があちこちに点在していると聞く。

「最初はトレドのカテドラルを真似するつもりだったけど、あちこちにイスラムの影響が残ってて、なかなか風変わりなカテドラルになったんだ。鐘楼《しょうろう》は今も未完成のままでね。記念写真ぐらい撮っていったらどうだい？」

新藤結香はもちろん、黒田も言葉を返さずにいると、また首をすくめるような仕草をしつつ、大きく息をついた。

「わかった、わかった。もううるさく言わないさ。そろそろ見えてくるよ、アルハンブラ宮殿が」

運転手がフロントガラスの左手方向に手を差し向けた。

市街地に入っても、道の両側に公園らしき広場が視界をよぎる。街を一望できそうな高台が見え、石造りの城壁が確認できるようになった。冬枯れの薄い緑が宮殿の周りを囲み、石畳のそう広くもない坂を観光バスが次々と登っていく。

新藤結香が運転席へと身を乗り出した。

「ゴメレス坂の下にあるホテルの前で停めてください」

18

目の前にそびえる緑の丘と、そこから顔をのぞかせる宮殿の石組みに目は引かれたが、先を歩く新藤結香を追って坂を登った。彼女の目には、電話で予約を入れた一枚の絵しか見えていないような歩きぶりだった。

坂の両側には小さな店が並ぶ。このグラナダの特産品なのか、寄せ木細工の土産物屋が目立つ。フラメンコギターが展示された工房の先に細い路地があった。

ゴメレス画廊はすぐに見つかった。白い壁に薄茶色の屋根を載せた年代物の建物に、目を疑うほど派手な看板が掲げられていた。よく見ると、白い壁はただペンキを塗りたくってあるだけだった。店構えから見て、町の景観より観光客の落としていく金に気を取られているオーナーの所有する店のようだった。

地味な紺のワンピースを着た女性が出迎え、店の奥に案内された。

エル・グレコめいた彩色のリトグラフが並び、ピカソめいた抽象画がいくつも展示されていた。細長いギャラリーを奥へ歩くと、アルハンブラ宮殿を描いたと思われる風景画のコーナーもあった。作者の名は記されていても、絵の値段は書かれていない。客の身形を見て、値段が決定されるのだろう。

年代物のドアを開けると、小さな商談用の応接室があった。そこに縦六十センチ横四十五センチほどの絵と、縦縞《たてじま》のスーツに身を包んだ五十代の紳士が待っていた。その男がこの画廊の店主だった。

「お待ちしておりました。この絵をお探しとは、実に素晴らしい鑑識眼をお持ちです」

紳士がにこやかに歩み寄ってきたが、新藤結香は壁に立てかけられた絵の前へと向かった。かけられた言葉さえ耳に入っていなかったような表情だった。

魅《み》入《い》られたように彼女が視線をそそぐ絵を、黒田も見つめた。

緑の平原に、女性と子どもが立っている絵だった。

黒田はひと目見て、印象派の巨人、クロード・モネの絵を思い出した。草の上で白いパラソルを差した婦人の絵である。

目の前にある一枚も、印象派の影響を色濃く受けていた。

タッチは淡く優しく、輪郭を際立てることなく描き出そうと努めている。横長の画面なので、人物はそれほど大きくない。空の青とパラソルの白が、まず目に飛び込むように構図を取ったのだろう。子どもは五歳くらいの男の子か。手に一輪の赤い花を持ち、女性のほうを振り返っている。その女性の顔は、白いパラソルの影が落ちているため、よくは見えない。二人の奥には、遠く白い家並みが、まるで蜃気楼《しんきろう》の景色であるかのように描き込まれていた。

「広々とした空に、白い家並み。アンダルシアの草原を散歩する親子を優しく包み込むような、温かみのある筆致。素晴らしい絵です」

紳士が彼女の横へ進み、揉み手をするようにして言った。

確かに温かみを感じられる絵だった。もしかしたら、かなりの技法で描かれているのかもしれない。だが、絵に精通していない黒田の目には、ごくありふれた風景画に見えた。

遠目の白い街並みと、空の青に浮かんだ雲に、淡いタッチと馴染んでいない部分があり、そこだけが浮き上がったように見えてしまう。たとえるなら、切り取った白い雲を青空に貼りつけでもしたようなのだ。丁寧《ていねい》に描かれた家並みも同じで、平原の中に突如現れた町に見えてしまう。それで蜃気楼なのかと錯覚しかけたのである。

「これです、この絵です……」

部外者の余計な感慨をよそに、新藤結香が溜めていた息を吐くように言った。

「作者はあまり知られてはいませんが、マドリードで画廊を経営されていた方です。絵への情熱が捨てがたく、自分でもずっと描き続けていたと聞いています」

「確認させてもらっていいでしょうか。裏にサインと日付が書いてあったと思うんです」

「よくご存じで」

身振り大きく頷いた紳士が、絵の横へ回り込んだ。慎重な手つきで、大袈裟な縁取りを誇る木製の額に指を添えた。ゆっくりと絵の片側を手前に引き寄せる。

「お客様は、この絵を以前からよくご存じだったようですね」

その問いかけには答えず、新藤結香が絵の裏を見るために、壁際へ歩んだ。黒田も後ろにつづき、彼女の背後から、そっとのぞき込んだ。

キャンバスの裏の右下に、サインペンで走り書きしたような文字が見えた。

サインの名前は、ラリー、だろうか。斜めになった弱々しい字で、読みにくい。

日付のほうは、05・10・24。二〇〇五年十月二十四日とある。その下にも、もう少し太い筆致で、6・8、とも書かれていた。こちらは、六月八日のことか。絵が完成した日と、売買契約がまとまった日なのかもしれない。

新藤結香が店主を振り返って顎を引いた。

「電話でお聞きした金額でよろしければ、これをいただきます」

「もちろんですとも。ありがとうございます」

紳士が頷き、ドア横に控えていた女性店員に目配せした。

「お持ち帰りで、よろしいでしょうか」

「明日の夕方にまた寄らせていただきます。その時に持って帰ります」

あっさりと商談は終わった。

すぐに女性店員がコーヒーと書類を持って来て、その場で精算の手続きが行われた。黒田は新藤結香の秘書のように振る舞い、デスクの横に立っていた。

盗み見るつもりはなかったが、書類の上に書かれた金額が目に飛び込んできた。八千五百ユーロ。日本円にして百万円ほどだろうか。

絵の価値は、人によって変わる。思い出の絵だと彼女は言っていた。その値段が高いかどうかは、他人がとやかく言うことではなかった。

彼女はカードで代金を支払い、預かり証を受け取った。店主がペンを片づけ、新藤結香が隣の椅子の上に置いた紙袋へと目をやった。

「そちらは、どこの画廊でお求めになった絵でしょうか」

画廊の店主からすれば、紙袋の大きさから、すぐに絵だと見当をつけたようだった。

新藤結香が素っ気なく応じた。

「画廊が扱うような絵ではないんです。地元のデパートに飾られていた他愛もない一枚です……」

「ご謙遜を。お客様が選ばれたものなら、必ず見所がある絵に疑いありません」

見え透いたお世辞を口にされて、新藤結香が笑いながら首を振った。

「いえ、本当なんです。だから、こうして持ち歩いてもいられるんです、安い絵ですから。ご覧になってみますか。拙い絵なんで、びっくりなさると思いますよ」

「ぜひ拝見させてください」

画廊の審美眼を問う気にでもなったのか、新藤結香が紙袋の中から、絵の包みを取り出した。テーブルの上に置き、テープで留めただけの包装紙の端をめくった。

中の絵は、また薄紙で巻かれていた。黒田も興味を覚えて、彼女の手元を見つめた。

木馬とサッカーボールが描かれた静物画だった。無理して絵の具を塗りたくったように、あちこちで盛り上がった部分が目立つ。光よりも陰を強調する描き方で黒味が濃いため、物置小屋の中のようにも見えた。お世辞にも、ずっと眺めていたい絵ではなかった。

「ほう……。どこかジョルジュ・ブラックを思わせる絵ですね」

立ち上がって絵を見下ろした店主が、それ以外に誉める言葉を思いつけなかったかのように言葉を途切れさせた。

新藤結香が包装紙を戻して、絵をしまいにかかった。その手並みには、値段とはまた違った価値があるのだと物語るような慎重さが見られた。その絵も、彼女にとっては大切な一枚であるらしい。

デパート名が印刷された紙袋に絵を戻すと、新藤結香は黒いバッグを手にした。

その様子を見て、店主が両手を重ね合わせて微笑んだ。

「大変失礼ですが、セニョル・エスコバルのお知り合いの方でしょうか」

新藤結香の背筋がすっと伸びた。が、頷きも首を振りもせず、言葉も発しなかった。

「セニョル・エスコバルには、わたしも昔ずいぶんとお世話になったものでした」

「では、また明日の夕方、お邪魔します」

テーブルに置かれたコーヒーに口もつけず、新藤結香が席を立った。例の紙袋を手に歩こうとすると、その背に向けて店主がなおも声をかけた。

「実は、この絵を描いた画商を、セニョル・エスコバルに紹介したのは、わたしでした」

ドアへ向かいかけた新藤結香の足が止まった。

店主が昔を懐かしむように一度目を閉じ、静かに語り始めた。

「この絵をひと目見て、わたしには作者が誰であるかがわかりました。たまたまマドリードの画廊へ足を運んだ時にこの絵を見つけ、だから手に入れるべきと考えたのでした。こうしてあなたが見えられたのを、わたしは喜んでいます。これで少しは、亡きラリー・バニオンに恩を返せたのではないかと思うからです。お買い上げいただき、本当にありがとうございました」

新藤結香は振り返らずに軽く頭を下げると、ドアを抜けてギャラリーへと歩み出た。

すかさず店主があとに続いた。

「今思うと、彼はセニョル・エスコバルに近づこうという意志を秘めて、わたしの前に現れたようにも思えてなりません。彼が持ち込んできた絵は、どれもセニョル・エスコバルの好みに合ったものばかりでした」

「もうやめてください」

話をさえぎるように、新藤結香が小さく告げた。声の震えを懸命に抑えようとする言い方に聞こえた。

店主が姿勢を正し、胸に手を当ててうつむいた。

「すみません。もう終わってしまったことでした。ただ、彼を引き合わせたわたしのところに、あの絵が渡ってきたのも、あなたが店に見えられたのも、天の配剤のように思えてならなかったのです」

「見送りはけっこうです」

新藤結香は店主を拒絶し、一人で出口へ歩いた。黒田の前を通りすぎた彼女の目に、うっすらと涙がにじんでいた。部外者である黒田には見当もつかないが、思い出の絵には深い因縁が隠されているようだった。

外へ出ると、細い路地にも春の陽射しがあふれていた。

平身低頭する店主には目もくれずに、新藤結香は足早に通りへ出ていった。坂を下り始めた彼女のあとを追った。その強張ったような背が黒田に、今は話しかけてくれるな、と訴えていた。

彼女は明日、一人息子の養育権を争う裁判を控える身だった。画廊で手に入れた一枚の絵のモデルは、彼女と息子であるように感じられた。そして、その絵を描いたラリー・バニオンという画商であり画家も、その裁判に何らかの関係があるのは間違いなかったろう。

外交官は、在留邦人から相談を受けた場合のみ、その話に耳を傾ければいいのであり、人の人生に立ち入る権限は与えられていなかった。

うつむきがちに先を急ぐ新藤結香の背中を追って歩いた。

ふと、後ろに足音が迫ってきたように思えて、黒田は何気なく振り向いた。

トレンチ風のコートを着た二人の男が、走るような速さで黒田の背後に迫っていた。三十代と四十代か。どちらもラグビー選手のような体格をして、目つき鋭く黒田を見据えてきた。目的を持って追いかけてきた者の目つきだった。

警戒心が胸を激しくたたきつけた。黒田はとっさに足を速めて彼女の横へ並びつつ、後ろの二人に向けてスペイン語で言った。

「何か用だろうか」

新藤結香が横で振り返り、二人の男が歩みを止めた。

一人がコートの胸ポケットから、黒っぽい手帳のようなものをのぞかせた。

「スペイン国家警察グラナダ署の者です。ちょっと話を聞かせてください」

警察と聞いて、新藤結香が黒田のほうへ身を寄せた。

なぜ地元の私服刑事が声をかけてきたのか、理由がわからなかった。アンドラ国家警察が協力を依頼したにしても、画廊を訪ねたことをどこから知ったというのか。

ひとつ考えられるのは、新藤結香の携帯電話だった。最近の携帯電話は、たとえＧＰＳ

機能がついていなくとも、交換局と定期的に交信する微弱な電波を追うことで、位置情報がつかめるようになっていた。

海外派遣が多い黒田は、たとえ通信費がかさもうとも、日本の通信会社の携帯電話を使用している。そのため、位置情報を知ろうとする者がいて通信会社に請求が出されたなら、外務省にもその情報がもたらされるようになっていた。その点、新藤結香は一般に売られている通常の携帯電話を使用している。電波を探る気であれば、不可能ではなかったろう。

だが、アンドラ国家警察のバスケスという警部補は、自らグラナダへ向かうと言っていた。上層部のほうで急遽方針が変わったとしても、こんなにも早く位置情報をとらえて、警察が足を運べるものか、と疑問が湧いた。

あるいは、フランスの警察当局が、独自に電話の位置情報を追っていて、スペイン側に協力を求めたものか。

黒田は、見つめる男の前で身分証を取り出した。

「日本の外交官です。あなた方は、どういう権利があって新藤結香さんから話を聞こうというのでしょうか」

二人の男が歩を詰めてきた。水牛を思わせるほどに両肩の肉が盛り上がった年嵩《としかさ》のほうが、唇の端を持ち上げてみせた。

「ここはスペイン国内だよ。職務質問をする権利は、我々にある。どこで容疑者を逮捕しようと、我々の自由でもある。もちろん、外交官である君が容疑者であれば、我々は正式な手続きを取って話を聞かねばならないが、日本人の一般観光客であれば、君が何を言おうと、我々は逮捕権を行使できるし、捜査への協力を求める権利がある。違ったかな？」

理屈はそのとおりだった。身分証を見ても驚く素振りすらなかったことから、この二人は黒田が外交官であることを、最初から知っていたように思えてきた。

「なあ、外交官さん。君に我々の仕事の邪魔をする権利はないんだよ。どいてほしいな」

鼻のつぶれた若いほうの刑事が不敵に笑いながら、肩を揺すり上げた。

「もちろんわたしは、君たちの仕事の邪魔をする気はない。しかし、君たちの捜査に協力する、しないの判断は、彼女の自由でもあるはずだ。それに、捜査への協力をたとえ拒んだとしても、公務執行妨害は適用されない。市民の義務ではあるが、彼女は旅行者であり、君たちに拘束される理由はない」

こちらも理屈で返したが、二人の男は蠅《はえ》に目の前を飛ばれたほどにも表情を変えなかった。

年嵩の刑事が迫ってきた。

「どいてほしいね、外交官さん。殺人事件の容疑者をかばってもらっちゃ困るんだよ。我々だって、上から指示されてるだけでね。できれば、グラナダ中央署で話を聞きたい。

さあ、ご一緒してくださいますでしょうね、セニョリタ・シンドウ」

「お断りします。アンドラの警察の人には協力すると伝えてあります。スペインは無関係のはずです」

新藤結香が果敢にも言って身を翻《ひるがえ》し、二人に背を向けた。

「おい、待たないか」

黒田を手で押しやって、若い刑事が彼女を追った。

「事件の関係者であれば、自ら進んで協力するのが本当じゃないかな。さあ、向こうに車を停めてある。同行願いたい」

新藤結香はそのまま坂を歩き続けた。

「わたしは逃げも隠れもしません。ですけど、スペイン警察に協力しなければならない謂《い》われはありません」

「彼女はアンドラ国家警察にすべてを話すと言っている。君たちはフランス当局に依頼されて来たんだろうか」

黒田が車道の端を走って、二人の刑事の前に回った。

「外交官さん。あんたはこっちの大使館を通じて面会申請を出してほしいな。そうすりゃ、我々だって、署の会議室を面会室代わりに用意するさ」

ずいぶんと乱暴な言い方の刑事だった。

拘束する権利はないのに、彼女を署へ連れて行こうとしていた。外交官を脅しつけるような言い方までして。

「わかった。今すぐ大使館を通じて、君の上司に苦情を訴えよう。署の電話番号を教えてくれるかな」

二人の刑事が顔を見合わせた。

鼻から息を吐いた若い刑事が、急に黒田の前へ一歩を踏み出した。

次の瞬間、腹に重い衝撃が来た。苦痛が広がり、胃液が喉を逆流しかけた。息ができず、前のめりに膝をついた。新藤結香の叫びが聞こえた。

苦痛に耐えながら顔を振り上げると、年嵩のほうが新藤結香の腕をつかんでいた。拉致《らち》する気なのだ。刑事ではない、と今さらながらに気がついた。手帳らしきものを見せるという、ありふれた小芝居に騙された自分に怒りを覚えた。

涙でにじみかけた景色の中、新藤結香が二人の男に腕を取られ、引きずられていった。女性が悲鳴を上げているのに、通行人は誰一人助けに走ろうともしない。男たちが手帳を突き出し、「警察だ」と叫んでいるからだった。

黒田はふらつく足で石畳を蹴った。また膝が崩れかけたが、懸命に堪えて踏ん張った。

男たちがホテルの前に停めた黒いミニバンに、新藤結香を押し込もうとしていた。彼女はバッグと紙袋を抱きかかえるように背を丸めたまま、スライドドアの中へと突き飛ばされた。ホテルの前に立つ警備員までが茫然と見送っている。

奥歯を軋《きし》らせ、足を前に出した。何とか立てた。次の一歩が重かった。だが、痛みに負けてうずくまったのでは、日本人が白昼堂々誘拐《ゆうかい》されてしまう。安っぽい芝居に騙された自分が悔しく、その怒りで足を動かした。もつれるようにしてホテル前へと歩いていく。

大通りの向こう側には広場があり、多くの観光客がいる。が、ホテル前を注目している者はいなかった。ホテルマンもただ立ちつくしている。

新藤結香を乗せた黒いミニバンが動きだした。

ホテルの前にはタクシーが数台、停まっていた。刑事に連行される女性を見物するために、何人もの運転手が車から飛び出していた。

路上の見物人を押し分けると、そのうちの一台の運転席へ、黒田は倒れ込むように乗り込んだ。

「おい、待て、おまえ！」

叫んでいたのは運転手だろう。黒田はドアを閉める時間も惜しんで、そのままキーをひねってエンジンをかけた。

新藤結香を乗せた黒いミニバンは、もう先の信号へと向かっていた。

ギアをつないで、アクセルを踏んだ。ハンドルを切るのが遅れて、前に停まっていたタクシーのバンパーに追突した。が、そのまま前の車を押しやり、路上へ飛び出した。クラクションが連打された。ブレーキは踏まなかった。横から青いセダンが迫り、急ブレーキの音を聞きながら、ハンドルを切った。

幸いにも、前の信号が赤だった。新藤結香を乗せたミニバンが行き場をなくして尻を振った。右手の歩道へと乗り上げるべく、カーブを切っていた。

その横めがけてアクセルを踏み続けた。新藤結香は後部座席にいる。このまま追突したのでは、彼女を巻き込む。とっさにハンドルを切り、ミニバンの尻に横から突っ込んだ。

衝撃と轟音《ごうおん》が襲い、視界が揺れた。フロントガラスの先でミニバンが一回転した。歩道脇に清掃車が停まっていて、その横に運転席が衝突した。ガラスの砕け散る音がして、黒田のタクシーとミニバンが動きを停めた。

次の瞬間、黒いミニバンの運転席から男が飛び出してきた。黒田もドアを押したが、開かなかった。慌てて窓ガラスを下ろしにかかる。

開けた視界の先で、二人の男が清掃車の運転席から、青い制服を着た初老の清掃員を引きずり出していた。悪運の強いことに、二人は怪我をしていないように見える。

黒田が窓から身を乗り出そうとした時、男の一人が腕を突き出してきた。その手が握っていたのは、紛れもなく拳銃《けんじゅう》だった。

慌ててシートに身を倒した次の瞬間、発砲音が弾けて、フロントガラスに蜘蛛《くも》の巣形の鋳が走った。

午後の大通りを叫び声が埋め、爆発するようなエンジン音とタイヤのうなりが響き渡った。

黒田は降りかかったガラスの破片を払い、窓から慎重に外の様子をうかがった。先ほどまでは道路脇に見えていた白い清掃車の姿が消えていた。偽刑事の男たちが奪い、走り去ったところだった。

すぐに新藤結香の安否が気遣われた。黒田は疼《うず》く体を引きずるように持ち上げ、タクシーの窓から身を乗り出した。ひしゃげた車内から転がり落ちるようにして路上へと降り立った。

多くの野次馬が集まり、口々に何か叫んでいた。警察を呼べ。車を盗まれた。女が倒れているぞ。あいつが突っ込んできた。多くの目が黒田に集まっていた。

偽刑事が乗っていた黒いミニバンをのぞこうと振り向くと、その車内を心配そうに見ていた通行人が一斉に退いた。

鋳の入ったガラス越しに、後部シートに倒れ伏す新藤結香の姿が見えた。あの男たちは、拉致すべき獲物を置き去りにして逃げたのである。

「新藤さん！」

逃げた理由に背中が冷えて、黒田は叫んだ。

すると、重たげに彼女の首が動き、かすかな呻《うめ》き声が聞こえてきた。拉致した獲物が息を止めたために、逃げ出したのではなかった。

「生きてるぞ……」

また野次馬が叫び、歓声が広がっていった。

今さらながら、足が震えてきた。黒田はひしゃげたドアにもたれかかり、その場に力なく膝をついた。

19

遠くサイレン音が耳に届いた。通行人が本物の警察官を呼んでくれたらしい。

新藤結香は茫然自失の体《てい》で、まだ言葉を発せずにいた。黒田は力任せにスライドドアを開けて、車内に身を乗り入れた。彼女の腕をつかもうと手を伸ばした。

「立てますか。どこか痛むところはありませんか」

黒田の呼びかけに、新藤結香はただ首を横に振り続けた。自分の体で守っていたバッグと紙袋の無事を確認するかのように、また両手でそのふたつを抱きかかえた。

「そこの男が車をぶつけてきたんだ」

「おい、その女性のそばから離れろ！」

取り巻く野次馬の中から、今さらながらに声が上がった。逃げ出した男たちを見ていながら手を出せずにいたくせに、逞《たくま》しくもない東洋人が一人とわかった途端、騎士を気取るかのように勇み立つ男らがいた。

「日本の外交官だ。そこをどいてくれ。この女性を救出する」

黒田は睨みを利かせて、男たちに怒鳴った。

「さあ、体を起こせますか」

続けて呼びかけても、新藤結香は小刻みに身を震わせていた。偽刑事の放った銃弾が燃料タンクを撃ち抜いたような形跡はなかったので、車からすぐ出たほうがいいという理由は見当たらない。黒田はドア横に屈み、身を起こす新藤結香に手を差し伸べた。

車内の女性が少しは黒田を頼る素振りを見せたためか、野次馬たちの視線がいくらか穏やかになった。白髪の婦人が近づき、ペットボトルの飲み物を差し出してくれた。

礼を言って受け取ったが、新藤結香はバッグと紙袋を両手で抱えたままの姿勢を変えなかった。目の焦点がどこかあっておらず、身に起こった災厄をまだ理解できずにいるようだった。

黒田はドア横に膝を突いたまま、携帯電話を取りだした。まず何より現状を報告しておかねばならなかった。

在バルセロナ総領事館の宮崎に電話を入れた。

「どうしました、黒田さん。もうグラナダですよね」

「よく聞いてくれ。スペイン国家警察の刑事と名乗る二人組の男に、新藤結香さんが拉致されかけた。車を追って、ちょっとした事故になったが、彼女はひとまず無事だ。二人の男は近くに停まっていた清掃車を奪って逃走した」

早口に事実を告げたが、事態を呑み込めずにいるらしく、返事がなかった。

「パトカーが現場にまもなく到着する。すぐ大使館を通じて、スペイン国家警察に事情を伝えてほしい。わたし一人の説明では、たぶん信じてくれないと思う。急いでくれ」

「本当、なんですね」

「ああ、偽刑事が現れ、新藤さんを拉致しようとした。現場はグラナダのゴメレス坂からそう遠くない大通りだ。近くに公園が見える。とにかく連絡を頼む」

「……了解です」

「それと、アンドラ国家警察にも、同じ情報を伝えてくれ」

そこまでしか言えなかった。サイレンを盛大に鳴らしたパトカーが、目の前の通りに次々と駆けつけ、路肩に乗り上げた黒いミニバンとタクシーを取り囲んだ。制服と私服を取り混ぜた警察官が五、六人、野次馬を制しながら黒田の前へ歩み寄ってきた。

「そこのハポンが体当たりしてきたんだ。うちの清掃車を盗んだ二人が逃げていった。早く捕まえてくれ」

先ほど勇ましい言葉を放った男は、車を奪われた清掃員だったらしい。私服刑事のもとへ駆け寄り、黒田に指を突き付けていた。

若い制服警官が清掃員の前に立って手帳を取り出した。黒田の前には、私服の二人が近づいてきた。その目は不審人物へ向ける厳しさに満ちていた。

「もう安心です。警察が来ました」

黒田は車内の新藤結香に呼びかけてから立ち上がり、身分証を取り出した。体の痛みに耐えて表情を作り、刑事たちに相対する。

「日本の外交官です。拉致されかけた日本人旅行者を守るために、刑事と名乗った誘拐犯の車にタクシーを追突させた。早く救急車を呼んでほしい」

「救急車なら、もう来るはずだ。通行人が呼んでくれたよ」

小太りの刑事が黒田の前に立った。鷲鼻《わしばな》で、浅黒い肌に髭が濃く、刑事よりもマフィアの幹部と紹介されたほうが頷けそうな容貌だった。刑事はオルテス警部補だと名乗ってから、黒田の掲げた身分証に手を伸ばしてきた。

「マドリードの大使館か、バルセロナの総領事館に確認してもらえば、わたしの立場はすぐにでもわかる」

オルテスと名乗った小太りの警部補が横に立つ男に顎を振った。それから、車内で震える新藤結香に目を向けた。

「外交官をともなっての旅行とは、彼女はよほどのＶＩＰなんだろうね」

「とても複雑な事情がある。彼女はフランスとアンドラ、両国の警察官が手がけるある事件の捜査に協力する人物なんだ。ただし、スペイン国家警察の刑事を名乗った二人の男が、なぜこの人を拉致しようとしたのかは、見当がつかない。二人の誘拐犯はわたしに向かって銃を発砲してきた。緊急配備の手配をすぐにすべきだろう」

またも小太りの警部補が横に立つ別の男に顎を振った。痩せた刑事が後ろを向き、携帯電話に向かって何かの指示を出し始める。

オルテス警部補が黒田の爪先から顔までを見上げつつ、逞しい首をひねった。

「君は本当に外交官かね。わがスペインでは、警察官や軍人が警備担当者として、世界の在外公館に派遣されている」

「日本も同じですよ。ただ、わたしは警察官でも軍人でもなく、ごく普通の外交官にすぎない」

警部補が笑い、疑わしげな目をそそいできた。が、事実なのだから仕方はなかった。

「君が我々の国の路上で何をしでかしたのか、正直にすべて語ってもらえると有り難いね。外交官特権というやつをちらつかされたんじゃ困るからね」

パトカーとは別の音色のサイレン音が迫り、制服警官が交通整理を始めた現場に救急車が到着した。担架《たんか》が運ばれたが、新藤結香は黒田の腕にすがったまま、自分の力でミニバンの後部シートから降りてきた。

「ありがとうございました……。たぶん、怪我はないと思います」

「検査は受けておきましょう。その間に、わたしが警察に事情を伝えておきます」

「日本語で口裏合わせをしているのかな」

オルテス警部補が横から皮肉を浴びせた。黒田への警戒心を隠そうともしていなかった。

「痛むところがないかを尋ねていたんです、ご安心を」

事実を答えたが、またも皮肉めいた微笑みと疑わしげな視線を返された。

二人で救急車に乗り込み、近くの総合病院へ運ばれた。オルテス警部補も同乗し、世間話でも持ちかけるように、誘拐犯二人の特徴を尋ねてきた。

おおよその身長と体つき、年齢、服装、髪型を黒田が伝えるうちに、五分ほどで早くも総合病院に到着した。白い壁の病棟を、緑の木々と芝生が取り囲んでいる。かなりの敷地を持つ、贅沢《ぜいたく》な環境の病院だった。

緊急用の受付を入った廊下で、黒田と新藤結香は引き離された。

念のために黒田も診察を受けることとなった。その最中も、絶えず刑事と制服警官が横に張りついた。医師と看護師は、黒田が何かしらの事件の容疑者だと思ったに違いない。

幸いにも、なかなか痛みの引かない肋骨《ろっこつ》に罅は入っておらず、単なる打ち身と判断されて、湿布《しっぷ》を貼られただけで治療は終わった。

スペイン国家警察は病院内の会議室を借りており、黒田はそこに招待された。中央に丸テーブルが置かれ、窓以外の壁をホワイトボードが囲む部屋だった。

小太りのオルテス警部補が待っていて、制服警官に取り巻かれての事情聴取を受けた。

「君の身元は確認できたよ。海外で日本人を救出するプロだそうじゃないか。二年前もイタリアで、大活躍だったとの情報も入ってきた」

賞賛の口調ではなく、どちらかというと同情のニュアンスが強く聞こえた。公務員という互いの立場から来る親近感を、いくらか覚えてくれたのなら幸いだった。

黒田は、新藤結香の置かれた立場を伝えた。アンドラとフランス両国の警察から注目を浴びていると知り、警部補は苦笑を浮かべて自分の鷲鼻を撫で上げ、仲間と目を見交わした。

「君は、無断で拝借したタクシーを暴走させて事故を起こし、付近一帯に大渋滞を引き起こした。本来ならば、車の窃盗、並びに業務妨害、さらに道路交通法違反も重ねて、現行犯逮捕されるべきところだったわけだ。まあ、同国人を守るという、多少は同情すべき事情があるとはいえ、少々行きすぎた行為だったと言えるだろうね」

「わたしがタクシーをあの車にぶつけなければ、彼女は二人の偽刑事によって拉致されていました」

「だから、多少は同情できると言ったじゃないか。あとは上の判断を待つしかないが、それまでは、このグラナダから動かないでほしい」

「犯人の追跡はできたのでしょうか」

「清掃車は近くの路地で発見されたよ。車内には指紋ひとつ残されていなかったそうだ」

犯人の手並みを賛美でもするように、警部補は両手を大きく開いてみせた。

「部下が路上や公園をはいつくばって、薬莢《やっきょう》や弾丸を探しているが、今のところ残念ながら、手がかりは一切なし、だ」

「彼女が拉致されたゴメレス坂や、その近くのホテル、現場の路上付近に、警備用の監視カメラは設置されていなかったのでしょうか」

「もちろん確認はしたさ。ホテルのエントランス付近に防犯カメラは設置されていたが、客の出入りをチェックするためで、ホテルの前にレンズは向けられていなかったよ。君たちの行動はすべて死角になっていたわけだ。そこで、事故現場を携帯電話のカメラで撮影していた者がいないかどうかもふくめて、確認中だ。偽刑事の顔が写ってるといいんだがね」

さほど期待はしていないと言いたげな口調だった。醒めた目を黒田に据え、曰くありげに微笑んでみせた。

「君が大破させたワーゲンのミニバンは盗難車だった。車内には指紋ひとつ残されていない。遺留品もなし。まるで、プロの仕業だよ」

「どういう方面のプロなのでしょうか」

黒田が訊くと、オルテス警部補はまた鷲鼻を指先でこすり上げた。

「君はどの方面だと思うかな。日本のＭＩ６さんの意見をぜひともうかがいたい」

彼らは完全に誤解していた。ＭＩ６は、イギリス内務省の管轄下にある情報機関で、主に海外での諜報活動にかかわっている。世界を舞台にした某スパイ映画の主人公も、ＭＩ６の情報部員という設定だった。

だが、日本にＭＩ６のような情報機関は存在しない。

黒田は正直に打ち明けた。

「実は……このグラナダに到着したあと、ユカ・シンドウの願いを聞き入れ、ゴメレス坂の路地にある画廊を訪ねていました。その事実を、わたしは総領事館の上司にも伝えてはいなかったのです」

新たな事実を披露されて、オルテス警部補が肉付きのいい肩を持ち上げた。

「素晴らしい。まさに相手はプロじゃないか。君たちを独自に空港で見つけて尾行し、あのゴメレス坂の周辺に防犯カメラがないことを確認してから、ユカ・シンドウの拉致を強行したわけだ」

「もうひとつ考えられることがあります」

偽刑事が現れた時に思い描いた可能性を、黒田は伝えた。携帯電波の位置情報をたどれば、新藤結香がグラナダのどの辺りにいるのかは確認できるはずだ、と。

警部補が顎下の肉を揺らして大袈裟に頷いた。

「いやいや、本当に素晴らしい。携帯電話の微弱な電波から相手を突きとめるとは、まさにMI6ばりの情報合戦だ。実に貴重な意見を聞かせてもらった」

「あくまで可能性です」

笑い飛ばすような言い方をしておきながらも、オルテス警部補は部下に目配せを送った。一人が無言で席を立ち、会議室を出ていった。新藤結香の契約するフランスの通信会社に確認を入れてみるつもりなのだ。

その姿を見送ってから、オルテス警部補がテーブルの上で手を組み合わせた。

「いいかな、外交官さん。君が睨んだとおり、携帯電話の位置情報をつかまれていたのだとすると、とても面白い状況になってくる。たまたま偽刑事の関係者がユカ・シンドウの契約する通信会社に在籍していて、内密に情報提供を受けていたのか。あるいは、正式な捜査機関が、正規の手続きを経て通信会社からもたらされた情報を利用したか。ふたつにひとつだろうね。日本のMI6としては、後者の可能性を第一に警戒しているわけだ」

黒田は頷かず、ただ刑事の目を見つめ返した。

「そういえば、ユカ・シンドウの携帯電話は、フランス最大手の通信会社のものだったね。となれば、フランスの情報機関なら、密かに情報提供を受けることは楽にできる。そういや、アンドラってのも、外交と国防の面では、フランスに頼りきりだったと思う。つまり、フランスかアンドラ、どちらかの警察が携帯電話の電波から位置情報をつかみ、それをそっくり二人の偽刑事に提供したわけだ。白昼堂々と銃を発砲するような連中だというのに、ね」

空港から尾行された可能性がどれほどあったろうか。

アンドラとフランスの両警察は、新藤結香の行方を確実に追っていた。だから、黒田に接触してきたのである。つまり、彼女がグラナダでの裁判を控えていた事実を、両警察ともに把握していなかった、と思われる。

もちろん、フランスのような大国であれば、スペイン国内で情報活動をしている者がいたとしてもおかしくはない。黒田から裁判の事実を知らされ、直ちにグラナダへ人を送った、という可能性もなくはない。

だが、黒田が裁判の事実を伝える前から、両警察ともに新藤結香が持つ携帯電話の番号は把握していたはずなのである。通信会社に協力を求めれば、その位置情報は確認できる。

新藤結香の行方を追っていたのであれば、携帯電話の位置情報を手に入れようとするのが当然であり、捜査の常道でもあった。

やはり、空港からの尾行よりも、携帯電話の位置情報をもとに人を送ってきた可能性のほうが高そうだった。

黒田は言った。

「ただ……。もうひとつ可能性はあります」

「まだあるのか。興味があるね。聞かせてもらおうか」

砕《くだ》けた言い方ながらも、目が少しも笑っていなかった。あるいはこの警部補は、すでにあらゆる可能性を吟味《ぎんみ》したうえで、黒田に相対していたのかもしれない。

警部補が目でうながしてきた。黒田は唇《くちびる》を舌の先で湿らせ、言った。

「あるいは……ユカ・シンドウ自身が、最初からあの二人にこのグラナダへ来ることを教えていた、か」

「そのとおり。実はわたしもそれを考えていたんだよ。なぜなら、偽刑事は君にタクシーを衝突させられて慌てたのはわかるが、肝心の拉致した獲物であるユカ・シンドウを置いて逃げ去っている。銃を持っていたんだから、君の動きを封じてから、ユカ・シンドウを清掃車に乗せることもできたはずだ。だが、彼らはそうしなかった。それがずっと、わたしには不思議でならなかった」

その疑問は黒田も等しく抱いていた。

答えに近いものは想像できた。

「もしかしたら彼らは、このわたしも銃を持っているに違いない、と確信していたのかもしれません。つまり、自分たちと似た職務にある者だと信じるにいたった。今のあなたのように」

オルテス警部補が口元を引きしめてから頷き返した。周りの刑事たちも難しい顔つきになっていた。

拉致の指令を受けた二人の偽刑事は、黒田という外交官が、ターゲットである新藤結香と行動をともにしている事実は承知していた。だが、単なる外交官にすぎないと考え、黒田を殴《なぐ》りつけて自由を奪ったうえで、新藤結香の拉致を強行した。

ところが、黒田がタクシーを強引に奪って追いかけてきたうえ、衝突させて拉致を阻止する行動に出た。その行為が、ただの外交官ではなく、自分たちと同じ立場にある者だという誤解を、彼らに与えた。

そこで二人の偽刑事は考え直した。今は新藤結香の身柄を確保するより、自分らの立場を守るほうが先だ、と。

異国の地で、海外からの旅行者を拉致しようと図った者の素姓を、何としても隠しとおす必要があった。だから、やむなく新藤結香をその場に捨て、立ち去ることを優先させた……。

オルテス警部補が意味ありげに笑ってみせた。

「外交官さん。君はやはり、あの二人の偽刑事がフランスの情報機関の者だと確信している。そうなのですね」

「いいえ。そう見せかけたかった者の仕業、とも考えられます」

「おお！　そうだ、確かにそうですね」

またも大袈裟に同意を示し、部下たちを見回した。

「大国フランスが、スペイン国内で非合法極まりない情報活動をやらかしている。スペインも注意すべきだ。白昼堂々、大通りで銃を発砲して、そう大袈裟に宣伝したかった連中の仕業とも、確かに考えられるね。素晴らしい！　君はあらゆる可能性を考えている。日本のＭＩ６の底力を見る思いがする」

黒田が最後に語った可能性を、耳かき一杯ほどにも信じていないとわかる言い方だった。

アンドラ国内で殺害された人物は、フランス人だと聞いている。新藤結香は、その被害者と最後に電話で話した人物らしいのである。

アンドラで発生した殺人事件であるのに、フランス国家警察までが捜査に動いている。その裏には、フランス側が隠しておきたい事実が横たわっているため、かつての統治国の事件に首を突っ込んできたように思えてしまう。

偽刑事は、新藤結香の拉致を企てながら、黒田の執拗《しつよう》な追跡によって、目的を途中であきらめたように見える。しかし、拉致して連れ込んだ車内で、すでに目的を果たし終えていた可能性もあった。——おかしなことを触れ回るな。彼女への脅しと口封じが目的だったのではないか。だから、新藤結香を置いて逃げ去ることを優先した。

日本の外交官がすぐ隣にいる場へ電話をかけて脅したのでは、新藤結香の表情から何かを悟られる危険があった。通信記録も残るため、アンドラ国家警察の手によって発信元も突きとめられてしまう。それならいっそ、スペインの刑事を騙って、直接脅しをかけたほうが効果的なのではないか。

偽刑事の登場は、養育権をめぐる裁判でのいざこざと関連している。そう思わせる次の手を打ってくるのかもしれない。すでに新藤結香が彼らの脅しを聞き入れているならば、彼女自身もその方面への可能性を口にしてくることもありそうだった。

突拍子もない想像かもしれない。だが、今の状況から考えていくと、それに近い事実が秘められているように思えてならない。

新藤結香とは何者なのか。アンドラで殺された人物との間に何が隠されているのか。まだ多くの謎が残されていた。

20

明日の裁判と今日の滞在先についての予定を聞き出すと、オルテス警部補はひとまず黒田を解放すると言った。

「いいかね、外交官さん。君が日本人を守る立場にあるのは理解できるが、タクシーを無断で運転して大破させた事実は動かない。その補償は日本政府が担うべきことだ。速やかにその手続きを進めてほしい。我々も国際問題にしたくはないからね」

日本の外務省を通じてスペイン側に働きかけがあったにしては、少し早すぎた。どうやら、今回の事件の裏に国家間の複雑な事情があると読んだらしく、スペイン国家警察は黒田を法に問わないことを決めたようだった。

「ユカ・シンドウからも詳しく話を聞く必要がある。君はここで待っていたまえ」

席を立った警部補の背に、黒田は呼びかけた。

「偽刑事の次は、偽医者や偽看護師が現れるかもしれません。ユカ・シンドウを絶対一人にはしないでいただきたいのです。聴取が終わったなら、直ちに知らせてください」

そこまで警戒するのか。ドア横に立つ制服警官が驚き顔を見せたが、オルテス警部補は大真面目に頷き返した。

「もちろん、そのつもりだ。彼女をここでまた拉致でもされたら、我々スペイン国家警察の恥になると心得ているよ」

刑事が立ち去り、会議室に一人取り残された。

聴取を受ける間は電源を切っておいたので、携帯電話を確認した。在バルセロナ総領事館から連絡が入っていた。

折り返して電話を入れると、お待ちくださいと言われたのち、古賀参事官の尖《とが》り声が鼓《こ》膜《まく》を打った。

「君は何をやっているんだ。外交官たる者が、現地のタクシーを奪って事故を起こすとは何事だね」

古賀は噂でしか黒田の仕事についての知識がなかった。本省からとんだ疫病神を預かってしまったと頭に血を昇らせていた。

「警察の聴取を終えたところです。新藤結香を拉致しようとした犯人はまだ捕まっていません」

「いいか、黒田君。君はもう手を引くんだ。まもなくアンドラ国家警察の刑事がそっちに到着するというじゃないか。直ちに女を引き渡して、すぐ日本へ帰りたまえ」

「もちろん、そうさせていただくつもりです。ただ、わたしが拝借して壊したタクシーを修理し、その間の補償交渉もしなくてはなりません。手続きに少し時間がかかると思われます」

「そんなことは、我々在バルセロナ総領事館の仕事じゃない。あとはマドリードや本省と相談して、さっさと片づければいい。我々は関知しないから、そのつもりでいたまえ。いいね」

これ以上、総領事館は関知しない。それを言い渡しておくため、わざわざ電話をかけてきたのだった。要するに、責任逃れの確認である。

「宮崎君に依頼しておいたのですが、スペインとアンドラへの報告はすんでいますでしょうか」

「したはずだ。もうこれ以上、我々には何もできない。あとは本省を通じて折衝してくれ。いいね」

それで通話を切られた。もう在バルセロナ総領事館の力を借りることはできないようだった。

すでにマドリードの大使館には睨まれている身でもある。カナリア諸島で逮捕された日本人に司法取引を呑ませる際、黒田はその命令を発してきた在スペイン大使に反論し、一度は帰国を口にしていた。生意気で尊大な男と見られているのは間違いなかった。

時刻は五時になろうとしていた。日本は深夜の一時。本省に管理職が残っている時間帯ではなかった。が、総領事館や大使館からの知らせを受けて、関係各局に呼び出しがかかっていることも考えられた。

大使館も総領事館も当てにはできない。黒田は覚悟を決めて、本省の邦人安全課へ電話を入れた。

長いコールのあとで、受話器が取り上げられた。電話に出たのは、邦人安全課の者ではなかった。領事局の宿直担当者だった。

「その件でしたら、課長に報告をあげ、マドリードの大使館との打ち合わせがすんでいる、とメモがあります。そちらに連絡は行ってませんでしょうか」

組織が大きくなるほど、よく起こりうるケースだった。上の指示が、下まで速やかに下りてこない。

「すみませんが、マドリードのほうに確認していただけますか」

そう言われて、あっさり通話を切られた。まさしく役所を盥回しにされる心境だった。

仕方なくマドリードの日本大使館に電話を入れた。

黒田が名乗ると、回線が切り替えられて、電子音の「さくらさくら」を二フレーズたっぷりと聞かされたのち、やっと邦人保護担当領事を兼ねる警備対策官が電話に出た。京都府警からの出向者だと聞いている。

「ええ。スペイン国家警察から問い合わせがありましたから、在バルセロナ総領事館の連絡先を伝えてあります。同行されていた女性に関しては、パリ大使館の連絡先を教えましたので、何もこちらに問題はないと思います」

携帯電話を手に、笑いを堪えた。スペイン警察の当局者も、盥回しにされたのである。こんな対応で、よくも黒田が解放されたものだと感心したくなる。この分では、無断で拝借して壊したタクシーの修理代も、黒田自身が支払うはめになるのかもしれない。いっそ、タクシー会社に連絡を入れず、大使館に請求書が行くのを待ってやるか、と考えた。いずれにせよ、本省の指示を仰がねば、修理代の処理はできなかった。

次に、アンドラ国家警察本部に電話を入れた。捜査官がいつグラナダに到着するのか、確認のためだった。

バルセロナの宮崎からは簡単な報告しかいっていなかったらしく、電話に出たディアス警視が事の次第を確認してきた。

「待ってくれないか。君は、携帯電話の電波から位置情報を嗅ぎつけられたと考えているわけなのか」

またも同じ質問を投げかけられ、黒田も同じ答えをくり返した。

「可能性の問題です」

すでに殺人事件の捜査には、被害者の母国であるフランス当局も関与している。アンドラという小国の警察では、大国フランスの意向を無視した捜査はできないのだろう。

もし黒田の推測が当たっていた場合、フランスの情報機関が動いているという可能性も出てくるのだ。ディアス警視もそう思い当たり、フランスへの警戒心を抱きつつ、黒田に確認してきたと思えた。

「フランス国家警察は、君に何らかの接触をしてきているのかね」

「いいえ。今のところ、電話ひとつありません」

在パリ大使館に新藤結香の素姓を問い合わせてきた際、黒田が彼女をアンドラから出国させた事実は聞いたはずだった。それでもフランス当局は、黒田に確認の電話を入れてこない。もちろん、アンドラ国家警察から情報が入っているため、とも考えられるが……。

「そちらの捜査官は、何時ごろグラナダに到着するのでしょうか」

「実は、バルセロナ発のグラナダ行きの本数が少なく、二人はいったんマラガへ向かった。もうそろそろ到着しているころだろう。マラガからは車で一時間半ほどだと聞いているので、十八時半にはそちらに着けるはずだ」

「確認させてください。ユカ・シンドウはあくまで参考人ということでいいのですね」

「ぜひとも詳しい話を彼女から直接聞きたい。状況いかんによって、正式な手続きを踏み、彼女をアンドラへ連れ戻すことになるかもしれない。そうならないためにも、協力を願いたい」

状況によっては、何らかの容疑で逮捕状が出る、と言っていた。もっとも、別件逮捕は、万国いずれを問わず、警察の常套《じょうとう》手段のひとつではある。

「わたしはあくまで外交官ですので、聴取を受けるかどうかの判断は、彼女と弁護士に任せるほかないと思います」

ノックの音もなく、会議室のドアが開いた。聴取に同席していた若い刑事だった。

黒田は手で制してから、ディアス警視との会話を終えた。

刑事が歩み寄り、小声でささやいてきた。

「ユカ・シンドウが、あなたにも聴取に同席してもらいたいと言っています」

21

診察を終えた新藤結香は、診療室の狭苦しい小部屋のベッドに腰かけたまま、点滴の処置を受けていた。

腕への打撲が二ヵ所見られたものの、幸いにも、骨に異常はなかったという。ただ、昨日からの睡眠不足と、食事をろくにとっていなかったことも加わり、疲労が限界に近づいている、と診断された。本来なら、すぐにでもベッドにもぐり込んで休むべきなのだが、警察からの申し出に、彼女のほうから進んで協力すると言いだしたのだという。

「ご心配をかけてすみませんでした。黒田さんには何とお礼を言っていいかわかりません。嘘を言ってバルセロナまで連れてきてもらったうえに、命まで救ってもらったようなものですから」

「待ってくれ。日本語は禁止だ。我々にもわかるようにスペイン語で話してくれ」

オルテス警部補が割って入り、ベッドに腰かけた新藤結香に向かって分厚い掌を突きつけた。

「彼女はわたしに礼を言ってくれただけですよ、ご心配なく」

黒田がスペイン語で応じたが、オルテスは睨みを解かずに目で新藤結香をうながした。横で若い刑事が手帳を開いてメモの準備を整えている。

新藤結香が一同を見回し、あらためて口を開いた。

「本当なら、弁護士を呼ぶべきなのかもしれません。ですが、ここまで迷惑をかけてしまった以上、速やかにすべてを話そうと思いました。刑事さんにも指摘されたのですが、わたしの元夫は、昨年の十二月四日、警察からの出頭要請を前に、自宅で拳銃自殺を遂げています」

その場で驚きに目を見張ったのは、もちろん黒田一人だった。

オルテスの後ろにいた若い刑事が、黒田の前に一枚の紙を差し出してきた。ファクシミリで送られてきた新聞記事だった。

重要参考人が自殺、との見出しが目に飛び込んでくる。

黒田は素早く記事に目を走らせた。十一月二十九日、フランスのボルドーにて、絵画偽造グループと見られる一団が摘発された。逮捕されたのは四人のスペイン人で、名の知れた画家の絵画やリトグラフの贋作《がんさく》を作り、世界中にばらまいていたことが直接の容疑だった。

だが、彼らはスペイン国内の企業家や資産家に二束三文の絵を送りつけ、法外な値段を要求していた容疑もかけられているという。

スペインのテロ組織として知られるETA――バスク祖国と自由――は、三年前に幹部が根こそぎ逮捕され、テロ活動は沈静化していた。しかし、今回逮捕された四人の容疑者はETAの名を騙り、革命のための税金として絵画の買い取りを要求し、したがわない場合はテロの標的とする、と脅していたのだった。

逮捕された容疑者の一人は、画廊の店主としても活動し、マドリードに小さな店を構えていた。その画廊と取引のある貿易商が、警察から聴取の要請を受けた。

ラモン・エスコバル、五十二歳。彼は捜査に協力すべく自ら出頭すると言っておきながら、聴取に応じる日の朝になって、自宅で拳銃自殺を遂げたのである。地元署では、他殺の可能性もあると見て、慎重に捜査を始めている。そう記事には書かれていた。

オルテス警部補が黒田に向かって軽く両手を広げてみせた。

「実は……去年の暮れに、どうもマドリードの捜査員がアンドラに派遣されて、彼女からも話を聞いていたらしい」

ベッドに座る新藤結香が黒田を見てから視線を落とした。

「わたしが離婚したのは、六年も前のことでした。別れた当初から、息子には会わせないと言われていたこともあって、最近では連絡を取り合うこともなくなっていました。あの人が自殺したことも、わたしはアンドラを訪ねてきた刑事から初めて聞いたんです」

「子どもをスペインに残しておきながら、元夫が死んだことすら聞かされていないとは、珍しいこともある」

オルテスがわざとらしい感心の仕方をして太い腕を組み、新藤結香に視線をぶつけた。

彼女の背がわずかに丸まった。

「その点は、アンドラまで来たスペインの刑事にも、詳しく話しました」

「今確認中だよ。けれど、まあ想像はできなくもない。母親が養育権を奪われたうえ、ろくに子どもとも会っていないわけだから、離婚の原因があなたのほうにあった。そういうことでいいんですよね」

その問いかけに、彼女は黙秘権を行使した。自らの恥と考えているように見える。だが、マドリードに確認を取れば、この場の刑事たちにも知られてしまうことだった。

新藤結香が狭い診療室の壁を見つめながら、先を続けた。

「わたしは、あの人が絵画偽造グループと関係があったとは想像もしていませんでした。一緒に暮らしていれば、何らかの不審な点に気づいていたのではないか。そうしつこく質問されました。でも、犯罪にまつわるようなことを疑っていれば、息子の養育をあの人に任せておくはずはありません。ただ……あの人は昔から、仕事の中身をほとんどわたしに話してくれませんでした。今思えば、わたしが銀行員であったため、経理上の秘密を悟られてしまうのでは、と警戒心があったのかもしれません……」

「エスコバル氏が偽造グループに関わっていたことは、間違いないのですか」

黒田はオルテス警部補に尋ねた。

「どうかな。容疑者の一人が経営する画廊と、頻繁に取引をくり返していた事実は確認されている。安く絵画を引き取り、高値で売りさばき、かなりの利益を得ていたとの報告が来ている」

「わざわざアンドラに住む新藤さんのところまで話を聞きに行ったのだから、彼女が結婚していた時から取引はあったわけですよね」

「当然だ。もちろん、古い取引をさかのぼるのは難しい。だから、銀行員でもあり、金の流れにも詳しい彼女に協力を求めた、というのが真相だろうね」

「本当にわたしには思い当たるところがないんです。企業家として優秀な人だと信じていました」

「だから、金には不自由はしなくてすむと考え、結婚相手に選んだわけだ」

またもオルテスが皮肉を利かせて言った。新藤結香が目を向けもせずにいるのを見て、さらに言葉を重ねた。

「ところが、あなたは離婚されたうえに、子どもまで奪われてしまった。まるで何かの秘密を知り、その人質として子どもを取られたみたいに見えるじゃないか」

警部補の指摘に、黒田は密かに唸った。確かにそういう見方もできなくはない。

彼女は夫の秘密を知った。本当ならば、子どもを連れて離婚をしたかった。ところが、何かしらの理由をつけられ――たとえば過去の浮気を突きとめられるなどして――離婚を呑まざるを得ない状況に追い込まれた。エスコバル氏の悪事を口にしようものなら、息子の身に何があるかわからない。

だから彼女は、元夫の自殺を知らされ、今こそ息子を取り戻す時と考え、裁判を起こした。そういう見方は確かにできる。

新藤結香の視線が、黒田をとらえた。

「本当にご迷惑をおかけしました。今度こそ、真実をお話しします」

「そうそう。彼女は君に嘘をついて、アンドラから出国したそうだからね。で、君もぜひこの場に呼んでくれ、と言いだしたんだよ。君には聞く権利があるらしい」

オルテスは厳しい舌鋒《ぜっぽう》を変えず、新藤結香を見下ろした。

彼女の細い肩が、大きく上下に動いた。

「アンドラに来た刑事からあの人の容疑を聞かされても、わたしには信じられませんでした。ですが、その直後からでした。わたしのもとにおかしな電話がかかってきたのは……」

「偽造グループの関係者からだというんですね」

黒田にも、やっと事情が呑み込めてきた。彼女には、不審な男からの電話に、やはり心当たりがあったのである。

新藤結香が頷き、わずかに視線を上げた。

「黒田さんにも話したとおり、嫌がらせの電話はわたしのことをよく知っている、会いたい、と言うばかりでした。あの人の容疑に関する何かを、わたしが知っているのではないか。そう考える人物が脅しをかけてきたのだと思えてなりませんでした」

それでも彼女は裁判を起こした。

このままでは、息子の身に危険が及びかねない、と考えたからだ。

「その裁判の場で、あなたが何かを打ち明けるのではないか。そう警戒した者がいた、と思っているのですね……」

黒田が問いかけると、彼女が頼りなく首を振った。

「わかりません……。わたしは何も知らない。そう電話をかけてきた男にも本当のことを言いました。わたしはただ息子を取り戻したい、それだけなんだ、と。でも、電話の男は笑うばかりで……」

そして、裁判を控えた昨日の夜、男が彼女の前に現れ、話しかけてきた。逃げ出した彼女は恐怖のあまりアンドラからの出国を考え、総領事館にSOSを訴えてきたのだ。

「アンドラで殺害されたジャン・ロッシュ氏とは、本当に面識がないのですね」

オルテスが彼女の前で片足を揺すった。

「本当です。電話で話しただけなんです」

「いやあ、面白い偶然だ。ETAとの関与が取り沙汰されている偽造グループの一人と関係した男の元妻が、アンドラから出国したその夜、電話でその元妻とやり取りをしていたフランス人が殺された。その元妻は、裁判の地であるグラナダに到着したとたん、偽刑事に拉致されかけた。もっと裏がありそうな話じゃないか」

部下に話しかけるポーズを取りながら、新藤結香への当てこすりだった。

「新藤さん……」

黒田は日本語で呼びかけ、周りの刑事にも理解できるようにスペイン語で質問した。

「画廊で手に入れた絵は、今回の件と何か関係があるのですか」

刑事たちが一斉に動きを停めた。その眼差しが新藤結香に集中する。オルテスが睨むような目を向けた。

「どういうことだ」

「先ほども伝えたと思いますが、彼女はゴメレス坂の路地に店を構える画廊へ立ち寄りたいと空港で言いだしました。その店へ行き、一枚の絵を購入したばかりなんです」

「ほう。それは面白い符合だ。また画廊と絵が登場してきたわけだからね。詳しく聞かせてもらいましょうか、セニョリタ・シンドウ」

刑事たちの視線を浴びて、新藤結香の頬に硬さが増した。

黒田は、詰問口調にならないように注意しながら、彼女に訊いた。

「あの絵を描いたラリー・バニオンという人物も亡くなっていますよね。しかも、そのバニオン氏は、あなたの元夫に近づくため、あの画廊にも出入りするようになった、と店主が言っていたはずです」

「待ってくれ。そのバニオンとかいう男は、スペイン人じゃないんだな」

名前から見当をつけたオルテスが割って入り、新藤結香に確認した。

「はい……。イギリス人です」

彼女の返事を聞くなり、部下の一人が診療室を飛び出していった。初めて聞く人物の名前に、本部へ確認を入れるのだろう。

新藤結香がうつむいたまま、掠《かす》れがちの声を押し出した。

「恥ずかしい話なんです……。あの絵に描かれていた親子は、わたしと息子です。バニオン氏はわたしの元夫に頼まれてあの絵を描いたと言ってました」

「妻と息子の絵を、知り合いの画家に描いてもらう。金持ちにはよくある話で、恥ずかしいこととは思えないがね」

オルテスはすでに話の先を読んでいたのだろう。だが、新藤結香を追い詰めるために、あえて言っていた。

彼女の声がさらに掠れていった。

「わたしが……息子の養育権を失ったのは、あの絵を描いた人との関係があったからです」

「つまり、ラリー・バニオンという男が、あなたの浮気相手だった、というのですね」

警部補が当然の追及をするため、声に力を込めた。

また彼女の頭が低くなった。

「結婚生活は、ずっと前から破綻《はたん》していました。あの人は、仕事を理由に家を空けることが多くなっていました。それで、子どもがほしいと思ったんです。あの人は最初、ずっと反対していました。でも、いざ子どもが生まれたら、ずいぶんと可愛がってはくれましたが……」

夫婦の仲はさほど修正できなかったのだろう。彼女としては、女の存在を疑っていたのかもしれない。だが、ラモン・エスコバルは、ETAとつながる偽造グループと密かに関係を結び、その件で家を空けていたのかもしれない。

「ずっとあの絵を探してました……。てっきり、あの人が焼き捨てでもしたんだろうと思ってたんですが、息子が捨てないでくれ、と頼んでいたようなのです。離婚したあと、あの人の仕事が忙しかったこともあり、息子はこのグラナダに住むあの人の妹さんに引き取られていました。ところが、あの人が亡くなったあと、自宅にあった絵とともに、あの絵も売りに出してしまったというんです。わたしとの思い出を息子から奪おうとしたのかもしれません。酷《ひど》いことをすると思いました。だから、どうしても絵を取り戻したい、そう考えました……」

「あの絵を描いたラリー・バニオン氏も亡くなっていると聞きましたが、なぜなのでしょうか」

黒田はさらに質問を重ねた。刑事たちが注目する。

元夫のラモン・エスコバルが拳銃自殺を遂げ、その依頼で彼女と息子の絵を描いたラリー・バニオンという男もすでに死んでいるという。彼女の周囲に、少しばかり死が多すぎた。

「──事故でした。出張先でレンタカーごと川に転落したんです……。あるいは、自殺だったのかもしれません。わたしとのことがあの人に知られて、裁判を起こすと言われた直後のことでした……」

またも自殺……。

オルテスが部下たちと顔を見合わせていた。彼女の元夫であるラモン・エスコバルは、絵画偽造グループに関与していた可能性が高い。妻を寝取られ、怒りに狂ったエスコバルは、組織の力を借りて──。

ありがちで安易な想像かもしれない。エスコバルの拳銃自殺にも、他殺の疑いがある、と新聞記事にはあった。

当時の捜査がどうなっていたのか。ここにいる刑事に尋ねたところで、彼らが捜査に動いていたわけでもなく、答えられはしないだろう。だが、新藤結香への脅迫があり、彼女と深い仲にあったラリー・バニオンという男も不審な死を遂げていたのである。

ＥＴＡとの関与が噂される絵画偽造グループ。その背後にいたと思《おぼ》しき貿易商。息子の養育権を争うために裁判を起こした元妻。偽刑事の存在。そして、アンドラで殺されたフランス人……。事実は複雑に入り乱れ、新藤結香を取り巻いていた。

「わたしに話ができるのは、これだけです。もう何ひとつ嘘はついていません。本当にご迷惑をおかけしました」

昨夜から何度目になるだろうか。新藤結香があらたまるように身を正し、黒田に向かって深々とまた頭を下げてみせた。

22

話を聞き終えたオルテス警部補が鷲鼻をさすり、目でそれとなく黒田を廊下に誘った。まだ点滴を施《ほどこ》されている新藤結香を一人残して、刑事たちとともに診療室を出た。廊下に控えていた婦人警官が、確保した女性容疑者を見張るかのようにドア横へと立った。

オルテスは空中に絵でも描くようにして人差し指を振り回しながら廊下の奥まで歩くと、黒田を振り返った。

「外交官さん。君の国の女性は、アルハンブラ宮殿の観光を楽しみに来た旅行者ではないし、単なる裁判の傍聴に来た者とも言えない。偽警官の情報を集めるためにも、彼女にはまだまだ聴取に応じてもらわねばならないと思う。わかるね」

今はまだ拉致未遂の犯人を突きとめるための聴取に終始していた。だが、事件の裏にはもっと複雑な事情が見え始めており、過去の事件を掘り起こしての捜査にもかかる必要がありそうだった。彼らとしては、ここで聴取を進めるには材料が少なすぎるのだ。

黒田は外交官としての任務を優先して言った。

「彼女は非常に疲れているし、明日には裁判を控えています。ひとまず今日の聴取はこれで終わりと判断していいのでしょうね」

「だから相談なんだよ。今、上に報告を上げている。捜査方針が決められ、次の指示が下りてくると思う。ユカ・シンドウといつでも連絡を取り合えるようにしておきたい」

「相談ならば、彼女と彼女の弁護士にするべきでしょうね」

黒田は当然の答えを返した。警部補もわかっていながら、黒田に協力を求めていた。

新藤結香と関わり合った三人の男が、すべて不審な死を遂げているのだ。その騒動の渦中にある女性を目の前にしながら、弁護士にしゃしゃり出られたのでは邪魔になるだけだった。余計な口出しを防ぐためにも、日本の役人から、警察の聴取には素直に応じるべきと説得してもらいたい、と持ちかけているのだった。

「わたしは外交官であり、日本人の権利を守るために働いています」

「じゃあ、君はなぜ、ユカ・シンドウにつき添っている」

「たとえ彼女が嘘をついて騙すようなことをした結果にせよ、わたしが彼女をアンドラ国外へ出国させた事実は動かず、その責任があるためです。アンドラ国家警察から正式に殺人事件の捜査に協力を求められた以上、それを拒むわけにはいきません。今アンドラ国家警察の捜査員がこちらに向かっており、まもなく到着するはずです」

「では、我々にも、大使館を通じて正式に協力を求めろと言いたいんだね」

「いいえ。外交官には、できることとできないことがあります。あなた方の聴取に応じろ、と我々が強要することはできません。あとは彼女自身の判断です」

手を貸したくないわけではなかった。ただ、原則を曲げることは許されないと考えているにすぎない。

「もういい。役人の頭の硬さは、どこの国も同じだな」

蝿でも払うように顔の前で手を振り、横を向かれた。

「おい、ガルシア。医者に相談だ。院長を連れてこい。ユカ・シンドウは入院してもらったほうがいいんじゃないのか、とな。我々以外は面会謝絶にしてもらうんだ。そうすりゃ弁護士だって近づけない」

わざと黒田に聞かせるために言っていた。

呼ばれた若い刑事が直ちにどこかへ走っていった。振り返ったオルテスが、どうだとばかりに見つめてきた。意地でも容疑者を自分の手元から離したくないのだ。

「では、入院の件を、ユカ・シンドウと彼女の弁護士に伝えてきましょう」

法に則った捜査をするつもりがないのなら、外交官として日本人を守るための仕事をするまでだった。その意を伝えてから、黒田は診療室へ歩きだした。

「待て、おい」

オルテスが巨体を近づけるなり、黒田の肩をつかんで引き戻した。

怒りの火を宿した視線をぶつけられた。

「日本の外交官ってのは、同じ国の者であるなら、たとえ犯罪者だろうと権利を守るわけなのか」

「冷静になってください、警部補。彼女は今ここで弁護士を呼んでもよかったんです。でも、あなたがたの聴取には素直に応じた。明日にはこのグラナダで裁判を控えているからです。彼女は逃げも隠れもしませんよ。あなたたちも過去の事件をもう一度調べ直してから、彼女に聴取を願い出るべきじゃないでしょうか」

正論を返されて、オルテスが忌々《いまいま》しそうに床を蹴りつけた。本当は黒田を踏みつけたかったに違いない。

「勝手にしろ。いいか、我々警察は容疑者を尾行する権利がある。もし逃走を謀るようなら、その場で緊急逮捕するから、そうあの女にも伝えておけ」

「わかりました。必ず伝えましょう」

診療室に戻ると、女性看護師によって点滴の針が外されているところだった。

黒田はひと目見て、新藤結香の目に力のようなものが戻ってきているのを知った。先ほどは身も心も疲れ切って肩も落ち、一切の表情が消えていたが、今は血色も戻り、背筋に張りも戻り始めている。少しは点滴の効果が出たらしい。

彼女は揺るぎない眼差しを向け、黒田に尋ねてきた。

「警察の聴取はもう終わったのでしょうか」

「彼らは過去の事件にも注目しています。いずれまた話を聞きたいと言ってくると思われます。それと、尾行をつけるとも仄めかしています。もし何かしらの不安があるのなら、今のうちに弁護士に相談しておくといいでしょう」

「いえ、大丈夫です。今し方、事務所にメールを入れておきました」

彼女は自分の置かれた立場を充分に理解していた。刑事から解放されると同時に、早くも弁護士に相談を寄せていたのである。

黒田は診療室の中を見回した。病院内には電子機器が置かれているため、携帯電話の使用を禁止しているゾーンが多い。

視線を察したらしく、新藤結香が横で点滴の道具を片づけていた看護師に目を向け、スペイン語で言った。

「看護師さんに聞いたところ、この一階は大丈夫だということでしたので」

「また何かあったら、遠慮なく言ってください。旅先で携帯が使えなくなったら、本当に困りますものね」

黒田が看護師の笑顔に気を取られていると、新藤結香が軽く一礼してから、日本語に戻して言った。

「――黒田さん、どこかで携帯電話を手に入れたいんです。先ほどの事故で、わたしの携帯がどこかおかしくなってしまったみたいで……」

ごく自然な言い方だった。警察に囲まれて聴取を受けたあとで、携帯電話の調子が悪くなっていることに気づく。どこにも不自然さはない。

警察に携帯電話を押収されたのでは困ると考え、使えないようにしたのではないか。そう疑ってかかるのでは、人が悪すぎるだろうか。

「ひとまずホテルに入りましょう。アンドラ国家警察の捜査員も、ホテルに向かっているはずですので」

彼女をホテルまで送り届けて、アンドラから来た刑事を待てば、それで在バルセロナ総領事館の古賀から言いつけられた任務は終わる。あとは、結果として壊してしまったタクシーの補償という仕事も残されてはいたが、単純な手続きの作業だけになる。

新藤結香にまつわる過去の事件を聞かされようとも、その捜査を見届けることは任務の中にふくまれていなかった。個人の関心と、業務の域は、一線を画すべきものだった。

黒田は外交官としての任務を見据えながら、新藤結香と診療室をあとにした。刑事たちに監視されながら、それぞれの治療費を支払い、病院を出た。

玄関先に待っていたタクシーに乗り込み、彼女が普段から利用しているというホテル・ラスカサスへ向かった。

時刻は六時をすぎ、夕暮れが迫っていた。車窓の右手に、ライトアップされたアルハンブラ宮殿が見えた。大通りのほかは思っていたより街灯が少ない。

それとなくリアウインドウを振り返ってみると、黒塗りのセダンが後ろにぴったりとついて来ているのが見えた。その助手席には、ガルシアと呼ばれた巻き毛の若い刑事が座っており、視線が合うなり黒田に向かって手を振ってきた。

新藤結香は後ろを振り返りはしなかった。

「刑事が尾行してきているんですね」

「スペインにも仕事熱心な警察官がいるようです」

「お世話になりました。感謝の言葉も見つかりません」

「何かあったら、また電話をください。我々外交官には、日本人同胞の命と権利を守る義務がありますので」

「ありがとうございます。それに、迷惑をかけてしまい、本当にすみませんでした」

黒田が無言で頷くと、新藤結香の声にいくらか力がこもるようだった。

「嫌がらせのようなことが続いていて、裁判の日がずっと怖くて仕方がありませんでした。息子をわたしに返したくない人たちがいるんじゃないのか。裁判の場に出ていけば、もっと酷い邪魔をされるかもしれない。ずっとそう考えていました。でも、今日のことがあって、よくわかりました。母親が戦う姿勢を持ち続けていないと、絶対に息子を守ることはできない。そう当たり前のことに気づけました」

通りすがりの第三者が、安易に言葉を挟んでいいことではない、と思えた。無言で頷くしか、今はできない。

「あの人が遺産をどれほど残していたのかは、興味もないんです。明日の裁判で、そうはっきりと主張し、息子を返してもらうつもりです。少しは勇気が出てきた気がします。黒田さんのおかげです」

「いえ……」

謙遜ではなく言った。あまりにも用意されたような言葉に聞こえた。

黒田が彼女に利用された事実は動かなかった。自分の行為を、聞こえのいい台詞で飾ろうとしたようにも感じられたのだ。

人は誰でも、自分の利得を優先したがる。彼女だけが自分を飾りたがるわけではない。だが、真実を小出しにして黒田をここまで煙《けむ》に巻こうとした強《したた》かさを、彼女が秘めていたのは疑う余地がなかった。彼女ならば、たとえ黒田が手を貸さずとも、一人で裁判に立ち向かえたはずだった。そう思えた。

タクシーがホテル・ラスカサスに到着した。

ここでも新藤結香がタクシー代を払うと主張したが、黒田は先にユーロ札を運転手に手渡した。邦人を保護してホテルまで連れて行くのは、さして考えるまでもなく外交官の職務の範疇《はんちゅう》だった。

彼女は悪びれたふうもなく素直に頭を下げると、ホテルマンがドアを開けてくれるのを待ってから、車外へ出た。そうされるのが当然だと身に染みついているとわかるほど、板についた態度だった。海外の暮らしが長いためもあるだろう。が、ラモン・エスコバルという貿易商の妻として、何不自由のない暮らしを続けてきた過去がそうさせたと思わされた。

ホテル・ラスカサスは、ささやかな広場の向かいに建つ落ち着いた雰囲気のホテルだった。壁の一部に蔦《つた》が走り、背後にはキリスト教寺院らしき鐘楼のような建物が見える。

ホテルのロビーに、アンドラ国家警察の捜査員が待っているようには見えなかった。

新藤結香を待っていたのは、軍服を着た男たちだった。

観葉植物を置いただけの地味なエントランスを入っていくと、正面のフロント前に、軍服の一団が立っていた。黒田たちを認めるなり、四人の男がそれぞれ制帽を手に、胸の記章を誇るかのような姿で真っ直ぐに近づいてきた。

新藤結香が足を止めた。四人の軍人の視線は、すべて彼女にそそがれていた。

通りかかった客までが立ち止まり、ホテルのロビーに不釣り合いな男たちの一団を見送っている。

先頭に立つ一人が黒田に目を向け、取り澄ました顔で話しかけてきた。

「日本の外交官の方ですね。わたしはスペイン軍警察保安捜査部のヘレス大尉です」

スペインには、三つの警察が存在する。

カタルーニャやバスクなどの自治が認められている州には、独自の州警察が置かれている。それ以外の主要都市は国家警察が管轄し、自治体で警察組織を保持できない地方都市と、国家全土にわたる広域捜査や治安活動には、軍警察が当たっているのである。

「邦人保護担当領事の黒田です」

相手が誰一人として身分証を提示してこなかったので、黒田も言葉だけで身分を告げた。

ヘレスという大尉は、黒田とさして変わらない年齢だろう。長身でやたらと手足が長く、いかにも軍服が似合う逆三角形の体型をしていた。目が忙《せわ》しなく動き、とらえどころのない眼差しを送ってくる。

「ご活躍は国家警察から聞いています。これより、あなた方が被害に遭われた拉致未遂事件は、内務大臣管轄下である公安司令部の指示により、我々軍警察の担当となります」

「まずは身分証を確認させてください。何しろ我々は偽刑事に襲われたあとですので。偽の軍人に拉致されたくはありません」

ヘレス大尉がにんまりと笑い、写真入りの身分証をやっと出してくれた。

黒田が確認を終えると、大尉は踵を一度引いて、新藤結香のほうへと向き直った。

「セニョリタ・シンドウ。我々がここで待っていたのは、国家警察とは別に、軍警察の聴取にも応じていただきたいからです。再度の聴取をあなたに強いる不手際をお許しください。しかし、外国人への不届き極まりない行為に及んだ輩を突きとめ、このスペイン国内の治安を維持するには、我々軍警察の組織を挙げた捜査が必要だという判断が、政府内で下されたのです。すでに国家警察の捜査に協力していただいたうえ、さらに我々の本部へお呼びするのでは失礼であるため、こうして足を運ばせていただきました。ホテルの控え室を拝借しましたので、どうか聴取にご協力いただきたい」

言葉と態度は丁寧だったが、藪睨みの目に威圧が込められていた。

新藤結香が救いを求めるように黒田を見た。ここは外交官の出番ではないのか、と催促されているようなものだった。また利用されることになるとわかっていたが、職務は果たす必要がある。

「聴取を拒めば、どうなるのでしょうか、大尉」

黒田が尋ねると、ヘレス大尉は想像もしない問いかけだと言いたげな驚き顔を作り、一人で頷いてみせた。

「この界隈では、外国人を狙った犯罪が特に多くなっているのです。状況から見て、組織的な犯行にも思えます。日本からの旅行者はもちろん、スペインを訪れる多くの観光客の安全にもつながることです。ぜひご協力を願いたいのです」

黒田の質問にはまったく答えず、ただ協力だけを求める言い方だった。

外国人を狙った犯行であるとの見方を口にしておきながら、彼らの狙いは別にある、と見て間違いはない。新藤結香は、ＥＴＡとの関連を取り沙汰される絵画偽造グループと取引を持っていたと思われる人物の元妻だった。そして、目の前にいる軍人は、保安捜査部の大尉である。国家警察からの情報が入り、慌てて彼らが飛んできたと見える。

黒田は背後のエントランスを振り返った。タクシーを尾行してきた刑事たちの姿は見当たらない。軍警察の出動を聞かされ、撤退命令が出されたのだろう。

「いかがでしょうか、セニョリタ・シンドウ。大変疲れているとは思いますが、事件の早期解決のため、我々の捜査に協力していただけませんか」

「今日は点滴を受けたばかりでもあり、疲れているので、明日にしてくれと申し入れることもできます」

黒田は日本語で新藤結香に告げた。

するると、後ろにいた痩せた男がヘレス大尉に近づき、耳打ちをした。日本語に通じている者だったらしい。彼らは通訳代わりとなる軍人まで連れてきていたのである。

ヘレス大尉が得意げに頷き、新藤結香を見据えた。

「できるものなら、今ここで聴取に応じていただけると助かります。明日の裁判に迷惑をかけるようなことは、絶対にないと保証させていただきます」

押しつけがましい言い方だった。この場での聴取に応じなければ、明日の裁判に支障が出ることになるかもしれない。そう強く匂わすことで、彼女の協力を求めていた。

新藤結香が手にしたバッグと紙袋を抱きかかえるようにして頷いた。

「わかりました。協力させていただきます」

「弁護士の同席は許されますよね」

黒田が横から大尉に尋ねると、新藤結香が決然と首を振った。

「いえ。一人で大丈夫です。ありがとうございました」

疚しいところも、恥じるところもない。そう軍警察の前で言っておきたかったようにも見えた。と同時に、あとは自分一人で立ち向かうので心配しないでくれ、と黒田に伝えるためもあったろう。

こうなっては、外交官としてできることは何もなかった。

ヘレス大尉が新藤結香をうながした。若い軍人が先に立ち、彼女が続いた。

黒田も後ろについて歩きだそうとしたが、大尉が立ちふさがり、微笑みかけてきた。

「セニョル・クロダ。我々も、決してあなたと日本の外務省関係者に心配をかけるようなことはしませんから、ご安心を。どうぞあなたはお引き取りください」

23

軍人に囲まれるようにして、新藤結香がフロント横にあるスタッフ専用の通路へと消えていった。

黒田は一人、ロビーに取り残された。

軍警察の大尉が言うように、拉致未遂事件の犯人逮捕を最優先しているならば、彼らに殴られたうえ、発砲までされた黒田にも話を聞くべきだった。それをしないで、こうして放り出しておくからには、彼らの狙いが新藤結香一人にあるのは疑いなかった。

時刻は六時二十五分になっていた。今朝からほとんど何も食べていない。フロントの横に売店があったので、チョコレートを買った。多少は腹の足しになる。銀紙を剝がして齧《かじ》りながら、ロビーの片隅に置かれたソファに腰を落ち着けた。

事件をもう一度、最初から思い返してみる。だが、このグラナダで知らされた新たな事実が多すぎるため、思考はまとまりを見せず、断片的な思いが浮かんでは消えた。

携帯電話を取り出し、在バルセロナ総領事館の宮崎を呼び出した。

「黒田です。ちょっとまた頼みたいことがある」

「また何かあったんですか」

古賀参事官から事態の急変を聞かされたと見え、完全に及び腰の受け答えになっていた。君子危うきに近寄らず。防衛省からの出向者とは言え、幹部が手を引くべしと決めた事案に、自ら関わりたいと願い出るお人好しはいない。

「君しか頼りになる者がいないんだ。あらゆる手段を使って情報を集めてほしい」

「しかし――」

「メモの用意を頼む。よく聞いてくれ。――昨年の十二月四日、ラモン・エスコバルというスペイン人貿易商が、警察からの取り調べを前に、自宅で拳銃自殺を遂げている。こっちでは、そこそこ大きなニュースになったらしいので、記憶にないだろうか」

「ああ……。そんな事件があったかもしれませんね。確かETAがらみの事件で呼び出された人物じゃなかったですか。でも、どうして黒田さんが興味を――」

「とにかく聞いてくれないか。そのエスコバルの元妻が、新藤結香だとわかった」

「え……」

宮崎が絶句し、息を呑むような呻きがわずかに聞こえた。

「彼女が離婚した六年ほど前、ラリー・バニオンというイギリス人の画商が、出張した先で車ごと川に転落して死亡している。今はまだ、どこに出張したのかは不明だ。でも、調べ出す方法はあるはずだ。詳しい経緯を知りたい。大至急、取りかかってくれ。何かわかり次第、メールで送ってくれてもいいし、面倒ならホテルにファクシミリで送ってくれ。こっちもネットでの検索はしてみる」

メモの用意をさせて、早口にホテル名とファクシミリの番号を伝えていった。

「了解です。でも、新藤結香をアンドラの警官にもう引き渡したあとなんですよね」

「ちょっと事情が複雑なんだ。彼女は今、こっちの軍警察の聴取を受けている。とにかく、すぐに頼む」

それだけ言って、通話ボタンを切った。

黒田はフロントへ走り、自分のために部屋をひとつ借りた。経費削減の折なので、最も安い部屋を頼むと注文をつけたが、日本円にして二万八千円ほどの部屋しか空いていなかった。外国人と見て吹っかけているのかもしれないが、今は時間が惜しい。キーをもらい、パソコンと通信カードも借り出した。

まもなくアンドラの刑事が到着するはずなので、そのままロビーを見通せるティールームの片隅に陣取って、ネットで過去の新聞記事を探った。検索サイトに接続して過去の新聞記事の見出しに目を通していく。

絵画偽造グループの摘発と、ラモン・エスコバルの自殺についての記事はすぐに見つけられた。が、こちらはすでに刑事からも新聞記事を見せられており、新たな情報は少なかった。

それでも事件はかなり大きく、何日にもわたって報道されていた。

偽造グループの四名は、フランスのボルドーで逮捕されたせいもあるのか、捜査の主導権はフランス国家警察が握っていたらしいとわかった。その証拠として、記者会見に応じるフランス側の警察幹部の写真をも掲載する記事が多かった。

新藤結香の元夫のラモン・エスコバルは、五十二歳。マドリードに本社を置く社員十五名を有する貿易会社のオーナー兼社長で、警察は正式に自殺と断定していた。

エスコバルは絵の売買も手がけていたし、自ら絵画を収集する趣味を持っていたと記事にはある。そのため、逮捕された偽造グループの一人が経営していた画廊との取引も、商売上のものであった可能性もまだ残されていた。だが、事件の真相は、エスコバルの死によって闇に消える可能性が高い、と書く記事も見受けられた。

すでに捜査は打ち切られたのか、新たな進展があったとの記事は見つからなかった。

新藤結香の浮気相手であったラリー・バニオンという人物の名前は、どこの新聞の検索サイトを使っても探し出すことはできなかった。単なる事故として処理され、報道されることはなかったと思われる。

次に何をすべきか思案していると、携帯電話が震えた。アンドラ国家警察の警部補からの電話だった。

「もう少しでグラナダの中心街に入る。ユカ・シンドウはまだ一緒にいるだろうね」

「それが、少し状況が変わってきました」

黒田は、偽刑事に襲われ、今は軍警察による聴取が行われている事実を手短に告げた。

バスケスという警部補は驚きの相槌も返さず、じっと息を詰めるように話を聞いていた。自制心が強く、慎重な男のようだ。

「非常に興味深い事態といえるでしょうね。我々にも、そちらに負けない新たな事実がありますので、楽しみに待っていてください」

彼らも独自に何らかの情報をつかみ、それでわざわざスペインまで国境を越えて駆けつけたようだった。

通話を終えて十五分もすると、着古したダウンのコートを手に持つ人相の悪い二人組の男がエントランスからロビーへと走り込んできた。このグラナダに、防寒着を着込んだ者は見かけない。ピレネーの山間から飛んできた刑事だと、ひと目でわかる。

黒田が席を立つと、日本人を見つけた二人が小走りにティールームへ近づいた。先に立つ大柄な男のほうがバスケス警部補だろう。

挨拶はすでに電話ですませていたし、彼らには新藤結香の行方のほうが気になっていたらしく、大柄の男が素早く辺りを見回した。黒田の前でティッシュを広げ、嚙み煙草を口の中から取り出すなり、それを包んでポケットへと突っ込んだ。

「ユカ・シンドウはまだ聴取を受けているのですね」

「軍警察の大尉と、スタッフ専用通路の奥にある部屋にいるはずです」

黒田はフロントを指し示した。通路の前に、今も一人の軍人が立っている。それを見て、バスケス警部補が頷き返した。

「あの向こうに裏口があって、そこから誘拐された、なんてことはないでしょうね」

そこまでは疑っていなかった。外交官の前で騙し討ちのようなことをすれば、国際問題となる。もちろん、あの身分証がよくできた偽造であれば話は別だったが。

若いほうの刑事がフロントへ走り、ホテルマンと軍人から何やら話を聞いていた。実際に通路の奥へも歩き、すぐにまた走って戻ってきた。

「警部補、問題はなさそうですよ。奥の控え室に窓はあるそうですが、裏手にまだ軍用車が二台停まったままでした。偽の軍人じゃないようですね」

「ひとまずは安心だな。けど、スペインが素直にユカ・シンドウを解放してくれるか、大いに疑問はあるな」

「ええ、フランスもからんでますしね」

二人のアンドラ人は、かつての宗主国である二国への猜疑心《さいぎしん》を隠さずに笑い合った。

バスケス警部補が、黒田の向かいの席に腰を下ろした。

「あなたからラモン・エスコバルの名前を聞いて、やっと状況が読めてきたんですよ。まずは情報交換と行きましょうか」

若い刑事が近くの席から椅子を引き寄せ、バスケス警部補の横に座った。コーヒーをふたつ頼むと、アンドラの警部補はフロント横に目を配りながら話を切り出した。

「実は、アンドラでも、ラモン・エスコバルの名前が登場してきたんですよ。被害者が借りていた別荘は、三年前までラモン・エスコバルの経営する貿易会社の所有するものでした」

どうだ、とばかりに目を輝かせて、二人の刑事が見つめてきた。

黒田は驚きが顔に出ないよう、ゆっくりと深く息を吸った。確かに、彼らが勢い込んでグラナダまで駆けつけたくなる気持ちはわかる。だが……。

「待ってください。彼女は、電話をかけてきたジャン・ロッシュ氏に、ホテルや貸別荘を紹介したと言っています。自分の元夫の会社が所有していた別荘のことを教えたにすぎないのかもしれませんよね」

「あなたは随分と、ユカ・シンドウに好意的な見方をする人らしい。もっとも、我々の持つ情報をまだすべて聞いていないのでは、仕方のない面もあるでしょうね」

「否定する材料がまだあるわけですね」

バスケス警部補は落ち着き払って足を組み直し、猪首をすくめるようにしつつ不敵に笑った。

「ジャン・ロッシュはたった一人で、ゲストルームが三つもある別荘を借りていたんですよ。そこで仲間とパーティーを開こうとした形跡は、一切なかった。安ワインを一本持ち込んで、犯人が訪ねてくるのを待っていたんです。つまり、ジャン・ロッシュには、その貸別荘を借りて犯人を待つ理由があったとしか思えない状況なんです。ラモン・エスコバルが経営する会社の所有する別荘であれば、当然ながら六年前まで妻であったユカ・シンドウも、その別荘を利用していたに違いありません」

新藤結香の元夫が所有していた別荘で、ジャン・ロッシュというフランス人が殺され、その夜、新藤結香は日本の外交官に嘘をついてアンドラを出国したのである。これ以上、疑わしい状況は確かにない。

バスケス警部補は、嚙み煙草を吐き出したばかりなのに、顎を盛んに上下させ、舌の上に残った味わいを楽しむかのようにしてから言った。

「さらに興味深いことに、被害者ジャン・ロッシュという男はフランスの元刑事で、どうもアンドラ国内で何らかの情報活動に従事していた可能性が高いんです」

黒田は息を吞んだ。頭の中に新聞記事が甦る。

ETAとの関与が立証された絵画偽造グループが摘発されたのは、フランスのボルドーだった。しかも、その逮捕劇は、フランス当局の主導による捜査が実を結んだものと見られる。

さらに、その偽造グループと取引のあったラモン・エスコバルが所有していた別荘で、フランスの元刑事が殺され、その元妻がアンドラから出国した。すべては太い鎖でつながれていると見るのが自然で、単なる偶然であるはずはなかった。

「警部補、来ましたよ」

若い刑事がささやき、ふたつに割れた顎の先を振った。

見ると、フロント横に新藤結香の姿があった。周囲を軍警察に取り巻かれ、スタッフ専用の通路からフロント前へと歩いてくる。その表情は、石でも喉に押し込まれたかのように苦しげに見えた。

黒田は席を立ち、フロント前へ急いだ。後ろにアンドラ国家警察の刑事たちがついてくる。

新藤結香はそのままフロントへ向かい、ホテルマンに絵の入った紙袋を預けていた。部屋を取るのであれば、絵を預けておく必要などはなかった。本人がそう高価なものではない、と言っていた絵なのだ。それでも部屋に置いたのでは、盗まれる危険があると考えたのか。いずれにしても、彼女は外へ出かけようとしている、と思えた。

ヘレス大尉が黒田たちを見つけて、無表情を気取るような顔で近づいてきた。

「そこの二人は何者だね」

最初から相手の素姓に見当をつけたらしく、あえて見下す口調で語りかけてきた。

バスケス警部補が厳つい顔をさらに角張らせて黒田の横に進み、警察手帳を提示した。

「アンドラ国家警察のバスケス警部補です。アンドラ国内で発生した殺人事件の被害者をよく知る人物として、ユカ・シンドウから直接話を聞くために参りました。我々がスペイン国内に足を運んだことは、国際協力部を通じて、こちらの警察当局に連絡を入れてあります」

シェンゲン協定によって、逃亡犯の海外への追跡は認められていたが、容疑者ではない人物の捜査に関しては、現地の捜査当局へ協力を求めておく必要があるのだろう。

ヘレス大尉が長身を誇るかのように、二人の刑事を見下ろした。

「ほう、そうでしたか。しかし、我々は何も聞いていませんね。スペイン警察当局の誰が、君たちのスペイン国内での活動に許可を与えたのか、もう一度確認してから来ていただきたいですね」

にべもなくはねつけられて、アンドラの二人の刑事が言葉に詰まった。両国の警察による協力態勢がどうなっているのか、黒田は知らない。だが、アンドラから申請が出されていようと、この大尉は聞いていないと最初から突っぱねる気でいたようにも感じられた。アンドラの刑事たちも相手の真意を悟り、次の一手を見つけられずにいる。

宗主国であったスペインとアンドラの間で、捜査を巡る綱引きが行われている最中なのかもしれない。しかも、殺害されたジャン・ロッシュという男はフランスの元刑事なのだ。もうひとつの宗主国であったフランスの警察までが、裏で関わっている可能性はある。いや、フランス当局が関係しているのでは、とスペイン側が警戒している、とも考えられた。

ヘレス大尉が、さしたる意味もなく制帽を被り直した。

「ユカ・シンドウの保護は我々軍警察が請け負わせてもらう。彼女は明日の裁判が終われば、アンドラへ帰国するはずだ。君たちの出番は、それからでいいはずじゃないのかね」

スペイン国内では、意地でも新藤結香に接触はさせない。そうせざるを得ない何かしらの事情を、スペイン側が有しているとしか思えなかった。

「話を聞くだけです。重要参考人として、ユカ・シンドウを連行しようというわけではありません」

「だから、うちの誰が君たちの捜査活動に許可を与えたのか、それを確認してから来たまえ、と言っているんだ。もし許可もなくユカ・シンドウに近づこうというのであれば、君らを公務執行妨害で逮捕する以外にはない。わかるね」

「どういうことでしょうか。彼女は日本人です。いや、たとえあなた方スペインの国民であろうと、話しかけるだけで公務執行妨害が適用されるとは、聞いたことがありません」

あまりの強引な論法に、黒田は横から口を挟んだ。

すると、ヘレス大尉が顎の先を黒田へ振り向けた。

「彼女は我々の捜査に協力を誓ってくれた。我々軍警察の協力者に対して、みだりに話しかけることは、我々の捜査を邪魔するのと同じになると理解してくれたまえ」

これでは、アンドラ側がスペイン当局へ許可を求めようにも、軍警察の幹部に拒否されるのは目に見えていた。

「どういう捜査への協力なんでしょうかね」

バスケス警部補が最後の抵抗とばかりに、質問と視線をぶつけた。

「君たちアンドラ国家警察の刑事は、異国の者に捜査方針を気軽に打ち明けるのかね」

またも強引な論法で迫られ、二人の刑事が鼻白んだ。国の大きさを盾にして、小国の刑事をはねつけにかかっていた。

「さあ、君たちはアンドラへ帰りなさい。セニョル・クロダには、我々の聴取に協力していただきたい」

ヘレス大尉の眼差しが動き、その矛先が今度は黒田へ向けられた。

「君もユカ・シンドウとともに偽刑事の顔を見ているはずだ。彼女は快く我々の聴取に応じてくれた。外交官である君ならば、スペインへの協力を惜しむはずはないと我々は信じている」

「今、この場で聴取を受けろ、と言うのですか」

「もちろんだとも。我々が借りた部屋に来ていただけるかね」

アンドラの刑事たちの視線までが、黒田にそそがれていた。どうする気なのだ、と問う目だった。

スペイン軍警察は、借り上げた部屋に黒田を封じ込める気ではないのか。警戒心が湧き起こる。

ヘレス大尉の後ろに、二人の軍人が近づいた。新藤結香はフロントでの手続きを終え、エレベータホールのほうへ歩いていた。アンドラで買った絵はすでにフロントへ預けたあとで、手には黒いバッグしか持っていない。やはりどこかへ出かけようとしている。

黒田は無表情を気取る軍人に目を戻した。

「ヘレス大尉。あなたはユカ・シンドウに何を依頼したのです」

「もちろん我々の捜査に協力をお願いしたのですよ」

「ですから、何を彼女にさせようとしている」

「セニョル・クロダ。その件もゆっくりと話させてください。我々は、外交官であるあなたと問題を起こしたくはありません。しかし、あなたが結果として我々軍警察の捜査を妨害するようであれば、正式な抗議を大使館に伝えねばなりませんし、状況いかんでは、あなたを拘束する手立ても採らねばなりません。どうぞ、理解してください」

どうあっても彼らは、アンドラの刑事と黒田を、新藤結香に近づけたくないようだった。

すでに新藤結香の姿はロビーから消えていた。軍警察の指示を受けて、あえて一人で行動しようというのだろうか。そうであれば、軍服を着ていない軍警察の者が、彼女を遠巻きに尾行していると見て間違いはない。

彼女を一人にして、また偽刑事の仲間を引き寄せようという魂胆なのだ。

「君たちスペインは、フランス側の関与を疑っているな」

黒田が答えを導き出して指摘すると、ヘレス大尉が目の前に歩を詰めてきた。軍人といがみ合う外国人を、多くの客が遠巻きにしている。

「声が大きすぎますよ。どこに偽刑事の仲間がひそんでいるかもわからないのですぞ」

「彼女を一人にして、偽刑事の一味を誘《おび》き出す気なのかもしれないが、そう上手《うま》くいくと思っているのか」

「それ以上声を上げたなら、あなたを拘束しなくてはなりません。いいですか、外交官さん。あなたの余計な口出しいかんで、うちの大臣が大使を呼びつけることになると思ってください。あなたのような一介の外交官では、とても手出しのできない政府の中枢から、今回の指示は出されているのです。わたしも軍警察の大尉として、命令にしたがい、断固たる手段を採らせていただきます。そこの二人も、早くこのホテルから退散しなさい。もしユカ・シンドウに近づけば、君たちの首は明日にも飛ぶと覚悟しておくことだ」

あくまで声を低めたまま告げて、ヘレス大尉が黒田たちを睨みつけていった。

「さあ、セニョル・クロダ。こちらにお越しください。我々にホテルのロビーで銃を取り出すようなことはさせないでください。おわかりですね」

24

政治的な事情を匂わせたうえでの脅しとわかっていたが、彼らに逆ったなら、言葉どおりの強硬手段に訴えてくるように思えた。スペイン軍警察は——すなわちスペイン政府は——本気で今回の事件を自力で解決すべきと考えているのだった。

「ユカ・シンドウの安全は、君たちスペイン軍警察が保障すると考えていいんでしょうね」

確約を取ったうえでなければ、彼らの要請には応えられなかった。危険があるとわかっていながら、日本人を囮《おとり》にするような作戦を見すごしたのでは、邦人保護担当領事の名が廃《すた》る。

「お任せください。すでに配備は整っています。もちろん、敵もそれなりの手段を採ってくる可能性はありますが、我々も精鋭部隊が動いています。さあ、どうぞ、こちらへ」

ヘレス大尉が暗に囮作戦の事実を認めて、踵を合わせた。

黒田は軍人に囲まれた。アンドラの両刑事が、引き立てられる捕虜を見るような目で見送ってくれた。

新藤結香が連れて行かれたのと同じ、通路の奥まった部屋へ案内された。丸テーブルとホワイトボードが置かれただけの、殺風景な部屋だった。

軍服の一人がドア横に立ち、黒田から離れた席にもう一人が腰を下ろして記録を取る準備を始めた。ヘレス大尉はパイプ椅子を動かし、黒田の向かいに腰を下ろした。

「ご協力を感謝します」

重みのない感謝の言葉を手始めに述べたあと、ヘレス大尉は偽刑事による拉致未遂事件について黒田を問い質していった。

まるで時間稼ぎが目的かのように、似た質問を違う角度から何度もしつこくくり返しては、もっともそうな顔つきで頷いてみせた。この間に、新藤結香は一人でホテルの外へ出ているに違いなかった。

彼女の携帯電話は、調子が悪くなっている。位置情報だけは発信できる状態にあるのか、スペイン側がGPSつきの携帯電話を手渡したとも考えられる。おそらく軍警察も、偽刑事が携帯電話の位置情報をつかんでいた、と見ているのだろう。

「もう一度確認させてください。あなたが偽刑事とユカ・シンドウの乗ったミニバンに横からタクシーを追突させた直後に、二人は車を捨てて外へ飛び出したのですね」

「信号待ちの車で前は塞《ふさ》がっていました。あのまま車で逃げることはできなかったと思います。それでとっさに車を捨てることに決めたのだと思います」

「でも、おかしいですよね。偽刑事を騙《かた》るならば、赤い回転灯を用意してから来ればよかったでしょうに。そうすれば、赤信号だろうと、突っ切って逃げられる」

「そこまで準備する時間がなかったんでしょうね」

「間抜けなやつらだ」

「本当にそう思っていますか」

黒田が問うと、さも不思議そうな目を寄越してみせた。

無表情を取り繕《つくろ》っていたくせに、聴取を始めるとともに、表情が素人《しろうと》演劇の役者のように変わっていた。黒田を誘導しようと、演技が過剰になりすぎているのだ。

ヘレス大尉が微笑みを見せた。

「では、聞きましょうか、セニョル・クロダ。あなたはあの偽刑事が間抜けではない、と考えているわけなのですね」

「いいえ。あなた方が、間抜けな偽刑事だと思うはずがない、と考えているだけです」

「ほう。興味深い。聞かせてください」

また腹話術の無表情な人形のような顔つきに戻り、目だけで黒田を見つめ返した。

「では、リクエストにお応えして、わかりきったことを答えましょうか。――あの偽刑事は、彼女を拉致するのが目的ではなく、車を乗り捨てた時には、もう目的を果たしていた可能性もある。そうあなた方は疑っている。そうですよね」

「実に面白い考え方だ」

「携帯に電話をかけたのでは、通信記録が残ってしまう。それに、言葉だけの脅しでは、彼女を心底震え上がらせることはできない、と考えたんでしょうね。日本の外交官が行動をともにしていたが、警察官でもない男の出足を食い止めるくらいはわけもない。そこで、少々乱暴だが、彼女の前に現れ、口止めの脅しをかけた」

「どういう口止めでしょう」

「もちろん、ジャン・ロッシュとの関係を明かしてはならない。その場合は、裁判にも影響が出ることになる。おそらく、あなた方と同じように、そう彼女を脅したんでしょうね」

「我々は紳士的に協力を要請したまでですよ」

白々しいまでのとぼけ方に、怒りが湧いた。だが、黒田は外交官としての立場を忘れず、冷静に言葉を継いだ。

「あなたがたの同業者でもあるスペイン国家警察のオルテス警部補も、偽刑事がフランスの手先ではないか、と睨んでいました。何しろ彼女の元夫は、スペインとフランスの合同捜査によって摘発された絵画偽造グループと関わりを持つ人物だった。しかも彼女は、その夫と離婚後にパリへと移り、銀行員として生活していた。その彼女が、偽造グループの摘発が迫った時期に、アンドラの銀行へ転職した。そのアンドラには、元夫のラモン・エスコバルが所有する別荘があり、彼女もそこに滞在していた可能性が高い」

ヘレス大尉は表情を変えなかった。だが、離れた席に座る二人のほうが、メモを取る手を止め、黒田を注視していた。

手応えを感じながら、黒田は続けた。

「国境を接するアンドラ国内の事情は、あなた方もよくご存じのはずだ。特にアンドラの銀行は、スイスやリヒテンシュタインと並んで、顧客情報の秘密を守り通してきた歴史がある。最近は国際的な批判が高まり、ようやく警察からの情報提供要請には応える方針を打ち出してはいても、明確な犯罪の証拠がある場合にのみ限られている。テロ組織に関与する絵画偽造グループの一員が経営する画廊と取引があっただけでは、アンドラの銀行が素直に情報開示してくれる保証はなかった。そこでフランス当局は、アンドラ国内の銀行に人を送り込んだ」

「それがユカ・シンドウだったと？」

「彼女は銀行に長く勤め、しかもラモン・エスコバルをよく知る人物でもあった。銀行内の情報を内偵する者として、これ以上打ってつけの人物はなかったでしょう。しかも、ラモン・エスコバルの犯罪を摘発することができれば、養育権を奪われた息子を、彼女は取り戻せるかもしれない。いくら実の親であるにしても、犯罪者のほうに養育権を与えると判断する裁判官はいないでしょうから」

ヘレス大尉が余裕を表すかのように微笑みながら頷いた。

「あなたは実に想像力豊かな外交官だ」

下手な冷やかしを無視して、黒田は続けた。

「スペインとフランスの合同捜査が実を結び、見事、絵画偽造グループの摘発に成功した。ところが、スペイン側のミスにより、事情をよく知ると思われるラモン・エスコバルが聴取の前に自殺を遂げてしまう事態となった。もちろん、偽造グループの関係者によって殺害された可能性もあるでしょう。いずれにせよ、スペイン側の落ち度によって、事件の手がかりは途絶えてしまった」

「あれは、紛れもない自殺ですよ。遺書が残されていました。エスコバル氏の筆跡で、ね」

銃で脅され、遺書らしきものを書かされた可能性も考えられる。だが、スペイン側としては、自殺としておきたかった。殺人の可能性を認めたのでは、自分たちに落ち度があったことになってしまう。

「おそらく、ラモン・エスコバルが死亡したあとも、彼女はフランス側の指示を受けて、秘密口座の調査を続けていたのだと思われます。だが、彼女の元に、何者かからの脅しが入った。なぜなら、彼女は息子を取り戻そうとして、スペイン国内で裁判を起こしてしまった。自分がアンドラ国内に住んでいる事実を、エスコバルの遺族に伝えてしまったわけです。彼の周辺には、絵画偽造グループに関わる者がまだ目をつけていたとも考えられます。アンドラで銀行に勤めているとなれば、エスコバルの秘密口座を探っているのではないか。そう考える者がいたのでしょうね」

「面白い。殺害されたジャン・ロッシュが、ユカ・シンドウにフランス側の指示を伝えていた。だから、彼までが殺されてしまった。そうあなたは考えているわけだ。実に鋭い意見を聞かせていただき、お礼を言いたいですな」

断言できる。少なくとも、彼らスペイン当局は、そう考えているに違いなかった。

偽刑事は、スペイン国内で何らかの任務に就いていたフランス側の関係者ではないのか。彼女を脅し、絶対スペイン側に事実を打ち明けてはならない。そう伝えるのが目的だった。

新藤結香が、その事実をスペイン側に打ち明けたとは思いにくい。彼女にとっては、裁判の行方が優先される。スペインに協力したのでは、元夫の自殺は動かず、ETAとの関与は認定されないままに終わるはずであり、養育権を取り戻せるとの保証はないのだった。

そこで、スペイン側は、彼女を一人にして、フランス側からの接触を待とうという作戦に切り替えたのではないか。

「興味深い指摘ですが……では、わたしからも質問させていただきましょうか」

ヘレス大尉が黒田の前で両手を広げてみせた。

「フランスは我らの隣国であり、友好国の仲なのですよ。絵画偽造グループの摘発も、両国の警察が力を合わせた結果でした。それなのに、なぜフランスが、ユカ・シンドウを使って銀行を調べさせていた事実を、我々に隠そうとする意味があるのでしょうか」

黒田は頷き、答えらしきものを見据えながら、言葉にした。

「ちょうどわたしは、バルセロナで開かれた、スペインとフランス、それに日本の警察による情報交換会議を終えてきたばかりなのです。EU内で捜査情報を共有し、犯罪のグローバル化に対応する手立てを模索するという意味を持つ会議でした。その場で、あなた方スペインとフランスは捜査の主導権を争うばかりで、歩み寄りの姿勢を見せなかった。偽造グループの摘発も、フランスの主導によるものであり、三年前にETAの幹部が逮捕された時も同様でした。フランスは、EU内の警察を率いる立場を築こうと努めている。ところが、その熱意のあまり、アンドラという独立国家内で、スパイのような者を使った内偵を無断で密かに進めていた。その事実が公になれば、フランス側の強引な捜査に批判が出てくることはさけられません」

「外交官らしい意見ですね。では、ジャン・ロッシュは、なぜわざわざラモン・エスコバルがかつて所有していた別荘を借り、そこで殺されねばならなかったのでしょうか」

当然の疑問だった。

黒田にも、まだ明確な答えは見えてきていない。

「想像するほかはありません。もしかしたら秘密口座の何かしらのヒントが、あの別荘の中にある、とジャン・ロッシュもしくはユカ・シンドウが考えたのかもしれません。それで、あの別荘を借り、二人で捜索するつもりだった。ところが、そこに何者かが現れ、ジャン・ロッシュを殺害した。それを知ったユカ・シンドウは、恐怖のあまりにスペインへの逃亡を謀った」

　証拠はどこにもなかった。アンドラ警察の刑事ともっと情報をつき合わせることができれば、それに近い道筋も見えてきたかもしれない。

　もしかしたら、黒田を強引にこの部屋へ連れ込んだのも、アンドラの刑事から引き離す狙いがあったとも考えられる。

「セニョル・クロダ。これだけははっきりと言っておきましょう」

　ヘレス大尉が誠実そうな顔を繕った。軍人も、外交官同様に、演技に長けた者でなければならないようだ。

「我々は、ユカ・シンドウが拉致されかけたと聞き、例の偽造グループの摘発に当たったスペイン国家警察の担当者に連絡を入れました。その者から、正式にフランス側へ問い合わせをしてもらうためです。あなた方は、独立国家であるアンドラ国内にスパイと思われても仕方のない人物を送り込んでいたのか、と」

　彼らはすでに、正面からフランス当局にぶつかっていたのだ。両国間の縄張り争いは、互いに自覚するところであり、真っ先に相手を質すべきとの意見が出たと見える。

「すると、即座に答えが返ってきました。スパイを使ってアンドラの銀行を探るような非合法の捜査は行っていない、と」

　真実の回答であるのかは、疑わしかった。事実を認めたのでは、アンドラという独立国家の主権を侵すことになる。さらには、その事実をスペインに認めたのでは、弱みを握られることにもなる。あとは、政治家同士の綱引きによって、事実が隠蔽《いんぺい》されていくのだろう。それが外交というものの真の姿でもある。

スペイン側も、あくまで表向きの回答と承知しているのだった。そこで、新藤結香をあえて泳がせることで、相手が次なる動きを取ってくるかどうか、じっと様子を見ようということなのだ。

現状では、フランス側が新藤結香に接触してくる可能性は薄いと思える。だが、彼らは日本の外交官とアンドラの刑事を引き離す作戦に出てきた——。

不安を覚えて、黒田は尋ねた。

「彼女は認めたのですか。自分がフランス側の意向を受けて、アンドラの銀行に転職したことを」

「何を言っているのかな、君は。フランスは正式に、スパイなど送り込んでいないと回答を寄せてくれたのだよ。彼女がスパイであるはずがない」

もしや……。

彼女は認めたのではないだろうか。

いや、認めるしかない状況に追い込まれた可能性はある。何しろ彼女は、このスペインでの裁判を明日に控えているのだった。事実を打ち明けたなら、裁判を有利に導く。司法取引のあるべき姿とは違ったが、それに近い条件を持ちかけたとすれば、彼女も考え方を変える可能性はある。

黒田の胸に不安の黒雲が広がっていく。

「彼女は拉致されかける直前、ゴメレス坂の画廊で一枚の絵を手に入れている。まさか、あの絵に……」

彼女はずっとあの絵を探していたと言った。離婚の理由となったラリー・バニオンという画商が描いたアンダルシアの草原。あの絵の中に、ラモン・エスコバルの秘密口座の手がかりとなるものが記されていたのではないだろうか。

絵の裏に書かれたふたつの日付が思い出された。

もし……。新藤結香を脅すために現れた二人の偽刑事が、あの画廊の存在に気づいていなかったとすれば……。

ゴメレス坂から路地を入ったところに、あの画廊はあった。フランス側は、携帯電話の位置情報から、大まかな新藤結香の居場所を突きとめ、ゴメレス坂に駆けつけた。そこで目当ての新藤結香を発見し、彼女に脅しを与えるだけで去っていった。

しかし、新藤結香は絵を手に入れ、秘密口座の情報をつかんでいた。

いや、たとえ情報をつかんでいなくとも、そうフランス側に伝える手はある。

今ごろ新藤結香は、フランス当局に連絡を入れて、偽刑事を誘き出すための演技をしているところなのではないか。あの画廊に一枚の絵が預けられている。そこに秘密口座の手がかりがある、と……。

「セニョル・クロダ。我々の聴取に応じてくれたうえ、貴重な意見を聞かせてくれて、とても感謝している。我々スペイン軍警察は、日本の協力にいずれ正式な謝意を表させてもらうつもりです」

ヘレス大尉が席を立ち、にこやかに右手を差し出してきた。

外交官の一人としては、その手を握り返すべきだった。

黒田は椅子から立つと軽く一礼し、スペイン軍大尉の手を見ずに、そのままドアへ歩いた。

25

こんなに待たされるのなら、一度電話を切ればよかった。

いつまでも安っぽい電子音のメロディを流し続ける携帯電話を握りしめて、アベル・バスケスは苛々《いらいら》とレンタカーのグローブボックスをたたきつけた。いくら職務のためにと本部から支給されたものとはいえ、国境を越えての電話代が少々心配になる。所得税も法人税もないアンドラだったが、警察に回される予算は充分なものとは言えない。国防や外交という金を食う部分をフランスに頼り切っているため、そのぶん政府の予算は少なくてすむものの、多くの公務員が大国の機嫌を取りながらの仕事を強要される。

運転席でホテルの前を見張るロペスも半ばあきらめ顔だった。

「警部補。向こうからの電話を待ったほうがいいんじゃないですか」

「こっちが電話を切ったら、無視されるのが落ちだ」

意地でも待ってやる、と腹を据えた時、ようやく電子音のメロディが途切れた。

「やはり話は、すでに通っているぞ。久々の大事件なんだ。うちの国際協力部だって熱の入れ方が違う」

そう語るディアス部長の声は相も変わらず低いままで、まだ近くにフランス側のお目付役が耳をそばだてているとわかる。

「どこの組織の何という警察官に話を通したのでしょうか」

「決まってるだろ。スペイン国家警察の国際協力室だ。そのトップにも話は通っているはずだ」

「今すぐスペイン軍警察にも連絡を入れてください。何だったら、そこにいるフランス側の警察官に協力を頼んで、外交ルートからもスペインに圧力をかけてもらえるよう頼んでください」

「無茶なことを言うな。前例がない」

部長の声がにわかに大きくなった。活火山並みの鼻息までが耳に届いた。

「さっきも言ったはずですよ、部長。スペイン側は、フランスの関与を疑ってるんです。いいですか。ユカ・シンドウが契約する通信会社はフランス最大手のオランジュ社です。フランス当局ならば、自国の通信会社を使って携帯電話の位置情報をつかむなど、簡単だったでしょうね。殺害されたジャン・ロッシュはフランスのスパイで、ユカ・シンドウを操っていた。狙いは、彼女の元夫であるラモン・エスコバルの銀行口座を調べるためとしか思えないじゃないですか」

「いいか。そのラモン・エスコバルって男は、警察の聴取を前に自殺したんだよな。だったら、容疑者の一人として、銀行に情報提供を求めたはずだろうが」

「当然でしょうね。ですが、ラモン・エスコバルの口座からは何も出てこなかったんじゃないでしょうかね。だから、別名義で秘密口座を持っていた。そう考えるのが筋ですよ。けれど、別名義の口座があるとの証拠は、残念ながらどこにもなかった。そこで、ユカ・シンドウに協力を求めた。違いますかね。彼女なら、元夫がどういう名義を使っていたのか見当もつくはずです。その辺りのことは、お隣で聞き耳を立ててるフランス側の警官に尋ねてください」

「もう確認したさ。彼らははっきりと否定したよ。不正な捜査は行っていない、と」

皮肉で言ったつもりだったが、面と向かってフランス側に問いかけるとは、あまりにも人がよすぎた。たとえ政治家を通じて正規の外交ルートから攻めたにしても、彼らが認めるわけはないのだ。

「そりゃそうですよ。あんたの国でスパイ活動に精を出してました。そんなこと、認めるはずがありますか。いくら我が国を属国と思っていようと、一応は国連加盟の独立国家なんですからね」

「まあ、待て。仮にフランスがスパイまがいの活動を行っていたとしても、犯罪組織を摘発するためじゃないか。だったら我が国やスペインにも正式に協力を求めればいいだけだろうが」

もっともな疑問だったが、警察官の端くれならば、もっと深い読みをするべきなのだ。

「ですから、フランス側には、とても公にできない理由があるんでしょうね」

ディアスから疑問の声はかからなかった。隣にいるフランス人たちを横目でうかがっているところなのかもしれない。

「いいですか、部長。よく考えてください。ＥＴＡとの関連を持つ絵画偽造グループと取引を持つ貿易商なんて、怪しいことこのうえない人物ですよ。しかも、聴取の前に自殺している。あまりにもできすぎてやしませんかね。この人物のバックグラウンドを巡って、スペインとフランスで、綱引きがくり広げられてきた。そういう見方だって、できます」

「おい、待て。ユカ・シンドウの元夫までが、どこかのスパイだったと言いたいのか」

そこまで疑うのか、と人のよさを垣間見せるように、ディアスが声を震わせた。

「わかりませんよ。でも、そういう裏事情でもない限り、ETAのメンバー摘発で力を合わせたはずのフランスとスペインが、今回の件で腹の探り合いをするでしょうかね」

送話口を手で覆われたのかと思うほどの沈黙が続いた。

ほう、という大きな吐息のあと、ディアスがささやき声を作った。

「そうなると、もう我々には手が出せなくなるぞ。こっちがたとえスペイン軍警察に協力を求めたところで、彼らは応じないだろうな。我々の後ろにフランス国家警察がついていることを知っているはずだからな」

「ですから、外交ルートを使うほかはないと思うんです」

「無理だな、それは。我々は両国と友好協力条約を締結している。どちらの側につくことも許されない立場だ」

フランス国家警察がアンドラに乗り込んできたのは無理もなかった。スペイン人の秘密口座を探ろうとした自国のスパイが殺されたのである。

スペインとは、表向き捜査協力をしており、スパイ活動の事実が発覚したのでは、両者の関係に罅が入る。今ごろは両国の警察組織を越えて、もっと上層部で今回の事件に関する協議が行われている可能性すらあった。

「おい。ユカ・シンドウにはもう近づくなよな」

「部長。彼女はどこから見ても、重要参考人ですよ」

「とにかく動くな。フランス側と協議してから、また電話を入れる。いいな。動くんじゃないぞ」

電話を切られた。

ロペスが悲しげに眉を下げて笑っていた。電話のやり取りから、部長の指示を読み切っての反応だった。

バスケスは登録した電話番号を表示させた。

「警部補、まだあきらめないんですね」

「当然だ。愛する祖国で人殺しという重罪が発生していながら、黙って見ていられるものか」

「アジアの外交官が、このEU内で頼りになりますかね」

かつての経済大国とはいえ、アメリカの傘《かさ》に守られてきた国で、外交上の実績も実力もまったく有していなかった。今では国のトップがやたらと替わり、国内事情も安定していないとのニュースばかりが流れている。国家財政は破綻間近でありながら、豪奢な公邸に住み続ける大使館員の暮らしが、フランス国内のテレビで紹介されていたような覚えもある。

「ユカ・シンドウは日本人だぞ。外交官が同胞を見捨てるなど許されるものか」

電源を切っているのか。クロダという外交官は電話に出なかった。まだスペイン側の聴取という名の拘束を受けているらしい。

「出てきましたよ」

ロペスが言って、ハンドルに肘を預けていた身を起こした。

見ると、ホテル・ラスカサスのささやかなエントランスから、東洋人の女性が一人で出てくるところだった。黒いコートに黒いニットキャップに黒縁の眼鏡。ユカ・シンドウに間違いなかった。

通りを挟んだ車の中から見回したが、尾行する軍関係者らしき者の姿は見えなかった。辺りの路上にも、軍警察のものとおぼしき車両は見当たらない。

だが、クロダという外交官が目星をつけたように、彼女がスペイン側に協力していたとすれば、何も尾行をする必要はなかった。あらかじめ決められたルートを進んでもらえばいいだけなのだ。のこのこと尾行し、敵側に勘づかれてしまったのでは何にもならない。

ユカ・シンドウは、タクシーを呼ぼうとしたホテルマンに手を振って断りを入れ、表通りへと歩きだした。

時刻は十九時二十分を回った。いくら観光名所を持つグラナダでも、女性が一人で歩き回っていい時間とは思えなかった。だから、ホテルマンもタクシーを呼ぼうとしたのだろう。ユカ・シンドウも不安を覚えているようだった。後ろを盛んに振り返ってから、広場のほうへ足早に歩いていく。

　バスケスは、運転席に座るロペスの背中を平手でたたいた。

「ほら。慎重にあとを尾行しろ」

「わたしがですか」

「おれは日本の外交官と話さなきゃならない。近づきすぎると、スペイン側に拘束される。気をつけろよな」

　目でうながして言うと、ロペスが肩をすくめてドアを押し、運転席から滑り出た。

「軍警察に捕まるようなことがあれば、面会に来てくださいよ」

「ああ、差し入れを持っていくから心配するな。急げ」

　ユカ・シンドウが歩きながら携帯電話を取り出した。自分の位置情報をフランス側に伝えてやるために、携帯電話を使うのだろう。

　ダウンコートを着ていたのでは目立つため、ロペスがセーター姿のまま、寒そうに背中を丸めながら、大通りを横切っていった。

　狡猾《こうかつ》な猿芝居が始まろうとしていた。

　スペインもフランスも、養育権を争っているというユカ・シンドウの個人的事情につけ入り、彼女を味方に引き入れようと画策しているのだった。

　最初は、元夫のラモン・エスコバルの取引を探ることで、テロ組織との関与を暴き出そうとフランス側が動いた。が、エスコバルは自殺し、内偵捜査も進展はなく、ユカ・シンドウはたまらずスペイン国内での裁判を起こすにいたった。それでもまだフランス側は、彼女に銀行内を探らせていたのだろう。

ところが、ジャン・ロッシュというフランス側のスパイが殺害されるに及び、ユカ・シンドウはアンドラから逃げ出した。彼女のもとにも危険が迫りつつある。そこで、今度はスペイン側が近づき、彼女を保護することで、フランス側のスパイ行為を暴こうという作戦に出てきたと思われる。

おそらく彼女は、銀行内で内偵調査に動いていた事実を、スペイン側に認めたのだろう。とは言え、彼女に指示を出していた人物はジャン・ロッシュという男であり、元刑事ではあるが、フランス捜査当局の命令で動いていたとの証拠はなかった。フランス国家警察の公安部も、情報提供者であることは認めていたが、あくまで元警察官にすぎない、とバスケスたちにも説明していた。たとえユカ・シンドウがジャン・ロッシュから命令を受けていたにせよ、彼の独断だったという逃げを打たれてしまう。

そこで、ユカ・シンドウを一人で泳がせ、フランス側の動きを見るつもりなのだ。

フランス側もスペイン側の狙いは読んでいるはずで、迂闊に近づいてはこないだろう。唯一《ゆいいつ》考えられるとすれば、証拠の一掃がある。

すでにジャン・ロッシュは死亡している。その手足となって銀行を内偵していたユカ・

シンドウまでが不幸にも命を落としてしまえば、フランスがスパイ活動をしていた事実は葬《ほうむ》り去れる。脅しの次は、今度こそ命を狙われるのではないか。

バスケスの携帯電話を握る手に汗が湧いた。

スペイン側は、ユカ・シンドウに危険が迫るのを待っているのだった。文字どおり、擬似餌として彼女を一人で町へ出したのである。

握りしめた携帯電話が身を震わせた。

思考に集中していたため、ふいを突かれてバスケスは電話を落としそうになった。手の中で、得体の知れない何かが身を揺すりだしたように見えたのだ。慌ててつかみ直して、通話ボタンを押した。

「電話をいただきましたね」

ようやく聴取が終わったらしい。クロダの落ち着き払った声が聞こえた。

あの日本人はただの外交官ではないだろう。軍関係者に取り巻かれても怯えた様子は一切見せず、真正面から彼らに正論をぶつけていた。あるいはあの男も、日本の情報機関に属する者で、海外で自由に動けるよう、表向きは外交官の職務に就いているとも考えられた。

「ユカ・シンドウが危ないぞ。彼女は餌として夜の町に放たれた」

「今こちらからも彼女に電話を入れたところです。残念ながら、拉致事件の際に電話の調子がおかしくなったと言っていたので、通じはしませんでしたが」

「うちの部下が、彼女を尾行している」

「どこですか。教えてください」

この男も、ユカ・シンドウに危険が迫っていることを悟っていた。やはりただの外交官ではない。

「なあ。あんたなら、彼女を説得できるはずだ。フランスとスペインに利用されて命を落とすなんて犬死にだ、と。もし子どもを人質に取られているようなら、あんたら日本政府が奪い返してやればいい」

「もちろん、そのつもりです。彼女の居場所を教えてください。早く！」

26

黒田は携帯電話を片手にエントランスを走り出ると、ドアボーイが呼び寄せたタクシーの後部座席へ乗り込んだ。

「ホテル・メリディアーノへ急いでくれ」

バスケス警部補から教えられたホテルの名を告げると、タクシーが急発進した。つい今し方、その近くの公園に新藤結香が入っていったという。

黒田は夜の街並みを眺める振りをしながら、リアウインドウを通してホテル・ラスカサスの様子を探った。予想どおり、ホテルの駐車場から地味なセダンがあとをつけるように滑り出てきた。

スペイン軍警察の尾行だ。

彼らとしては、事が終わるまでは黒田を拘束しておきたかったはずだが、相手が外交官とあっては強引な手立ては採れず、時間稼ぎをするだけで精いっぱいと考えたのだろう。

おそらく、アンドラ国家警察の刑事にも尾行がついている。それでも彼らは新藤結香のあとをまだ追っていた。アンドラという小国の刑事が、宗主国たるスペイン軍の作戦を妨害などできるはずはない、と楽観していることも考えられる。

バスケス警部補自身も、自分たちでは力になれそうにないとの自覚があったから、黒田に電話をかけてきたと思えた。スペイン軍警察に誤算があったとすれば、アンドラの刑事が黒田に情報を提供する可能性を考慮していなかったことだろう。

黒田は迷った。ここで尾行を巻くべきなのか。

今も新藤結香は一人でグラナダの夜をさまよい歩いている。スペイン軍警察の者が近くにいるのは疑いないが、証拠をすべて消し去るために、狙撃という手段も考えられなくはない。少なくともアンドラの刑事はそれを恐れていた。

スペインとしては、あわよくばフランス側の関与を暴きたいと考えるあまり、一日本人女性の命を危険にさらすことへの躊躇など感じていないように思える。

まさしく国家を間に挟んだ警察同士の化かし合いなのだ。相手がどこまで本気なのか。腹を探ろうとしている。その狭間に、新藤結香という一人の日本人女性が立たされていた。

携帯電話が震えた。またアンドラの刑事からだった。

「ユカ・シンドウはホテル前の広場を歩き続けているぞ。これでは、狙撃されるのを待っているようなものだ。おれたちも彼女の側へ近づこうと思う。いいな」

「お願いします」

もはや尾行を巻いているような時間はなかった。

ホテル前の広場を私服のスペイン軍警察が取り巻き、何者かの接近を待ち受けているのである。

スペイン側は、餌を前にした敵の動きを、じっと見極めるつもりだ。日本人女性の命が脅かされようと知ったことではない。ETAとつながる絵画偽造グループに関与し、非合法の稼ぎを得ていた男の元妻であり、甘い汁を吸っていた仲間とも言える。聴取が終わったから解放したまで。その後に何が起ころうと関知はできなかった、そう言い訳はできる。

大きな国政選挙の前に限って、戦争を仕掛けたがる国のトップが、時としている。自国の利益と己の立場を守るためであり、多少の犠牲は致し方ない。国を預かる者としては、当然の作戦なのだ。そう開き直って、他国の民衆へミサイルを撃ち込んでも平然としていられる。

　ましてや今回は、たとえ犠牲が出ようと、スペイン側が手を下すわけでもなかった。

　実に素晴らしい外交上の駆け引きだった。決して自分たちは損をしない。

　今回の件の裏には必ず、自らの手を汚そうとしない政治家や官僚たちがいる。彼らは冷静に盤面を見極めつつ、次の一手を考えているのだ。さながらボードゲームを楽しむかのように。その駒のひとつに、新藤結香という日本人女性がいた。

　タクシーは渋滞する大通りをさけて、細い路地を何度も曲がった。なおも後ろにセダンが追いかけてくる。

　いつ回転灯が屋根に置かれてサイレン音が聞こえてくるかと身構えたが、軍警察の車は距離を保ってついてくるだけだった。

　前方に緑の木立が見え始め、タクシーが停車した。車線の反対側には、ホテルらしき建物が見える。

　黒田はユーロ札を放り投げて、車外へ飛び出した。素早く辺りを見回す。

　後ろに続いていたセダンが、路肩に停まったタクシーを追い越し、走り去っていった。

　軍警察の尾行ではなかった、とは思いにくい。なのに、彼らは公園前を通りすぎた。

新藤結香はすでにこの公園から立ち去ったあとなのか。それならアンドラの刑事から電話があっていいはずだ。

ざっと見回したところ、公園は小学校の校庭よりも広いぐらいか。植え込みの中に遊歩道が造られ、ベンチや花壇が配されている。街灯が遊歩道に沿って辺りを淡く照らし、ある程度の見通しは利くが、糸杉らしき樹木が視界をあちこちでさえぎっていた。

黒田は花壇を飛び越え、公園の中へ走った。黒いコートの女性を捜す。

――いた。

黒いニット帽に黒縁の眼鏡。

ここにわたしはいます、と言わんばかりに街灯の下に立つ女性が一人。

こんな夜の公園にも、ちらほらと散歩でもするような人影がある。身を寄せ合う男女。ジャンパー姿の男たち。怪しげな者かどうかの見極めはつかない。この近くにアンドラの刑事たちもいるはずだった。

新藤結香の名前を叫びかけて、黒田は声を呑んだ。ここに彼女の仲間がいると教えていいものなのか。邪魔が入ったために、すぐにも危害を加えるべき、と思われたのでは困る。辺りを見回しつつ、とにかく彼女のもとへ走った。

通りかかった若者たちが、黒田のほうへと目を向けた。三月とはいえ、夜になるとまだ少しは冷えてくるため、ポケットに手を突っ込んでいる者が多い。見る者すべてが銃を隠し持っているようにも思えてくる。

その一人を見つめて、黒田は息が止まった。

目を疑ったために、足の運びが遅れがちになる。

その男が黒田に気づいて足を止めた。

撫でつけた髪に手入れが行き届いたような口髭。どこかで見た顔だった。記憶を探って見つけ出した答えが、自分でも信じられずに首をひねった。

新聞記事の中にあった写真の一枚に登場してきた男としか思えなかった。

つい一時間ほど前、ホテルで借りたパソコンで確認した新聞記事の中にあった一枚の写真。絵画偽造グループを摘発したフランス国家警察の担当者が記者会見を開いている姿が、朧気《おぼろげ》ながらに甦ってくる……。

口髭の男の後ろに、走り寄ろうとする二人組がいた。

こちらはアンドラの刑事だった。走り寄る黒田に気づいて、彼らも足を速めて飛び出してきたと見える。

先を走るバスケス警部補が大声で呼びかけた。

「コルベール警視。アンドラの次はグラナダまで出張ですか」

27

呼びかけられた口髭の男が、わずかに足取りを乱した。走り寄るアンドラの刑事たちを振り返って立ち止まる。

「やはりコルベール警視だ。こんなところで会えるとは、我々は運命の糸で結ばれているのかもしれませんね」

バスケスが足取りをゆるめて、コルベールと呼んだ男へ歩み寄った。もう一人の若い刑事のほうは、小走りに男の背後へ回り込んでいく。逃げ道を断つためだ。

歩を詰めたバスケスが身構えるようになり、男から三メートルほど離れた先で立ち止まった。

「警視。どうかそのポケットに入れた手を、ゆっくりと出してください。我々は、海外への派遣なので、国境ゲートに銃を置いてきているんですよ。あなただけ武器を持ってるなんていう事態は、ちょっと許し難いことですからね」

バスケスたちに任せて、彼女のもとへ走った。新藤結香が街灯の下で身を揺らした。黒田は、男を近くで睨み合う男たちに気づいて、新藤結香が街灯の下で身を揺らした。

「黒田さん……」

「あなたも無茶なことをする人だ。スペイン軍警察に頼まれたにしても、標的となるため一人で町を歩くなんて」

新藤結香が一度唇を噛みしめた。それから思い切ったように顔を上げた。

「メールで呼び出しを受けたんです。このロボス広場へ来いと」

「誰からのメールなんです」

「ジャン・ロッシュの友人、と書いてありました。メールの着信だけはできたんです」

フランス側からの呼び出しがあったのである。スペイン側もそれを知り、彼女を一人で外に出したらしい。

黒田は、コートのポケットに手を入れたまま動こうとしない男を振り返って、指を差した。

「あの人物に見覚えがありますか」

新藤結香が眼差しを据えた。たっぷり十メートル近くは距離が空いていたうえ、街灯の明かりが届いていなかった。

それでも彼女には見分けがついたらしい。頬が強張り、一歩後ろへとしりぞいた。

「会ったことはありません。でも、顔は覚えています。テレビのニュースで見た記憶があります。絵画偽造グループを摘発したフランス国家警察の人だと思います」

「コルベール警視。もう言い逃れはできませんよ。あんたはジャン・ロッシュを使って、ユカ・シンドウにアンドラ・ビクトル銀行を探らせた。ラモン・エスコバルの秘密口座をつかむために。フランス側の黒幕はあんただったわけだ。だから、ジャン・ロッシュが殺されて、あんたは慌ててアンドラまで乗り込んできた。違うとは言わせませんよ」

バスケスがまた一歩、フランス国家警察の警視へ歩み寄った。

コルベールはコートのポケットに手を入れたまま、自分を取り巻く男たちを眺め回している。

その余裕あふれる態度に業を煮やしたのか、またもバスケスが歩を詰めた。

「さあ、我々すべてを射殺して逃げるなんて、絶対に無理ですよ。ゆっくりとコートのポケットから手を出すんだ」

「勇ましい刑事がいるものだね、アンドラにも」

見事なスペイン語だった。合同捜査の指揮官を務めたとあれば当然だったが、今も彼は部下を前にした幹部のような堂々たる受け答えをしていた。

薄く笑ってみせたあと、コートのポケットに突っ込んでいた手を、ゆっくりと持ち上げた。

何も握りしめていない両手を開くと、拍手でもするように、手をたたき合わせた。

「どうだい、上からポケットをたたいてみるかね。わたしも君たちと同じで、海外への出張に銃を隠し持っていくなんていう無粋なことはしない主義なんだよ」

「それなら、どうして、のこのこと現れたんだ。この公園の周囲はスペイン軍警察が固めているはずだ」

「こう見えても、わたしだって警察官だ。君たちとは違って、何百、何千という捜査員を指揮してきた身でね。この公園が監視されているかどうかぐらいは、見極められる」

「じゃあ、なぜ出てきたんです。自分から捕まりにくるとは、度胸がいい」

バスケスが鼻先で笑い飛ばした。

コルベール警視がまた両手を広げて、公園内を指し示した。

「君たちももう一度、この公園の周りを見てみるといい。スペイン側の捜査員は、少なくともこの公園内と周囲の路上には、一切見当たらないよ」

黒田も辺りに視線を振った。街灯が届かず、夜と樹木の陰に沈んだ暗みはあるものの、人の姿は少ない。フランス国家警察の警視が新藤結香の前に現れたというのに、スペイン軍警察は姿を見せようともしない。通りかかったグラナダ市民が遠巻きにするだけだった。

バスケスたちも驚きを隠せず、辺りを見ていた。

「ずっと彼女は一人だったよ。だから君たちも尾行ができたんじゃないのかな」

指摘を受けて、アンドラの刑事が互いの表情を探り合った。

「おそらく、スペイン側がマークをしていたのは、アンドラから駆けつけた刑事と日本の外交官のほうだろうね」

「じゃあ、彼女には尾行をつけていなかった、と……」

若い刑事が、あり得ないというように首を振った。

「いいかね。彼女を尾行したのでは、我々フランス側に気づかれ、接触をさけようとするおそれが出てくる。彼らとしては、ユカ・シンドウを解き放って、今回の幕引きを図ろうとしたんだろう」

「わたしもそう思えてきました」

黒田が賛同の声を上げると、アンドラの両刑事が視線をぶつけてきた。

「どうしてなんだ。あんたに何がわかる」

二人の視線を受け止め、黒田は言った。

「スペイン側は、ラモン・エスコバルの周囲を、フランス側に調べ回られては困る理由があるんでしょうね」

「実に的確な読みをしているね、日本の外交官さん。スペイン軍警察は、だから我々が口封じをしやすいようにと、彼女を解き放ってくれたわけだよ」

コルベール警視が薄笑いとともに言った。

一同の視線が新藤結香に集まる。事態についていけない彼女一人が取り残されていた。

いや……。そうではないのかもしれない。

彼女が胸の前で手を固く握り、唇を震わせた。

「では、やはりラモンは、スペインの……」

そこで言葉が途切れた。

「待ってくれ。どういうことだ」

バスケスが声を裏返した。ここで事態についていけずにいるのは、アンドラの刑事たちのほうだった。

新藤結香は、離婚の前より朧気ながら察していたのである。生活をともにし、子どもまで儲けていたのだ。夫の仕事に不可解さを感じ取っていたとしても当然だったろう。彼女は抱いた疑問を何らかの形で夫にぶつけた。が、ラモン・エスコバルは相手にしなかった。その結果、夫婦の間に罅が入るようになり、彼女はやがて夫への愛情を失い、ラリー・バニオンというイギリス人画商に心引かれていった。

「まだわからないのかな、君たちは」

コルベール警視があとを引き取り、アンドラの刑事たちに言った。

「彼女の元夫のラモン・エスコバルは、スペイン当局の犬だったんだよ」

「では、スパイのような立場にあった、と……」

バスケスが呟くと、コルベール警視がすかさず首を振った。

「いいや、スパイというのは、正しい呼び方ではないだろうね。ラモン・エスコバルは貿易商という仕事を通じて海外の情報を探るとともに、政府公認の不正な商取引で莫大《ばくだい》な利益を上げ、その一部を警察に還流させることで、情報活動の経費を作り出していた。まさしく犬と呼ぶのが相応《ふさわ》しい人物だったろうね」

元夫を犬と呼ばれて、新藤結香がコルベールを睨みつけた。

「これは失礼。犬とは少し言葉がすぎました」

謝罪の気持ちなどは一切見せず、形ばかりに頭を下げてみせた。自分だけが事件を見通しているとの確信があるためなのか、忌々しいまでに落ち着き払った態度だった。

「新藤さん。あなたはジャン・ロッシュに依頼されて、何を探っていたのですか」

黒田が尋ねると、彼女が迷うような表情を見せた。

「無理ですよ、セニョル・クロダ。彼女はフランス国家警察にも脅されているんだ。二人の偽刑事は、この男が送ってきたとしか思えない」

バスケスが食ってかかるように言い、大国フランスの警視に向かった。

コルベールがわずかにコートの肩を持ち上げてみせた。

「証拠があるかな。どこかの絵画偽造グループと関係する組織の仕業とも考えられる。違いますかね。――セニョリタ・シンドウ。あなたは偽刑事に何か脅されたのでしょうか」

「いいえ……」

彼女が今度は迷いを見せずに首を振った。

「でも、わたしはジャン・ロッシュという男に騙されて、アンドラ・ビクトル銀行へ転職することになったんです」

ついに新藤結香が真実を語った。

それでもコルベール警視は平気な顔で彼女に微笑みかけていた。

「そのとおりですよ。ジャン・ロッシュは、わたしどもが手懐けていた情報提供者でした。ところが、彼は手柄を欲しがるあまりに、少々強引な手を使ってしまったようだ。彼はアンドラ・ビクトル銀行にラモン・エスコバルの秘密口座があると狙いをつけて、セニョリタ・シンドウを罠にかけた。そうですよね」

あくまでジャン・ロッシュが個人的に手がけたと強調しつつ、コルベール警視は言った。

新藤結香が短く頷く。

「パリの町角でジャン・ロッシュから職務質問を受けて、なぜかわたしのポケットからコカインらしきものが出てきたんです」

「あくどい手を使いやがる」

若い刑事が地面に向かって唾を吐き、コルベール警視の横顔を睨みつけた。

新藤結香がアンドラの刑事たちを見比べるようにしてから、言った。

「わたしは本当に刑事だと思ってました。身に覚えがない。そう言ったんですけど、信じてもらえず……。手錠をかけられてパトカーの中に連れて行かれました。そこで、思いもしなかったことを持ちかけられたんです」

アンドラの銀行へ転職して秘密口座を探り出せ、と言われたのだ。

「罪を見逃す代わりに、警察のちょっとした手伝いをしてくれ。司法取引と言って、法律で認められた正当な制度だとジャン・ロッシュは言ってました。アンドラの銀行が秘密主義に徹しているため、捜査が進展せずに困っている。君ならアンドラへ転職するのに打ってつけだ、と――」

「なぜ大使館に相談しなかったんです」

黒田が尋ねると、力なく首を振られた。自分で言葉にしておきながらも、彼女の答えの予想はついていた。

新藤結香の視線が暗い地面へと落ちかけた。

「身に覚えがないんですから、罠だとわかりました。でも、ラモン・エスコバルの口座を探り出せと言われて……。元夫が犯罪を犯していたとわかれば、息子を取り戻せるはずだ。そう言われてしまい、わたしは――」

卑怯《ひきょう》にもほどがある。ラモン・エスコバルの元妻がパリで銀行に勤めていることを探り出したうえで、フランス側は罠にかけてきたのだった。

フランス側としては、あくまでラモン・エスコバルを絵画偽造グループとつながる人物だと考え、秘密口座を暴こうとしたのだろう。ところが、そのエスコバルはスペイン側の意向を受けて動いていた人物だった可能性が高い。言わば、ジャン・ロッシュと同じ立場にある者だったのである。

スペイン側としては、その事実を暴かれたくない事情があった。今もラモン・エスコバルの縁者の周辺に、ETAなどのテロ組織を探るスペイン側の情報部員がいるとも考えられる。その人物の秘密までを暴かれたのでは、この先の諜報活動に影響が出てくる。

そこで、新藤結香を聴取し、事件の幕引きを図るためにスペイン軍警察が乗り出してきたのだ。

「セニョリタ・シンドウ。いったいあの夜に何があったんです」

バスケスがアンドラでの殺人事件に話を戻して訊いた。

取り澄ましたような顔のコルベールをちらりと見てから、新藤結香が口を開いた。

「わかりません。アンドラ・ビクトル銀行にあった元夫の口座は、すでに解約されたあとでした。そうジャン・ロッシュにも伝えたんです。なのに、元夫の会社が所有していた別荘がアンドラにあるはずだから、教えろ、と電話で言われました」

やはりジャン・ロッシュは、あの別荘内に秘密口座の手がかりがある、と予想していたのだ。もしそうであるなら、彼女がこのグラナダで買った絵に、ますます関心が集まってくる。

本当に彼女は、ジャン・ロッシュから別荘の場所を尋ねられただけなのか。ジャン・ロッシュが警察とつながりを持つ人物であれば、エスコバルの会社が所有していた別荘の住所を調べることぐらいは、簡単にできた気がしてならない。

「あなたも別荘に呼び出されたのですね」

バスケスが断定口調で問い詰めた。彼も新藤結香がまだ真実をすべて口にしてはいない、と考えている。

「いいえ……。わたしはただ別荘がどこにあるのかを聞かれて、住所を教えただけです。ジャン・ロッシュが殺されたと黒田さんから聞かされて、本当に驚きました。嘘じゃありません……」

彼女は身を揺するようにして、アンドラの刑事たちに訴えた。確かに手っ取り早く別荘の所在地を確認するには、元妻に電話で尋ねればいい。

新藤結香はどこまで真実を語っているのか……。まだ見えない部分が多すぎた。

夜の公園に冷たい風が吹き抜けていった。アンドラの刑事たちも、彼女が口にした言葉の信憑性を推し量るような目を作っていた。

その時、バスケスの背後で、目映《まばゆ》いばかりの光が流れた。

光源はふたつ。が、車のライトではなかった。それぞれ右に左にと揺れながら、黒田たちのほうへ近づいてくる。

「そこを動くんじゃない。何をしている。おまえたちはすべて外国人だな」

暗がりの公園を、男の声が近づいてきた。

片手に懐中電灯、もう片方に拳銃らしきものをつかんだ二人の制服警官だった。

28

夜の公園でいがみ合う外国人を見つけて、通行人が警察へ通報したようだった。

黒田は身分証を手に、警官の前へ歩んだ。

「日本の外交官です。アンドラ国内で発生した殺人事件の関係者を、アンドラとフランスの警察官が聴取をしたいと言い、説得していたところです。ご迷惑をおかけしました」

まもなく、サイレンを鳴らしたパトカーまでが公園前に駆けつけた。すると、一気に野次馬も集まりだし、事件の真相について語り合っていられるような状況ではなくなった。

「詳しい話は署でしてもらおうか。おかしな行動はするんじゃないぞ」

治安維持に燃える警官は、怪しげな外国人に銃を向けたまま決然と言った。コルベール警視も、アンドラの両刑事も、ここは職務に励む地元警官にしたがうしかないと決めるほかはなかったらしく、おとなしく同意を示して頷いた。

驚いたことに、新藤結香が呼び出されたロボス広場は、スペイン国家警察グラナダ中央署の裏手に当たり、歩いて三分とかからないと思える距離に位置していた。

コルベール警視はスペイン側の思惑を計るために、警察署に近く治安のよさそうな場所へ、新藤結香を呼び出したと見える。辺りにスペイン側の者が配されていないと知ったうえで、彼女の前に現れたのだ。

あるいはスペイン側は、アンドラの両刑事がフランス側を糾弾《きゅうだん》にかかると期待しつつ、新藤結香を解放したとも思えてきた。

結果として、黒田とアンドラの両刑事は、フランスとスペイン、その捜査当局による腹の探り合いに利用されたのである。

黒田たちは身体検査をされてからパトカーに乗せられ、わずか二分に満たないドライブの末に、グラナダ中央署へ連れて行かれた。

そこで待ち受けていたのは、拉致未遂事件のあとに聴取を担当した、スペイン国家警察のオルテス警部補だった。

「また会いましたね、セニョル・クロダ。今度はアンドラとフランスの刑事さんまでご一緒とは、穏やかではない」

黒田たちは警官に取り巻かれて、会議室のような小部屋に案内された。

オルテス警部補が例によってマフィアの幹部を思わせるような態度で窓際の上座に着き、その向かいにアンドラの両刑事が座った。黒田は新藤結香とドア近くに席を取り、最後にコルベール警視がパイプ椅子を机から離して置き直し、壁際に腰を下ろした。

バスケスが事情を伝えていく間も、コルベールは人の噂話に耳を傾けでもするような顔で悠然と足を組み、座っていた。新藤結香への司法取引という強引な手法を、ジャン・ロッシュ個人の仕業として片づけるため、彼はわざわざ国境を越えてこのグラナダまで駆けつけ、すでにその目的をほぼ果たし終えたと言える。それゆえの余裕ある態度だったろう。

「なるほどね。コルベール警視さん。あなたが偽刑事を使ってセニョリタ・シンドウを拉致しようとした本当の黒幕でしたか」

オルテスが小太りの体を揺すり上げて席を立った。

地元署の警部補では恐れるに足りないと高をくくっているらしく、コルベールは眉ひとつ動かさなかった。

「いいえ。先ほどもアンドラの両刑事に否定したところですよ。何か証拠でもあって、言っているわけなのでしょうかね」

「では、ジャン・ロッシュという元刑事を使って、セニョリタ・シンドウに銀行内部を内偵させた――その事実もあなたは認めないのですね」

「残念なことに、わたしが親しくしていた元刑事が、少しばかり強引な手法を採り、セニョリタ・シンドウに迷惑をかけてしまったようです。パトカーを使ったと言うが、どこかの撮影所辺りから借りてきたんでしょうね。我が警察に、私用でパトカーを使う者はいないはずですので。かつての同僚の一人として、あらためてわたしからもお詫びします。申し訳ない」

またも形ばかりに頭を下げてみせた。

声を発しかけたバスケスを手でさえぎり、オルテスが鷲鼻を指先でこすり、フランスの警視に微笑みを送った。

「では、こう訊きましょうか。あなたはセニョリタ・シンドウを呼び出して、何をしようとしたんです？」

「もちろん、こうやって彼女に謝罪をするためでした。捜査の過程で、我々フランス国家警察には、ジャン・ロッシュが彼女に何をしていたのか、薄々読めてきましたからね。さらには、アンドラ公国の熱心な刑事さんと、日本の行動力ある外交官にも真実を語って、結果として迷惑をかけてしまったことをお詫びするためもありました」

「嘘を言うな」

バスケスが床を蹴って立ち上がった。

「真実を話すのなら、何もグラナダまで来る必要はなかったはずだ。アンドラ・ラ・ベリャに駆けつけたあの時、我々に頭を下げていればよかったはずだ。そうすれば、こっちもグラナダまで足を伸ばす必要はなかった」

「ですから、最初は何が起こっていたのか、全容が見えていなかったのですよ。現に、我々の同僚であったジャン・ロッシュを殺害した犯人が誰であったのか、我々も、そしてあなた方アンドラ国家警察もまだつかんではいないのです。真相の一部が見えてきたとしても、どういう形で伝えていいものか、打ち明けるタイミングを考えていたところでした。ところが、行動力に長けた優秀な日本の外交官がセニョリタ・シンドウの行方を突きとめたうえ、あなた方までがスペインへ向かったと聞いたのです。そこで、わたしも慌ててこのグラナダへ駆けつけた次第でして」

のらりくらりと言い訳を重ねていく。真実を語らずに罪を隠そうとする犯人たちと向き合ってきた刑事であれば、言い逃れの道を見つけるのは容易《たやす》かったろう。

バスケスがテーブルを平手でたたきつけた。

「嘘をつくな。バルセロナからグラナダへの便はもうなかったはずだ。だから、我々は一度マラガまで飛んで、そこから車でグラナダに駆けつけたんだ」

「そりゃ、大変でしたね。ですが、バルセロナからマドリードへ飛べば、グラナダ行きに間に合ったでしょうに」

バスケスがぐっと詰まって、余裕を見せるコルベール警視を睨みつけた。

アンドラの両刑事は直接グラナダへ向かおうとしたため、マラガからグラナダまで車で戻るというルートを取らざるをえなかった。が、首都マドリードへの便を経由すれば、もっと楽にグラナダまで来る方法があったらしい。

コルベールが隠すところは何もないと言いたげに、両手を広げた。

「誤解を与えかねない事実があったのは確かです。しかし、我々フランス国家警察は、ジャン・ロッシュ氏にアンドラ・ビクトル銀行の秘密口座を調べろという指示を出したことはありません。あくまで、ジャン・ロッシュ氏が自分の判断で、セニョリタ・シンドウを罠にかけてアンドラへの転職をさせてしまったようです。彼もきっと手柄を欲していたのでしょう。このところ、まったくめぼしい情報が入ってこず、彼との契約を打ち切るべきとの意見が、公安部でも出ていたところでしたのでね」

フランス国家警察の関与を裏づける証拠はどこにも残していない。初歩的なミスをするような部下はいない。そういう自信があるため、彼は今も落ち着き払っていられるのだ。

あるいは、すでに両国の上層部で話し合いが持たれ、曖昧な幕引きが決定されつつあるのかもしれない。一介の外交官や、小国の刑事では、どう頑張ってみたところで介入できない外交交渉というものはあった。

「わたしがこのグラナダまで来て、セニョリタ・シンドウを呼び出した理由を理解していただけたようですね。では――そろそろ帰らせていただきましょうか」

コルベールがおもむろに席を立ち、オルテス警部補に告げた。

証拠は一切ない。そもそもコルベール警視個人が、何らかの罪を犯した形跡など、もともと存在してもいなかった。彼はただ、新藤結香にメールを送っただけなのである。

「待ってくれ。あんたたちの同僚だったジャン・ロッシュを殺害した犯人は、まだ見つかっていないんだ」

最後の抵抗とばかりに、バスケスが拳を固めて声を押し出した。

「それはあなたたちアンドラ国家警察の仕事ではないでしょうかね」

君たちにできるはずがない。悔しかったら犯人を挙げてみろ。本心を声には出さず、目つきで語った。

二人の刑事が唇を噛みしめる。

「セニョリタ・シンドウ。裁判がうまく運ぶことを、陰ながら祈っていますよ」

「わたしはフランスのマスコミに、すべてを打ち明けます」

新藤結香が決然と言った。

だが、コルベールの口髭は見事に吊り上がったままで、その笑みは変わらなかった。

「何をしようと、あなたの自由でしょうね。我々フランス国家警察が口止めをするようなことではない。しかし、よく考えてくださいよ。あなたはスペイン側の犬であったラモン・エスコバルと夫婦関係にあり、非合法取引によって得た稼ぎで息子さんを育てていたのです。そして、ラリー・バニオンといういかがわしいイギリス人画商と性的関係を結び、一人息子の養育権まで奪われることになった。さらには、その息子を取り戻すため、アンドラの銀行をスパイしていた。そういう事実がすべて明らかにされるのですよ。裁判への影響が出ないことを、わたしは祈るほかありません」

「何て言いぐさだ」

ロペスという若い刑事までが椅子を蹴って立ち上がった。

やれるものなら、やってみるがいい。パリの銀行に戻ることは、絶対にできなくなる。いや、スペインでも職を見つけることは難しいだろう。当然、裁判にも影響が出るのではないか。その覚悟があなたにあるなら、やってみるがいい。

現実を目の前に突きつけられて、新藤結香がひざの上で拳を握りしめた。

「我々日本は、あくまで新藤さんを守るべく力を尽くします」

せめてもの慰めにと、黒田は横から言葉で彼女の背中を押した。

コルベールがわざとらしいまでに、大きく頷いた。

「それは素晴らしい。日本へ戻って、体験記でも出版なさるのですね。スパイと暮らして、自分までがスパイとなった日本人女性。少しは話題になって本も売れ、印税生活が期待できるかもしれない」

「いくら警察官とはいえ、少し非礼がすぎますよ、警視。日本政府に報告を上げて、フランス国家警察に正式な抗議をさせてもらいましょう」

「好きにしたまえ」

黒田の苦言など、脅しの効果もなかった。日夜テロ組織と戦ってきた警視は、フランスという国の威信を背負ったかのような態度を微塵も崩さず、黒田を見つめ返した。

「セニョル・クロダ。今後は我がフランスへ入国する際に気をつけたほうがいい。君はユカ・シンドウというスペイン側のスパイの妻であった女性と少し親しすぎるようだからね。いくら外交官であろうと、身元の怪しい者の入国を拒否する権利が、政府には認められている。それを忘れないことだ」

脅しには脅しを返す。日本などという廃れたかつての経済大国の外交官などに嘗《な》められてたまるものか。

EUを率いるべきと信じる大国の警視は、その場にいる者をすべて睥睨《へいげい》し直してから、大役を務め終えた役者を気取るかのような足取りで、ゆっくりと会議室から出ていった。

29

コルベール警視が消えたドアを睨み、黒田は憤りのほかにも胸をたたこうとするある種の感慨を持てあました。

日本とスペインを敵に回そうとも、コルベールはフランス国家警察の威信を守りぬくことに全力を挙げたのである。その行為は、フランスという自国を守ることでもある。そういう揺るぎない自信と任務への誇りが、彼の態度からは強く感じられた。

新藤結香を罠にかけた行為は、非難されて当然のものだった。その自覚は、彼も有していたろう。だが、彼は国家を一義として、任務を遂行した。

日本の外務省には、自分の将来と省益のみを優先させ、国を顧みようとしない者たちが大手を振って歩いている。

もちろん、コルベールも出世のために力を尽くしたという側面はあるのかもしれない。だが、隣国スペインやアンドラの同業者を敵に回しても、己の任務を果たそうという強い意志の裏には、少なからぬ愛国心という動機があるように思えてならなかった。国の利益のぶつかり合いが、紛争を招く。それでも国の権利を守るのが、外交官たる者の務めでもあるのだった。

「頭の切れる警察官だな。あやかりたいものだよ」

オルテス警部補が溜め息とともに口走り、パイプ椅子に座り込んだ。

ロペスが憤然と視線を振った。

「冗談じゃないですよ。自分が使っていた情報提供者が殺されたっていうのに、あそこまで平然としていられるなんて、信じられない」

「骨の髄まで警察官なんだろうな」

バスケスまでが本音を洩《も》らすように言い、椅子に腰を戻した。それから新藤結香を見つめ直した。

「ジャン・ロッシュから依頼され、あなたがアンドラ・ビクトル銀行で手がけていたことを、あらためてもう一度詳しく話してください」

公園に地元署の警察官が現れたために、途中で打ち切らざるをえなかった質問を、バスケスがくり返して告げた。オルテスも興味深そうに新藤結香へ目をやった。

「目的は、わたしの元夫の隠し口座を見つけることだったと思います」

「でも、アンドラに銀行はいくつもありますよね」

黒田が横から問いかけると、新藤結香がすぐに頷いた。

「もちろんです。でも、あの人はアンドラの別の銀行に、会社と自分の口座を作っていました。ですので、ジャン・ロッシュからアンドラ・ビクトル銀行へ転職しろと言われて驚いたんです。でも、確信ありげに言われました。確実に秘密口座があるはずだと。その言葉どおり、確かにあの人の名義での口座が作られていました。ですが、すでにお話ししたとおり、わたしが転職した時には、もう解約されたあとでした」

「それでも、ジャン・ロッシュはあなたに、ラモン・エスコバルの隠し口座を見つけろ、と言い続けたのですよね」

「はい……。わたしの息子の名前で口座が作られているのではないか。いや、親戚の名前はどうだ、会社の幹部もありうる。従業員の名簿まで突きつけられて、すべて調べろと言われました」

だが、アンドラ・ビクトル銀行内に、ラモン・エスコバルと関係する者の口座は見つからなかったのである。

バスケスが質問の方向を変えた。

「ジャン・ロッシュは、あの別荘で何をする気だったのでしょうか。あなたに何か話してはいなかったのですか」

「もう人手に渡り、しかも貸別荘になってました。わたしたち家族が以前に使っていた家具は、何ひとつ残っていないと聞いていましたし……。わざわざ別荘を借りて何をする気だったのか、本当に見当もつきませんでした」

だが、ジャン・ロッシュには、そうすべき理由があったのである。

バスケスの質問が途絶えたところを見て、黒田は目で許可を求めてから、新藤結香に尋ねた。

「偽刑事が現れる前のことですが、あなたはゴメレス坂の画廊で一枚の絵を買いましたよね」

「はい……」

新藤結香がぎこちなく頷いた。

アンドラの両刑事が反応して、目線を彼女に据えた。オルテスは肘をテーブルに突いた姿勢を変えず、じっとやり取りを見守っている。

黒田は座り直し、新藤結香に向き直った。

「あの絵を描いた人物について、もう少し聞かせてください。ラリー・バニオン氏も、ラモン・エスコバル氏と取引があったわけですよね」

「はい……」

声がさらに細くなり、彼女の肩が落ちた。離婚の原因となった男について問われれば、言い淀んだところで不思議はなかった。

「ベラスケスやムリーリョの絵に魅せられて、スペインに留学した、と言ってました。ただ、絵では芽が出なかったため、画商としてEU内を飛び回っていたようでした」

「画廊の主人が言ってましたよね。バニオン氏は、エスコバル氏に近づこうとしていたように見えた、と」

黒田のさらなる問いかけに、アンドラの刑事たちのほうが身を乗り出した。

新藤結香がわずかに視線を上げた。

「わたしの元夫は、仕事で絵の仲介をするほかにも、趣味で絵画を集めていました。今になって思えば、その趣味を通じて、スペインの経済界に人脈を築くためもあったのかもしれません。彼もその噂を聞き、わたしの元夫に近づくことで、画商として仕事の幅を広げられる、と考えたんだと思います」

「待ってくれ。そのバニオンという画商も、アンドラ国内の銀行に口座を持っていたのではないだろうか」

バスケスが手を上げ、割って入った。当然の疑問だったろう。

「少なくとも、わたしが転職したアンドラ・ビクトル銀行に、あの方の名義での口座はありませんでした」

すでに彼女は調査ずみだった。となれば、確認しておくべきだった。

黒田は尋ねた。

「それは、ジャン・ロッシュからの依頼があって調べたのですね」

「はい。あの方はすでに亡くなっていますが、口座だけが生きているという可能性もありますので」

口座の開設には、本人確認が厳重に行われている。

匿名性の高い口座の場合は、ある一定額の預金をしなければ開設できない銀行が多い。だが、一度口座を開設してしまえば、今はネットバンキング・サービスを利用することで、銀行に本人が出向かずとも、口座への金の出し入れは可能になる。そのため、口座が闇で売買され、犯罪に利用されるケースがあとを絶たない。特に、スイスやリヒテンシュタインなど、預金者の秘匿主義を誇る銀行の口座ほど、高値がつくのだ。

「アンドラには、匿名性の高い口座を売り物にしている銀行が五つあります。ジャン・ロッシュは、元夫がメインバンクのほかにも、アンドラ・ビクトル銀行に口座を開設していたことをどこからか知り、わたしに目をつけたのだと思います」

「転職する際には、入念な身辺調査が行われますよね」

黙って話を聞いていたオルテスが、そこで初めて口を挟んだ。

新藤結香が視線を移して、頷いた。

「こう見えてもわたしは、パリの銀行で恥ずかしくない実績を上げていました。それに、フランスの財界人からの保証も取れたから心配は要らない。そうジャン・ロッシュにも言われました」

「なるほど。フランス国家警察の幹部なら、財界人ともパイプはいくらでもありそうだ。ますますジャン・ロッシュ一人の仕業じゃないな」

バスケスが無精髭の浮いた頰をさすり上げて断定した。

だが、フランス側は、ジャン・ロッシュ一人の仕業として揉み消しを図りにかかっていた。証拠はどこにもない。

「ゴメレス坂の画廊で買ったあの絵が、アンドラの別荘に飾られていたことがあったのではないでしょうか」

黒田は核心に斬り込んだ。

新藤結香が質問の意図を読み、頰を固めた。二人の刑事も見つめてくる。

ジャン・ロッシュはラモン・エスコバルが所有していた別荘の〝何か〟を調べようとしていた。もちろん、今は人手に渡り、貸別荘ともなっていたので、以前の所有者の私物が、あの別荘に残されているはずはない、と誰もがわかる。だから、ジャン・ロッシュが絵を探すために別荘を借りたのだとは思いにくい。

だが、このタイミングで、新藤結香が一枚の絵を購入した。その絵を描いた男は、彼女の夫に近づこうとしていたという。そして、彼女と関係を持ち、離婚の原因ともなった。

絵と何かがつながっている可能性はないのか。そう考えたくなる。

「あの絵は、元夫が依頼して描いてもらったものでした。でも……実は、わたしのために描いてくれた絵でもあったんです。黒田さんが覚えているかどうかはわかりませんが、あの絵の裏に日付が書かれていました。恥ずかしい話になりますが、ひとつは、あの絵が完成した日で……。もうひとつが、わたしとの思い出の日に当たります」

恥じ入るように声がかすれていった。だが、それでようやく、走り書きされたような日付の意味がわかった。

「わたしはずっと、自宅の自分の部屋にあの絵を飾っていました。アンドラの別荘に持っていったことはありません。ただ……元夫も亡くなり、息子も幼かったので、それを証言してくれる人は、残念ながらいないのは事実ですが」

あとは信じてもらうしかない。そう言いたげに新藤結香は黒田たちを見回した。

証拠がないために、今はいくらでも疑うことができてしまう。そもそも彼女が本当に、別荘の住所を教えただけなのかどうかも、ジャン・ロッシュが殺害されたため、彼女のほかに知る者はいないのだった。

「あの……刑事さん」

新藤結香が顔を上げ、腕組みを続けるバスケスに目を向けた。

「わたしが銀行内の情報を他人に洩らしたことが、何らかの罪に当たるものでしょうか」

彼女は裁判への影響を懸念《けねん》していた。脅されたという状況はある。息子を取り戻すためにも、元夫の仕事を探る行為に手を染めたという同情すべき点もあったろう。

だが、顧客情報を洩らした社員を、口座の匿名性を売り物にする銀行が見逃すとは思えなかった。今回の件が表沙汰になれば、彼女は確実に職を失う。おそらく、銀行業界への再就職の道も断たれる。

そのことが、裁判にどこまで響いてくるものなのか。養育権を争う裁判の現実など知りようもない黒田には、想像もできなかった。アンドラの刑事たちも同じだったろう。

バスケスが眉の上を指先で掻きながら、首をわずかにひねった。

「我々は警察官でしてね。犯罪に足る証拠があって、初めて動けるんです。たとえあなたが身分を偽って転職したところで、銀行に損害の事実が確認されて、正式な被害届が出されない限り、手の出しようがない。あとは銀行の判断でしょうね」

新藤結香は、自分に何か言い聞かせるかのような顔つきで頷き返した。

おそらく、罠にかけられたと判明した時点で大使館に相談をしていれば、彼女の道はもっと変わっただろう。

いや……。ジャン・ロッシュがフランス国家警察の指示で動いていた場合、たとえ大使館員が警察に確認を取ったとしても、正当な逮捕だとの返事が来た可能性は高い。

その場合、逮捕権はその国の捜査機関にあり、他国の外交官が干渉できるような余地はなかった。

たった一人の同国人を、救う手立てもない。フランス側の罠にかけられたとわかっていながら、証拠がないため、救いの手すら差し伸べられない。

ラモン・エスコバルという、おそらくはスペイン当局の協力者である貿易商の妻となり、いい暮らしをしたはずであり、その報いだと言わんばかりに彼女を利用しにかかる。

大国が、異国の地で内密に情報収集活動をしているのは周知の事実だった。アメリカの傘に守られた日本でも、それに似た活動が密やかに行われているとの噂はあった。国の利益を守るために、どこかで異国の住民を虐げ、多くの者がその恩恵を受けている。大国の捜査機関の傲慢さを見る思いがする。

アンドラの刑事は当初、明らかに新藤結香を容疑者の一人と見ていた。が、今は彼女への矛先《ほこさき》が鈍り、大国フランスへの敵愾心《てきがいしん》のほうを強く抱くにいたっているようだった。

やがてバスケスが席を立ち、会議室を出ていった。オルテス警部補があとを追った。アンドラの本部と協議するのを待ち、彼女を解放すべきかの相談をするつもりらしい。

五分も待たずにドアを開き、二人が戻ってきた。バスケスが新藤結香の前に立った。

「今後も話を聞かせてもらうことになると思います。明日の裁判を終えたら、ひとまずアンドラに戻るのですよね」

確たる証拠がない今、解放するほかはない、と相談がまとまったのだ。ロペスが悔しげに唇をゆがめていた。

新藤結香が、どこか安堵したような表情で刑事たちを見回した。

「アンドラに帰ったら、銀行にすべてを打ち明けようと考えています。おそらく仕事を失うことになるでしょうが、ピソを引き払う手続きもあります。しばらくはアンドラに留まることになると思います」

30

会議室を出たところで、アベル・バスケスは日本の外交官を呼び止めた。

「あんたは彼女の裁判を見届けるつもりなのかな」

「いいえ。わたしの任務はすでに終わっています」

クロダという外交官は、下手なスペイン語で素っ気《そけ》なく答えた。

憎らしいほど自信に満ちた物腰と、持って回った言い方から、やはり諜報活動を担う日本のスパイとしか思えなかった。自国の女性が、フランスとスペインに利用された事実を知りながら、顔色も変えずに受け止め、このグラナダの地に置いてけぼりにすると言っているようなものなのだから、驚かされる。

「彼女に危険が及ぶことはもうないと思われますので、わたしは本来の職務に戻るだけです。今日のところは、彼女をホテルまで送っていきますが。——では、失礼します」

身を正して軽く顎を引くと、廊下で待つユカ・シンドウに目配せを送り、二人並んで歩きだした。東洋人は表情に乏しく、何を考えているのかわからないところがあるが、スパイとなれば、なおさらだった。

「君たちも早く国に帰るんだな」

スペイン国家警察の警部補が皮肉を込めて、手を振ってきた。どいつもこいつも小国への見下しを隠そうともしない。

ユーロポールという組織などは、単なるかけ声にしかすぎないのだ。EU内で、犯罪のグローバル化に備えた警察官の合同捜査に関してルール作りが進められていると聞くが、一朝一夕にまとまるものではないだろう。

バルセロナからマラガへ飛んでグラナダまで足を伸ばしながら、収穫はないに等しかった。フランスとスペインが、なぜここまでユカ・シンドウの元夫であるラモン・エスコバルの周辺で動き回っていたのか。その手がかりはつかめていない。彼がスペイン当局と関係がありそうだという推測はできたが、証拠は何ひとつないのである。

「この分だと、事件はラビリンスに迷い込んでしまいそうですね」

追い払われるようにしてグラナダ中央署を出ると、ロペスが暗い夜空を見上げて息をついた。雲が厚く覆《おお》っているのか、星は見えない。

バスケスは嚙み煙草をひとつまみ、口に放り込んだ。

「あきらめるな。アンドラの国民すべてが、我々の捜査に注目してるはずだ。うちの警察は本当に頼りになるのかどうか、とな」

フランスとスペインというかつての宗主国の威圧に負けて、殺人犯を取り逃がしたのでは、独立国家の治安を守る警察官としての存在意義に関わりかねない。ジャン・ロッシュを殺害したのは何者なのか。わからないことが多すぎた。

ロボス広場の脇に、空港で借りたレンタカーを路上駐車させてあった。

「あの女……。下手したら、仕事も息子も失いますね」

「何だ、ホセ。同情してるのかよ、ユカ・シンドウに」

「だって、そうじゃないですか。もし銀行が彼女に損害賠償の訴えでも起こしたなら、たとえ罪には問われなくても、とても子どもを育てていけるような環境にはない、と判断されるに決まってるじゃないですか」

　ユカ・シンドウは、子どもを取り戻すためとはいえ、自分が勤める銀行の情報を無断で外部へ洩らしたのである。多少の同情はできても、銀行員としてのルールを破った事実は動きようがなかった。

　子どもを取り戻すためには手段を選ばない。すでに彼女は夫がありながら別の男と深い関係におちいり、離婚を言い渡されている。そういう人物に、夫が死亡したからといって、そのまま子どもを養育させていいものなのか。裁判官が危惧《きぐ》を抱く可能性は高い。

「皮肉なものじゃないですか。その事実が公になることで、子どもを取り戻せると信じて、彼女は銀行を探ったんですよ。ところが、ユカ・シンドウを利用したフランスは、彼女自身が窮地に追い詰められる」

　そして、ユカ・シンドウを利用したフランスは、痛手を被《こうむ》るどころか、実害はまったくないと言ってよかった。実によく練られた計画だった。嚙み煙草が今日はやけに苦く感じられる。

「ホセ。何だったら、フランスに移民でもするんだな」

「冗談じゃないですよ。あの国が、移民を安くこき使ってるのは、ヨーロッパじゃ有名ですからね」

「だったら、無駄口たたいてないで、犯人への手がかりがどこに隠されているか、考えるんだな」

ディアス部長に電話で報告したが、即刻アンドラへ戻ってこい、と相当な剣幕だった。

あの高慢なコルベールという警視殿がフランス本国へ事の顚末を知らせ、アンドラの刑事が邪魔立てしたとでも騒ぎ立てたに違いない。なぜ部下をグラナダへ送ったのだ、という追及が署長や部長に降りかかってきたと思えた。

すでに時刻は二十一時に近かった。レンタカーは各地の営業所に乗り捨てられるが、署の車を預けたバルセロナの空港までこれから向かうのでは、何時間かかるかわからなかった。

安宿に一泊するくらいなら、自腹を切ってもいい。横になるならレンタカーの車中でもできたが、携帯電話でネットにアクセスして観光案内所の電話番号を調べたうえで、安いホテル・アパルタメントを教えてもらった。

空港で買った地図と首っぴきで住所を探り当てると、何のことはない、またもグラナダ中央署から三百メートルと離れていない裏通りに面していた。

車を預けてチェックインを終え、夕食をとりに外へ出た。そこで携帯電話が鳴った。

着信を確認すると、あの日本の外交官からだった。

「相談したいことがあって電話をしました」

「何かな？　税金をごまかすためにアンドラに住みたいって言うなら、いい不動産屋を紹介するよ」

「それはまたの機会にお願いします」

下手なジョークをあっさりと受け流してから、クロダは言った。

「殺害されたジャン・ロッシュの電話の通信記録は取り寄せましたよね」

「ああ。フランスさんに邪魔されたんじゃ困るんで、事件直後にすぐ取り寄せたんだ」

「ジャン・ロッシュが誰と電話をしていたか、すべての人物を電話番号からたぐりましたか」

「いいや。ユカ・シンドウのように、何度も電話をしている相手だけだが」

「では、殺害される前の三日でいいですから、ジャン・ロッシュが電話をかけた相手をすべて調べだしていただけませんか」

「それは……すでにフランス側が手がけてるはずだ」

「犯人の一味に、犯人を捜せと言うようなものですね」

この男は警察官でもないのに、実に生意気な言い方をする男だった。が、その皮肉は核心を突いてもいた。

「無理でしょうか。無理なら、電話番号だけ教えてください。スペイン側なら、たぶん協力してくれるはずです」

さすがは外交官だ。フランスの悪事を暴き出すため、スペインに協力を求めようという腹だった。

たとえフランスに本社を置く通信会社であろうと、スペインの警察当局から正式に情報提供を求められれば、応じるほかはないはずだった。

「なるほどね。ジャン・ロッシュは何らかの情報を手に入れ、ラモン・エスコバルが所有していた別荘を調べる気になった。その情報を誰から手に入れたのか、を電話番号から探っていこうってわけか」

ラモン・エスコバルが所有していた別荘に目をつけたのだから、その周辺にいた人物であるのは間違いないだろう。その人物を突きとめることができれば、ジャン・ロッシュが何のために別荘を借りたのか、の手がかりがつかめるかもしれない。そう日本の外交官は考えたのだ。

「悔しいが、捜査の主導権は、すでにフランスが握ってる。我々アンドラ国家警察で通信会社への協力を求めるのは、難しいと思う。ただし、電話番号の提供ならば、協力させてもらってもいい」

ふくみを込めて言うと、電話の向こうでクロダが笑いを洩らした。

「なるほど。交換条件と言いたいのですね。電話番号を教えるから、結果が出たら、すべて報告しろ、と。もちろん、最初からそのつもりですよ。わたしは外交官で、他国の捜査関係者との交渉事には慣れてますが、残念なことに捜査権はありませんから」

つまり、その結果が出たあとで、バスケスたちにも捜査に動いてくれ、と言っているのだった。まさしく外交官は、交渉事が上手い。

「了解した。二分待ってくれ。すぐ番号を確認してから、君に電話を入れる」

「ご協力いただき、ありがとうございます」

31

グラナダ地方裁判所の前にタクシーが停まり、スーツ姿の新藤結香とスペイン人の弁護士が歩道へ降り立った。

二人の表情は、一人の子どもの未来を決する場に向かおうとする者のそれとは思えなかった。気心の知れた相手とティータイムを楽しもうというかのように和やかであり、寛いだ雰囲気さえ漂わせていた。

新藤結香の、その落ち着き払った顔を見て、黒田は背中が冷えるのを感じた。人とは、こうまで冷酷に徹しきれる。

二人が裁判所の中へ消えていくのを見届けて、黒田はアンドラの二人の刑事とともに、彼らが借りていたレンタカーの後部ドアを押し開けた。近くに停車していた覆面パトカーからも、スペイン国家警察のオルテス警部補率いる刑事たちが降り立った。彼らはあくまでオブザーバーとして、黒田たちに手を貸すと確約をしてくれていた。

「――新藤さん」

裁判所の中へ足を踏み入れるとともに、黒田は階段を上ろうとしていた彼女の背中に、日本語で呼びかけた。

警備員にもスペイン国家警察から話が通っているため、場違いに大きな声で呼びかけた外国人を見ても、彼らは身動きひとつしなかった。黒田たちの後ろに続く刑事たちに気づき、そこで初めて彼らは敬礼を返してきた。

大理石のタイルを敷きつめた廊下の先で振り返った新藤結香も、アンドラとスペインの刑事に気づいて表情が凍りついていった。

最初に疑問の声を発したのは、ラファエル・ドミンゲスという弁護士のほうだった。

「何だね、君たちは？」

仕立てのいいスーツに身を包み、手には携帯電話を握りしめている。靴は黒光りし、ネクタイは細く色鮮やかで、わざと髭を剃り残したように顎から頬にかけてが青々として見えた。自分の仕事と見かけに誇りを抱いているタイプの男だった。

黒田は二人に近づいてから、姿勢を正した。

「電話で一度話をさせてもらいました日本の外交官です。邦人保護担当領事を務める黒田と言います」

「我々のほうは初めてお目にかかります。アンドラ国家警察のアベル・バスケス警部補。

こっちが――」

「同じく犯罪捜査部主任、ホセ・ロペスです」

事情をまったく知らない弁護士が、隣で動きを止めた新藤結香に目で問いかけた。

彼女は身動《みじろ》ぎせず、黒田を見据えたままの姿を変えなかった。今になって、在バルセロナ総領事館に救いを求める嘘の電話をかけたことを悔やんでいるようにも見えた。それほどに、黒田を睨む目に暗い炎のようなものがちらついていた。

黒田は弁護士や後ろに控える刑事たちにも伝えるため、下手なスペイン語に変えた。

「セニョリタ・シンドウ。あなたが裁判を起こした相手であるスザンナ・エスコバルは、残念ながらこの場に現れることはありません」

「どういうことだね。昨日の夜、わたしが彼女の自宅に直接訪ねていって、確認をしたはずなんだ。スザンナは養子縁組の申請を取りやめ、今日の裁判では、エドアルドの養育権をユカの申し入れどおりに譲り渡すと言ってくれた」

また弁護士が肩を揺らして力説した。

新藤結香は真実を見据えたまま動かなかった。彼女を見ていられずに、黒田は弁護士へと目をそらした。

「ドミンゲス弁護士。あなたは、なぜこの裁判の間際になって、スザンナ・エスコバルが養育権を譲ってもいいと言いだしたか、ご存じでしょうか」

「それは……父親が亡くなった今、子どもの将来を思えば、叔母《おば》より母親が養育すべきであると、やっと理解してくれたからで――」

彼自身、相手方の急な心変わりに疑問を抱いていたのだろう。語尾が自信なげにかすれていった。

黒田は視線を新藤結香へ戻した。

「新藤さん。あなたから説明して差し上げるべきではないでしょうか」

彼女はとても自ら真実を打ち明けられるような状況になかった。昨日と違って赤く紅を差した唇を強く噛み、突き上げる衝動にひたすら耐えていた。

黒田の後ろでオルテス警部補が大きく吐息をついた。息子を持つ親の一人として、見ているのが辛《つら》かったのかもしれない。アンドラの両刑事は、感情を押し殺したような表情で、逃げ道を塞ぐように、彼女の両脇へゆっくりと歩を進めた。

黒田は感情を押し殺して、彼女に話しかけた。

「新藤さん。スザンナ・エスコバルはつい三十分ほど前、自宅でスペイン国家警察の手によって逮捕されました。容疑はもちろん、あなたへの脅迫です」

初めてその事実を知らされた弁護士が、新藤結香の横顔を見つめた。

「もちろん、スザンナ・エスコバル自身も、脅されて仕方なくあなたに電話をしていた、と言っています。おそらく真実でしょうから、同情の余地はあります。しかし、彼女は報酬を受け取ったうえで、あなたを脅していたのでした。兄ラモン・エスコバルの隠し預金をあなたが見つけられない場合は、エドアルド君に危害が及ぶことになるだろう。そうしつこく電話をしていたのですよね」

「何があったんです……」

初めて新藤結香が声を押し出した。疑問を解こうというより、その答えを知りながらも、他人から真実を告げられるのが恐ろしくて声が震えてしまったように聞こえた。

バスケスもオルテス警部補も沈黙を守って彼女を見つめるだけで、黒田にすべてを任せてくれていた。日本人を追い詰める役目は、同じ国の仲間である君がすべきだ、と二人は考えているのだった。

黒田は与えられた役目を果たすために、言葉を継いだ。

「わたしには、ひとつだけ気がかりなことがありました。偽刑事に拉致されかけて、我々は病院で治療を受けましたよね。あの時、あなたの携帯電話の調子が悪くなり、看護師の一人からあなたは携帯電話を借りて、ドミンゲス弁護士にメールを送った。そう言ってましたね」

やっと自分のしでかしたミスに気づき、新藤結香が表情を固めた。

事実、メールをもらっていた弁護士が、黒田の前へ迫ってきた。

「ああ、そうだとも、わたしは昨日の夕方、彼女からメールをもらった。それが、どうかしたのかね。今日の打ち合わせのためのメールだった。どこに問題があるという？」

「確認すれば、すぐにでもわかることですので、あなたが弁護士にメールを打ったのは間違いないと、その時点ではわたしも考えていました。ところが、ジャン・ロッシュの友人と名乗ったフランス国家警察のコルベール警視が送ったメールを、あなたは受け取っていた。もちろん、あなたが言っていたように、メールの発信は行えず、受信のほうはできたのかもしれない。しかし、あの病院で、あなたはどうしても人の携帯電話を借りる必要があったのではないか。自分の携帯電話を使ったのでは、記録が残ってしまう。そのことを恐れ、あの治療室にいた看護師から携帯電話を借りたのではなかったか。そういう疑問を、わたしは払拭《ふっしょく》できなかったのです」

新藤結香の体がふらついた。慌ててドミンゲス弁護士が横から肩を抱いた。

だが、彼女は弁護士の手を押しやり、自分の力で立ち続けると、廊下の壁際へと二歩退いた。それに合わせて、ロペス刑事も横へ移動する。

彼女を追い詰めないよう、黒田はゆっくりと近づいた。

「携帯電話のことが気になっていたわたしは、あなたをホテルへ送ったあと、治療を受けた病院を訪ねて、あの治療室にいた看護師に会ってきました」

「わたしへのメールのほかに、何が残っていたんだね」

ドミンゲス弁護士が先読みして、黒田を見つめてきた。

「いいえ。メールは消去されていました。復元する方法はあるでしょうが、わたしが確認したかったのはメールの内容ではありません。メール以外に、あの看護師の携帯電話で何ができたか、なのです」

黒田はそこで言葉を切り、新藤結香の反応を確かめた。

彼女は大理石の壁を見つめたまま動かなかった。

「予想したとおり、インターネットへの接続が可能な機種でした。あなたは、わたしや刑事の目が届かない治療室の中で、他人の携帯電話を借りてインターネットに接続したのではないか。あなたはジャン・ロッシュから持ちかけられて、アンドラ・ビクトル銀行の口座を調べていた。最近の銀行は、どこでもネットバンキングというサービスを手がけています。そう――ネットを経由すれば、口座間の現金の移し替えや、残高証明の請求などが簡単にできるサービスです。自分の口座の現金を移し替えるのに、わざわざ他人の携帯電話を借りる者はいないでしょう。たとえ記録が残ったとしても当然だからです。となると、あなたが看護師に携帯電話を借りたのは、自分の口座ではなく、他人の口座に対して、何らかのネットバンキング・サービスを利用する必要があり、その証拠を自分の携帯電話に残したくなかったからではないのか。そう思えてきたんです」

新藤結香の肩が小刻みに震えていた。警備員と地元の刑事が廊下の先に立ってくれているため、黒田たちのほうに近づこうとする者は誰一人いなかった。

それを確認してから、黒田は続けた。

「殺害されたジャン・ロッシュは、かつてラモン・エスコバルが所有していた別荘を借りた。彼が探ろうとしていたのは、当然ながら、ラモン・エスコバルが利用していた隠し口座の存在だと思われます。あなたにも、エスコバルの名義ではない口座があるのではないか、と言っていたのですよね。あなたの元夫は、他人の名義で作った口座を、不法な取引の決済に使用していたのではないか。そして、ジャン・ロッシュは、その手がかりをつかんだからこそ、かつてラモン・エスコバルが所有していた別荘を借りる必要があった」

話を続けながらも、胸が傷んだ。すでに彼女は話を聞いていなかった。真実を暴かれ、打ちのめされている。

あとはもう彼女を苦しめるだけになる。そう思ったが、ドミンゲス弁護士が首をひねり、当然の疑問を発してきた。

「わけがわからないな。君は勝手な妄想を抱いているだけじゃないのか」

「自分でも自信が持てなかったので、ここにいるアンドラ国家警察の両刑事に協力を求めました」

黒田が手を差し向けると、バスケスが弁護士に向かった。

「ジャン・ロッシュの通信記録を取り寄せ、殺される前の三日の間に、彼が電話をかけた相手の番号をすべて教えろと言われたんですよ」

「次に、教えてもらったその電話番号を、スペイン国家警察に託して、該当する人物を調べだしてもらいました」

廊下の先を振り返ると、オルテス警部補が分厚い掌を振って応じた。

黒田は礼を返して、弁護士に告げた。

「すると、その中のひとつが、マリア・スアレスという女性の自宅の電話番号だとわかりました」

残る四つの電話番号も、スペイン国家警察は突きとめていた。ひとつが、プリペイド式携帯電話で、パリ在住の三十五歳になるフランス人男性。ひとつが、バルセロナの不動産会社。ひとつが、ラモン・エスコバルの会社が所有していた別荘を引き受けた投資会社。もうひとつが、マドリードの人材派遣会社。

パリ在住の男は、フランス国家警察の関係者だろう。残る三つは、すべてスペインの会社であり、ジャン・ロッシュはラモン・エスコバルの知人を捜していたように推測できる。そして最後に、マリア・スアレス。ジャン・ロッシュは三つの会社を訪ね歩き、マリア・スアレスの存在を突きとめたのではなかったろうか。

そこでスペイン国家警察の捜査員が、バルセロナにほど近いマタロという町に住むマリア・スアレスを訪ねて、ラモン・エスコバルとの関係を問い質した。

今年四十五歳になるマリア・スアレスは、かつて自分の父親ビセンテが、アンドラにある山荘の管理人として雇われていたことを打ち明けた。もちろん、その山荘の持ち主は――ラモン・エスコバルだったのである。

「新藤さんも、ビセンテ・スアレス氏はよくご存じですよね。あなた方夫妻が使っていたアンドラの別荘で、長らく管理人を務めていた老人です。そして、ジャン・ロッシュは、ビセンテ・スアレス氏の一人娘であるマリアのもとに現れ、銀行口座について尋ねていったのでした」

ビセンテ・スアレス自身は、二年前に病気のため亡くなっていた。その死の直前、しがない山荘の管理人にすぎなかったビセンテ・スアレスは、娘のマリアに話したことがあったという。

――山荘の持ち主に頼まれて、アンドラで一番大きな銀行に口座を作った。その暗証番号を忘れるといけないから、メモしておいた。アン、ダ、ル、シアの絵の裏に。

父親が息を引き取ったあと、マリア・スアレスはピレネーの山中まで足を伸ばし、アンドラ国内で最も大きな銀行を訪ねた。そして、父親名義の口座があるかどうかを問い合わせた。

だが、そんなものは存在していなかったという。

スペイン国家警察の刑事は、マリア・スアレスに確認した。

――あなたが訪ねていった銀行名を教えてください。

――もちろん、アンドラ・プリバド銀行です。

ビセンテ・スアレスが死亡した二年前、最も規模の大きな銀行は、アンドラ国内の二行が合併してできたアンドラ・プリバド銀行だった。が、それ以前には海外にも多くの支店を持つ銀行として、アンドラ・ビクトル銀行が知られていた。

ビセンテ・スアレスが口座を作った当時、アンドラ国内で最も大きな規模を誇る銀行は、アンドラ・ビクトル銀行のほうだったのである。

だが、アンドラの銀行事情など知らないマリア・スアレスは、耄碌《もうろく》した父親が夢を語ったにすぎない、と信じ込んだ。

刑事の問いかけに、マリア・スアレスは最後につけ足した。

――ええ。フランス人の探偵とかいう人が訪ねてきて、父の思い出話を集めていきましたよ。

初恋の人を探したいと依頼を受けて、その人物を探していたところ、ビセンテ・スアレスである可能性が出てきた、とフランス人の探偵は言った。その際、マリア・スアレスは、父親がアンドラの銀行に口座を作ったと夢みたいなことを話していた事実も伝えたというのである。

スペイン国家警察の刑事は、アンドラから取り寄せた、被害者ジャン・ロッシュの写真を彼女に見せた。

――そうです。この人がフランスの探偵です。

「新藤さん。あなたはジャン・ロッシュに、昔住んでいたことのある別荘に呼び出されて、一枚の絵について問い詰められたのではなかったでしょうか。その絵にこそ、ビセンテ・スアレス名義の口座の暗証番号が書かれているはずだ、と。フランス国家警察が、その情報をジャン・ロッシュから聞いていたなら、先手を打って、マリア・スアレスに近づいていたはずです。ところが、コルベール警視は何も手を打たずにフランスへ帰っていった。ジャン・ロッシュは、自分が探り出した口座を、上司であるコルベール警視に伝えなかった。ジャン・ロッシュは、あなたから絵の在処《ありか》を聞き出し、ビセンテ・スアレスの口座に残されている現金を独り占めにしようと企んでいた。そうですよね」

　だからあの夜、ジャン・ロッシュは貸別荘に安ワイン一本を持って、新藤結香を待っていたのである。あのワインは、ささやかな彼一人のための祝杯だったと思われる。

「ところが、あなたはビセンテ・スアレス名義の口座の存在をジャン・ロッシュから知らされ、驚愕した。あなたも、銀行の顧客名簿を探るうちに、かつて別荘の管理人をしていた男の名義で口座が残されていることを突きとめていたからです。なぜなら、そのビセンテ・スアレスの口座から、あなたが持っているパリの銀行の口座に、百二十万ユーロという大金が振り込まれていたからでした。それも、あなたの元夫ラモン・エスコバルが自殺を遂げたその日の午前中に、です」

新藤結香が壁に手をつき、自分の体を懸命に支えていた。

すでにアンドラ国家警察が口座の存在と現金の流れを確認ずみだった。

ビセンテ・スアレス名義の口座は、確かにアンドラ・ビクトル銀行に存在していた。彼が娘に語ったように、雇い主の依頼を受けて開設したものであり、ラモン・エスコバルの隠し口座として利用されていたのである。

そして、ラモン・エスコバルが自殺した日の午前中、ネットバンキング・サービスによって、一万二千二十五ユーロを残して、すべてがパリに本社を持つ銀行のある口座に振り込まれていた。

振り込み先の口座番号から、名義人はあっさりと特定できた。その銀行に三ヵ月前まで勤めていた新藤結香の口座だったのである。

百二十万ユーロ。日本円にして、一億五千万円近い金額である。

自殺の当日に、ラモン・エスコバルは、隠し口座に残されていた百二十万ユーロを、別れた妻の名義の口座に移していたのである。

イギリス人の画商と深い仲になって離婚を言い渡した妻に、遺産を残そうとしたのではなかったろう。自分が死ねば、息子は妻のもとへ戻される可能性が高い。新藤結香の口座に金を移しておけば、いずれは必ず一人息子の役に立つ。そう考えたに違いなかった。

「あなたは、元夫が自殺した当日、隠し口座の現金を、自分の口座に振り込んできていたことを知った。息子を頼むという、ラモン・エスコバル氏の遺言のようなものだったのでしょうね。彼はフランス当局の追及を受けて追い詰められた。マスコミも騒ぎ出し、周囲に迷惑をかけてしまう。もはや逃げ道をなくしたと考えるにいたった彼は、多くの秘密を守るため、自ら死を選んだのでした。しかし、せめて隠し口座にプールしておいた金を、息子のために残してやりたい。それぐらいの権利はあるはずだ、と考えたのでしょう」

スペイン側が、彼を守ろうとしてくれたのかどうかは疑わしく思えた。おそらくラモン・エスコバルは、スパイのような立場を利用して、不正蓄財にも励んでいたのではなかったろうか。それを追及されることにもなる、と恐れるあまり、死を選んだことは充分に考えられた。

新藤結香のほうは、自分の口座に突然振り込まれてきた現金に驚いたはずだ。ラモン・エスコバルの死の直後に、その事実を知っていたなら、また違った結果になったと思われる。

だが、彼女は夫が自殺した事実のみを先に知らされたのである。

「あなたは元夫の自殺を知り、今こそ一人息子を取り戻す時だと考え、裁判を起こした。つまり、その時点で、自分がアンドラ・ビクトル銀行に転職した事実を、ラモン・エスコバルの関係者に教えてしまったのです。そして、元夫の妹で、一人息子のエドアルド君を養育しているスザンナ・エスコバルから脅しに近い電話をもらうようになった。あなたは兄の隠し口座を調べるために、アンドラ・ビクトル銀行に転職したに決まっている。隠し口座の存在を見つけて報告したなら、エドアルド君の養育権を譲ってもいい。もし独り占めを考えているなら、兄が関係していた組織にあなたの狙いを伝えてやる。そうすれば、エドアルド君の身に危険が及ぶことになるだろう、と」

スペイン国家警察の取り調べに、スザンナ・エスコバルはすべてを自白していた。

死んだ兄が関係していたテロ組織の幹部と名乗る男から頻繁に電話がかかるようになり、新藤結香を脅して、隠し口座の存在を突きとめさせろ、と。その命令どおりに、スザンナは新藤結香を脅していたのである。

今、スペイン国家警察は、スザンナ・エスコバルを脅していた者を突きとめるべく、捜査に取りかかっていた。

おそらく、絵画偽造グループにつながる者たちだろう。彼らは幹部が根こそぎ逮捕され、ラモン・エスコバルがスペイン側のスパイであった事実を知ったのかもしれない。そして、新藤結香が裁判を起こしたことで、ラモン・エスコバルの隠し口座が存在する可能性に気づき、スザンナ・エスコバルを使って新藤結香を脅しにかかってきた、と思われる。

「あなたはジャン・ロッシュからも、そしてスザンナ・エスコバルからも、元夫の隠し口座を突きとめろ、と要求を受けることになった。その最中に、あなたは元夫が自分に送金してきた百二十万ユーロの存在を知った。あなたとしては、エドアルド君を養育するスザンナ側の要求に応えるほかはない、と考えていたのでしょうね。しかし、どうにかして、息子のために金を残してやる方法はないものか。そう考え続けていた」

　ラモン・エスコバルは自殺を遂げ、新藤結香に送金したのが昨年の十二月四日。裁判の開始が、三月九日。その間、三ヵ月もの時間があいているのだ。

　スザンナ・エスコバルが要求してきたとおりに、振り込まれた百二十万ユーロをすぐ彼女の側に渡していれば、今日の裁判を待つこともなく、一人息子は彼女のもとに戻ってきたと思われる。

　だが、彼女は、振り込まれてきた百二十万ユーロを渡さなかった。

　元夫が死を選ぶ直前、息子のためにと残した命がけの百二十万ユーロを、みすみす手渡す気になれなかったのだろう。だが、その三ヵ月という迷いの時間が、彼女を今の境遇に陥らせることとなったのである。

　黒田は言った。

「息子のために現金を残してやる方法を見出せないまま、裁判の日が迫ってきた。しかも、ついにジャン・ロッシュが、ビセンテ・スアレス名義の口座が存在することに勘づいてしまったのでした」

　新藤結香が壁に手をついたまま、その場に身を沈めていった。もはやドミンゲス弁護士も手を出さず、うずくまる彼女をただ見やるだけだった。

「ジャン・ロッシュがビセンテ・スアレス名義の口座に残されていた現金の額を知れば、絶対に手に入れようと、自らあの絵を探そうと全力をつくすでしょう。いや、フランス国家警察に口座の存在を教えるかもしれない。そうなったのでは、自分の口座に百二十万ユーロが振り込まれていた事実を知られてしまう。スザンナの側に現金を渡せなくなり、ようやく取り戻せると思っていた息子の身にも危険が及ぶのではないか。警察にすべてを打ち明ければ、元夫が自殺と引き替えに息子のために残してくれた百二十万ユーロは没収され、やはりテロ組織を敵に回すようなことにもなる。警察がどこまで市民を守ってくれるか、あなたは不安を感じた。絶対ジャン・ロッシュに口座のことを打ち明けるわけにはいかない」

昔の思い出が詰まった別荘に呼び出され、そこで新藤結香はジャン・ロッシュから絵の在処を問い詰められた。彼女は慌てたろう。この男を生かしておいたのでは、息子の命が危なくなる……。

すべては息子を守るため。そう信じたかった。

「まさか……。彼女が、そのジャン・ロッシュという元刑事を、殺したとでもいうのかね」

ドミンゲス弁護士が、得体の知れない軟体動物でも見下ろすかのような目を、彼女に向けた。

今や新藤結香は、座り込んだ冷たい大理石のタイルと同化したかのようだった。動けず、言葉も継げずにいるその姿が、真実を語っていた。

これ以上は彼女を追い詰めたくなかった。だが、依頼人を救いたいという習性なのか、ドミンゲス弁護士がまた疑問の視線をぶつけてきた。

「君が言っているのは単なる空想じゃないのかね。証拠がどこにあるという」

黒田は彼女にさらなる追い打ちをかける話を続けた。

「あなたはジャン・ロッシュを殺害し、死体を別荘裏の雪だまりに捨て、アンドラから出国する方法を考えた。別荘前には、ジャン・ロッシュが乗ってきた車が停めてあった。だが、あなたはジャン・ロッシュと揉み合ううちに、眼鏡を壊してしまった」

首都のアンドラ・ラ・ベリャへ通じる街道はほとんど除雪されていたという。だが、彼女は眼鏡を壊し、運転が上手くできなかった。アンドラ・ラ・ベリャまで到着できれば、周囲には店が多く、代わりの眼鏡はすぐ手に入れられたろう。

「あなたは途中で運転を誤り、路肩の雪だまりにタイヤを乗り上げてしまい、車を乗り捨てるほかはなくなった。そこで、在バルセロナ総領事館を頼って、パスポートと財布をなくした旅行者を装って、バルセロナへと急いだ。あなたには、ジャン・ロッシュの追い求めていた絵の在処がわかっていたからです」

すでにゴメレス坂の画廊の主人からは確認を取っていた。彼女が打ち明けたとおり、あのアンダルシアの丘を散歩する親子の絵は、ラモン・エスコバルの妹が勝手に売り払った中の一枚だった。ラモン・エスコバルが遺《のこ》した絵は、まだ幼い息子が相続した。元夫の妹が売りに出した絵はどれも高額なものではなかったという。あくまで画廊の主人の目利きによるのだが。

「あの絵は、アンドラの別荘にも飾られていたことがあったのでしょうね。だから、あの絵の裏に、ビセンテ・スアレスは日付のような数字を書き足していた。ネットバンキング・サービスを利用する際の暗証番号の一部ですよね」

アンドラ国家警察が銀行へ赴き、その確認も取れていた。

絵の裏に残されていた、05・10・24。こちらは、ラリー・バニオンが描き終えた日付に違いなかったろう。だが、そのあとに走り書きされた6・8は、ビセンテ・スアレスが自分の口座の暗証番号としてつけ足した数字だったのである。0510246８。これがネットバンキング・サービスを利用する際の、暗証番号だった。

「あなたは、あの絵の裏に書かれた日付の件を知っていた。スザンナが絵を売りに出したことも聞かされていた。そして、ビセンテ・スアレスが、アンダルシアの絵の裏に書かれた日付を、そのまま暗証番号として登録していた事実をジャン・ロッシュから聞かされ、スザンナが絵を売った画廊へ電話を入れ、行方を探した。ゴメレス画廊にあると知ったあなたは、直ちに電話を入れて、絵がまだ売れていない事実を確認し、買い取るとの予約を入れた。そして、実際に画廊へ足を運んで、あの絵の裏に書かれた日付の暗証番号を確認したあと、病院で看護師に携帯電話を借りて、ネットバンキングのサービスを利用した」

すでにアンドラ・ビクトル銀行の協力もあり、ビセンテ・スアレス名義の口座に、ネットバンキング・サービスを利用してアクセスがあった事実が突きとめられていた。

新藤結香が看護師の携帯電話を借りて手がけたのは、残高証明の申請だった。それも、ラモン・エスコバルが自殺した前日のものである。

つまり、自殺の日から口座の金額に推移がなかった事実を伝えるためと思われる。

彼女は自分の口座に振り込まれた百二十万ユーロを、ビセンテ・スアレスの口座――元夫の隠し口座――に送金し直したのである。

残高証明の送り先は、スザンナ・エスコバルが契約する弁護士の事務所あてになっていた。

「あなたはバルセロナ空港でグラナダ行きの飛行機に乗る前、スザンナ・エスコバルに電話を入れて、要求どおりに隠し口座の存在を教えた。ただ、元夫が死亡した日から口座の金額に変動がないことを証明するため、残高証明もつける、と自ら申し出た。なぜなら、もしテロ組織と思われる連中が、マリア・スアレスを抱き込んで口座の詳しい内容を調べた場合、三ヵ月もの間、口座の存在を黙っていた事実が知られてしまう。その間に、何か企んでいたのではないか。まだラモン・エスコバルの残した遺産がどこかにあるのではないか。そう疑われることを、あなたは恐れたからです。だから、あなたはどうしてもあのアンダルシアの絵を取り戻して、暗証番号を手に入れなければならなかった」

「彼女は被害者じゃないか。ジャン・ロッシュという元刑事にも脅されていたんだ。ユカ、あなたはジャン・ロッシュを殺害する意図などなかった。そうですよね」

「はい……」

やっと彼女が声を絞り出した。

「揉み合っているうちに、あの男が倒れて壁に頭を……。死んでいるとわかり、どうしたらいいのか……」

「今の話を聞いたかね。殺人ではない。事故だったんだよ。彼女は息子を取り戻すため、ジャン・ロッシュという男の死体が見つかるのを、少しだけ遅らせる必要があった。死体遺棄罪には問われるかもしれないが、すべては息子を取り戻すためなんだよ」

ドミンゲス弁護士が黒田と刑事たちを睨みつけてから、勇気づけるように彼女の横へとかがんだ。献身的な弁護ぶりを見るうちに、彼女に何かしらの感情を抱いているのではないか、と邪推《じゃすい》したくなった。

無論、彼女は独身だし、弁護士にも自由に人を愛する権利がある。

「心配は要らないよ、ユカ。君は傷害致死罪と死体遺棄罪に問われるだけだ。殺人ではない。一人息子を取り戻すという切実な動機もあった。ジャン・ロッシュは脅迫者であり、金を奪い取ろうとした紛れもない犯罪者なんだ」

熱意ある弁護士が、彼女の肩に手をかけ、揺すぶった。

黒田の話はまだ終わっていなかった。刑事たちも、先をうながすように、こちらを見ていた。

「わたしには、ずっと不思議でならなかったことがあります」

ドミンゲス弁護士が怒りの目を向け立ち上がり、黒田の前に迫った。

「君は、まだおかしな言いがかりをつけるのかね。外交官は、自国民の権利を守る務めがあるはずだ。君がやっていることは、外交官の任務とは正反対じゃないか。君は刑事になったつもりでいるのかね」

胸に蟠《わだかま》る疑問を面と向かって突きつけられた。

外交官には、自国民の安全と権利を守るために力をつくす責務がある。だが、その対象は、善良で罪なき一個人であることが、大前提となる。

罪を犯した者をいたずらに守るわけにはいかない。日本の政府組織に関わる者として、当事国の警察組織に協力すべき義務もまた、同時にあるのだった。外交問題をこじらせるわけにはいかないからだ。

黒田は感情を抑えて言った。

「なぜあなたはわざわざ嘘をついてまで、在バルセロナ総領事館に助けを求めてきたのか。たとえ眼鏡を壊してしまったとしても、アンドラ・ラ・ベリャで代わりの眼鏡を手に入れさえすれば、レンタカーを借りてバルセロナまで行けたはずでした。現にあなたは、わたしがアンドラ・ラ・ベリャまで駆けつけた時には、新しい眼鏡を手に入れていた。ところが、なぜかレンタカーを借りようとせず、在バルセロナ総領事館に救いを求める電話をかけた」

「君たち外交官を頼ることが、何かの罪にでもなるのかね」

職務のほかにも、彼女を守りたいと考えているらしい弁護士が、また力み返って唾を飛ばしてきた。

黒田は静かに首を振った。

「アンドラは国境でのパスポートチェックを行っていません。シェンゲン協定を批准しているため、EUに加盟はしていなくとも、事実上、パスポートを見せることなく出入国ができます。ですから、レンタカーでも、たとえタクシーを使ってでも、国境は越えられたはずでした。ただし、アンドラの国境では、フランスとスペインが手荷物の検査を行っています。免税品の数量チェックが目的ですが」

彼女は、自分の手荷物が検査されることを恐れていたのではなかったか。

それ以外に、わざわざ嘘をついてまで、在バルセロナ総領事館に電話をかけてきた理由がわからなかった。

「新藤さん。あなたはスペイン国境での、免税品検査を恐れたのですよね」

「何でそんなものを……」

事情を知らないドミンゲス弁護士が、目の前で拳を振った。

新藤結香は覚悟を決めたかのように動かない。

「あなたがあの時持っていた荷物は、黒い小さなバッグがひとつ。中には財布や化粧を直す道具と携帯電話。それくらいだったでしょうか。あとは、アンドラ・ラ・ベリャにあるデパートの紙袋。その中には、あなたが気に入って買ったという絵が一枚入っていました」

黒田は、後ろに立つオルテス警部補を振り返った。

警部補が手を上げ、部下に合図を送った。廊下の奥に控えていた制服警官が、紙袋を手に歩いてきた。

それを見て、新藤結香が口の前に手を当て、目を見開いた。

彼女が昨日、ホテルに預けた絵を、スペイン国家警察が押収していた。

歩み寄ってきた警官が、ドミンゲス弁護士の前で紙に包まれた絵を袋から取り出してみせた。

「外交官と一緒であれば、執拗《しつよう》な手荷物検査は行われない。あなたはそう考えて、わざわざ在バルセロナ総領事館に相談の電話を入れたのですよね。あなたがあの時、持っていた荷物は、今もそこにあるバッグと、この絵だけでした。バッグは小さく、中を開いてみせれば、すぐにでも検査をパスできます。となれば、残るはこの絵のほうになる」

警官の横に進み出たオルテス警部補が、包み紙をめくった。

木馬とサッカーボールを描いた静物画が現れた。これを見た画廊の店主が、フランスの高名な画家を引き合いに出したが、素人にもさほど興味が引かれる絵とは思えなかった。

「慎重に調べさせてもらいましたから、傷はつけていません。ご心配なく。――新藤さん、あなたなら、この絵の価値を知っているはずですよね」

彼女はあえて絵を見まいと、また壁のほうへ視線をそらしていた。ドミンゲス弁護士が絵をのぞき込み、首をひねっている。法律には詳しくとも、絵画の素養はなかったらしい。

「あなたは、この絵の価値を知るあまり、税関で検査されることを恐れ、外交官と国境を越えるという方法を選んだのです。執拗に調べられて、この拙い絵の下に、もう一枚の価値ある貴重な絵が隠されていると、知られてしまうことを恐れたからでした」

新藤結香が大理石の床に手をつき、うなだれた。

オルテス警部補が絵を裏に返した。よく見ると、キャンバスが二重に張られているのである。

このグラナダには、大きな美術館がないため、百キロほど離れたマラガの街にあるピカソ美術館からキュレーターを呼び寄せ、確認をしてもらっていた。

この道、三十年になるベテランのキュレーターは、下に隠されていた絵の端を見るなり、断言した。──エル・グレコに間違いない、と。

バロック様式の先駆者と言われるスペインの画家だった。宗教画を多く描き、「オルガス伯の埋葬」や「黙示録の幻想」などの代表作がある巨匠の一人である。

小品ではあるが、少なく見積もっても数百万ユーロの価値があるはずだ、とキュレーターは言った。

「この絵は、不法な取引を重ねて得た利益で、あなたの元夫が手に入れたものでしょうね。本当なら、その利益はスペイン当局のため、隠し口座に保存しておくべきものだったはずです。どういう経緯で、この絵を手に入れたのかは、我々には想像もできません。しかし、あなたは妻として、この絵の存在を知っていた。そうですよね」

問いかけたが、新藤結香は首を振りも、頷きもしなかった。もう話も聞いていないのかもしれない。

それでも、黒田は続けた。

「この絵を、なぜあなたはアンドラから持ち出そうとしたのか。それも、ジャン・ロッシュを殺害したあとで、です。考えられるとすれば、この絵もラモン・エスコバルが息子のために残そうとした一枚ではないか、という可能性でした。ラモン・エスコバルは、息子のためを思い、あなたの口座に現金を振り込んだ。それと同じく、この絵もあなたに託したのではないか。だが、あなたはジャン・ロッシュによって罠にかけられ、アンドラへ転居していた。その事実を知らなかったラモン・エスコバルは、あなたのパリのアパルトマンに送りつけてしまった」

この推測は、そう間違っていないはずだ。離婚の際に、彼女がこの絵を持ち出していたとは思えない。

「パリのアパルトマンに届けられた絵は、ジャン・ロッシュのもとに転送されたのでしょうね。あの男は、あなたに関するすべてをつかんでおこうとした。だが、絵の価値を知らないジャン・ロッシュは、この絵こそが、アンドラの別荘に飾られていた絵であり、この中に隠し口座の秘密が隠されていると早合点して、あなたを別荘へ呼び出した。違いますか」

「違います――」

はっきりと声が聞こえた。

横でドミンゲス弁護士が驚きに身を揺すり、刑事たちが視線を振った。

「――その絵は、エドアルドのものです。あの人がどうやって手に入れたかなんて知りません。遺産を受け継ぐべきなのは、エドアルド一人なんです」

血を吐くような叫びが、寒々とした廊下に響き渡った。

彼女はこの絵を守るため、ジャン・ロッシュを殺害し、その遺体を雪だまりの中に突き落とした。その後にグラナダへ急ぎ、ラリー・バニオンが描いた絵の裏にあるという暗証番号を探り出し、ネットバンキング・サービスで残高証明を請求した。それも、ビセンテ・スアレスの口座のほかには、ラモン・エスコバルが残した遺産などない、と信じてもらうためだったのである。

「あの人は、スペインのために、スパイのようなことをずっと続けてきたんですよね。しかも、その秘密を守るために、自ら命を絶たざるをえなかった。あの子は、大人の汚い世界のことなど何も知らず、ただ大切な父親を奪われたんです。あの人が残した遺産は、すべて息子が受け継ぐべきじゃないですか。違いますか」

身を搾《しぼ》るような訴えかけだった。

それに答えられる者は誰一人としていなかった。

政府公認による不当な取引で、ラモン・エスコバルは巨額の利益を上げ、諜報活動の費用を稼ぎ出していたと思える。その利益をかすめ取って、手に入れた一枚の絵画。その正当なる所有者は、誰になるのだろうか。誰一人として、答えを出せずにいた。

彼女は、元夫が命がけで遺そうとした絵を守り、息子を取り戻そうとした。

息子と一緒に暮らせるようになったなら、ともに絵を所有でき、莫大な遺産をつかめる。そういう狙いがなかった、と誰が言えるだろうか。

バスケスが新藤結香の横にかがみ込んだ。

「さあ、立ちなさい。あなたをジャン・ロッシュ殺害の容疑で逮捕する。あなたには黙秘権が認められている。ただし、取り調べに際して口にしたことは、あなたの有利不利に限らず、証拠として採用される。わかりましたね」

アンドラの二人の刑事に腕を取られて、新藤結香が力なく立ち上がった。

ドミンゲス弁護士がすぐさま彼女に寄り添った。が、バスケスたちへの抗議は口にしなかった。

オルテス警部補が慎重にエル・グレコが隠された絵を紙袋に収めて、黒田を振り向いた。

「君は外交官より警察官のほうが似合っているな」

以前にも、同じような台詞を誰かに言われたような気がした。君が手がけたのは、本来の任務から遠い警察官の務めとしか思えない。つまり、外交官としては未熟だと言われたようなものだった。その意見は、自らの胸で受け止めるほかはない。

新藤結香はアンドラの刑事に挟まれて、裁判所の前に待ち受けていたパトカーの中へと案内された。

続いて乗り込もうとしたバスケスが足を止め、黒田の前へ歩いてきた。

「セニョル・クロダ。ご協力を感謝します」

「裁判の結果が出るまでは、あくまで容疑者ですので、彼女の人権をおろそかにしないよう、心がけてください」

外交官として、言うべきことを伝えた。

バスケスが、苦そうな笑みを作った。

「実の母親も、養育していた叔母も逮捕されて、彼女の息子は今一人きりだ。日本政府の力で、彼女の親族を捜し出して、引き取る道を探してやってくれよな」

黒田は彼女の一人息子の顔をまだ見ていなかった。一緒に暮らしていたスザンナ・エスコバルが逮捕され、七歳になるエドアルドは今、事情も知らされずにグラナダ中央署に引き取られていた。スザンナ・エスコバルには、父方の遠い親族がいるらしい。ラモン・エスコバルの残した隠し遺産が、そのまま一人息子へ相続が認められる可能性はどれほどあるのだろうか。

スペイン当局が諜報活動を依頼していた事実を認めるとは思えず、違法取引の末の利益と見なされ、すべての遺産は没収されることになるだろう。その場合、遠い縁者が犯罪者の身内を引き取ろうとする善良さを持っていればいいが、揉め事を嫌ってエドアルドとの同居を拒むことも考えられた。あとはもう施設に預けられるほかに、彼が生きていく道はなくなってしまう。

「それこそ外交官の仕事じゃないかな」

「必ず手をつくします」

同胞の身内を探す。少なくとも、刑事の仕事でないことは確実だった。

32

国際刑事警察機構の本部は、フランス第三の都市であるリヨンの北部にある。東には百十七ヘクタールという広大なテット・ドール公園の緑が迫り、西はローヌ川の悠揚たる流れに挟まれるという絶好のロケーションだった。

森の中と見紛うばかりのジャルル・ドゴール通りの並木道を抜けると、国際展示場かと思いたくなる近代的な威容を誇るビルが現れる。それが国際犯罪の情報を加盟国から集めて全世界に国際手配書を送り、刑事警察間の相互協力の担い手となるＩＣＰＯの本部ビルだった。

若葉の季節とあって、辺りには木々の香《かぐわ》しさが匂い立っていた。正門のゲートで身分証と約束の有無を確認され、タクシーから降りることを許された。

ガラス張りの屋根が続くエントランスを抜けると、また警備員のチェックを受けた。世界の犯罪者の情報を一手に握る組織の本部だけあり、入館チェックは厳重だった。

来訪の理由を受付の用紙に記入すると、黒田は廊下の先にあった第三応接室に案内された。八畳もない小部屋ながら、革張りのソファも壁に掛かった風景画も安物ではないとわかる。

約束の午前十一時ジャストにドアが開き、その人物が黒田の前に現れた。

「バルセロナでの合同会議ではお世話になりました」

黒田が立ち上がって挨拶すると、デイビッド・フェルドマンが丸眼鏡を押し上げ、辺りを見回した。そこに、一人の日本人しかいないことを確認してから、やっと黒田に外交上の笑みを投げかけてきた。

「これは驚きました。日本の警察庁から電話をもらい、刑事局長とパリ大使館の職員が見えられると聞いていました」

「はい。わたしが警察庁刑事局長の代理であり、在パリ大使館から派遣を命じられて来ました。昨日になって、刑事局長に急な別の用件ができてしまい、本来なら事前にそうお伝えすべきでしたが、手違いから連絡が行き届かず、大変失礼いたしました」

外交官が得意とする方便を語って、黒田は静かに笑みを返した。すでに相手も、嘘だと見抜いているのは間違いなかった。黒田は外交手腕を発揮して、警察庁の刑事局長から手を回し、今日の面会の約束を取りつけていた。

嘘を見抜いていながら、海外捜査支援局の副局長は黒田に手でソファを勧めた。

「早速ですが、刑事局長から預かってきた資料が、これです」

黒田はソファに置いた角封筒を取り上げ、目の前に腰を下ろした男へ差し出した。この三月、カナリア諸島で発生したコカイン密輸事件の、日本での捜査状況を詳しくまとめた資料である。スペイン経由で薬物を仕入れる新ルートを開拓するにいたったのは、ロサンゼルスに本拠を置く中国系マフィアからの紹介があったため、と判明していた。その全容はまだ明らかになっていないが、ＩＣＰＯでも情報を集めている組織だと聞いていた。だが、この程度の資料であれば、わざわざ刑事局長自らが持参するようなものではなかった。

デイビッド・フェルドマンは形ばかりに資料を受け取り、軽く目を通していった。

「大変参考になります。ＦＢＩにもこれを送りたいと思います」

まだ資料をめくり、眺める振りを続ける男を前に、黒田は壁に掛けられた水辺の風景画を見つめた。波が静かなので、湖だろうか。白いボートが一艘浮かび、釣り人が糸を垂れている絵だった。

加盟国が予算を出し合う国際組織なので、この絵は篤志を持つ関係者が寄贈したものに違いない。そう高価な絵ではないだろう。だが、黒田は言った。

「実に温かみを感じるいい絵ですね。まさか、あなたが描いた絵ではありませんよね」

場違いな話を振られて、フェルドマンが丸眼鏡を押し上げた。分厚いレンズの奥で、訝しげな目が盛んにまたたいていた。

「何を言っているのか、わかりませんが」

「わたしの英語は、それほど下手でしょうか。これは、あなたが描いた絵ですか。そう尋ねたんですがね」

黒田はあえて眼差しと語気を強めて言った。

フェルドマンの背筋が伸びた。

「ミスター・クロダ。あなたはこの資料を渡すためだけに、わざわざリヨンまで来られたのですか」

「いいえ。もちろん、違います。もうあなただって、わかっているはずだ。――わたしはあなたと一枚の絵の話をするために来たんです。そう、あなたが描いたアンダルシアの絵の話を、ね」

フェルドマンがソファに深く背をもたせかけ、手にしていた資料をテーブルに置いた。反論を試みても無駄と悟ってくれたらしく、彼は言葉を返さなかった。

無言を承諾と受け取り、黒田は交渉を始めた。

「あなたのことですから、すでにユカ・シンドウがアンドラ国家警察によってグラナダで逮捕された事実はご存じだと思います。彼女の元夫ラモン・エスコバルは、長らくスペイン当局の密命を帯びて諜報活動を行い、また政府公認の不法な海外取引を手がけて、その活動費を稼ぐ役割を与えられていたと推測されます。曖昧な言い方をするしかないのは、スペイン側が認めていないからです」

スペインには、フランコ時代からの流れを汲む特務機関を発展させた最高情報国防センター――CESID――という情報機関があった。今では、国家情報センター――CNI――と名前を変え、国防に関する情報収集を担当していた。内務省の管轄下にも、国家保安総局や情報総委員会という組織があり、また、テロ対策を専任とする特務チームが軍警察の中にも設置され、多くの情報活動に従事している現実がある。

黒田が予測したとおり、スペイン国防省も内務省も、ラモン・エスコバルが彼らのエージェントであった事実を認めてはいない。つまり、ラモン・エスコバルが残した遺産は、不法な取引と脱税によるものと判断され、国家に没収されることが決まっていた。新藤結香の願いも虚しく、息子のエドアルドが受け継ぐべき資産は皆無に等しい。

「さらに、ユカ・シンドウは、フランス国家警察による罠にはめられ、アンドラの銀行を内偵させられていたとしか思えないのに、やはりフランス当局はその事実を認めようとはしていません。あくまでジャン・ロッシュという元刑事が、個人的に手がけた犯行である、との言い逃れを続けています。まさに、ユカ・シンドウという日本人女性は、スペインとフランスによる諜報活動の犠牲になったと言えるでしょう」

「君は、何か証拠があって、言っているわけなのかな」

フェルドマンがようやく言葉を継いだ。反論ではなく、短絡的な正義感から他国を誹謗《ひぼう》する無謀な外交官に忠告を与えておきたかったのだろう。

貴重なアドバイスを受け止めて、黒田は頷いた。

「そろそろ、とぼけるのはやめてください。あなたはエール大学在学中、美術部に在籍していた。今も大学の図書館には、あなたが描いた地元コネチカットの風景画が飾られていますよね。あなたたちから見れば、ジュニア・ハイスクール並みの情報収集力しか持たない日本の外務省でも、その程度の下調べはできるのですよ」

飼い犬にも等しい属国日本の外交官に凄《すご》まれて、フェルドマンは余裕あふれる態度を保とうと努めて、ゆっくりと腕を組み合わせた。

黒田も失礼を承知で、足を組み合わせてから、先を続けた。

「わたしも写真で見させていただきましたが、実に達者な筆さばきでした。そういうあなたの経歴があったから、スペインでの特別任務を命じられたのでしょうね」

返事はない。目も合わせてはくれなかった。もはや弁解の余地は残されていないと、嫌でも理解できたはずだった。

黒田は指摘を続けた。

「そもそも、スペインとフランスの捜査当局との合同会議が開かれ、その最中にあなたから両国間に蟠る特殊事情の説明を受けた直後、そのスペインとフランスの諜報活動に巻き込まれた日本人女性の事件に遭遇するとは、あまりにも絶妙すぎる巡り合わせだったと言えるでしょう。まるで、何者かが、アンドラで発生する事件を見越したうえで、日本の外交官に、これから起こりうる事件の背景を伝えておこうとしたかのようにも思えてしまいますよね」

「君の目的は何だ……」

フェルドマンが、FBIの秘密捜査官たる本来の素姓を垣間見せて、貫くような眼差しを寄せた。

黒田は彼の質問を聞き流して、話を進めた。

「あなたとしては、アンドラに最も近い在バルセロナ総領事館の職員に、ある程度の事情を伝えておき、何かあった時には彼女に救いの手を差し伸べてもらえるよう、手を尽くしておいたつもりだったのでしょう。パリの大使館にもその情報を広めてもらいたかったため、日本から来たわたしという外交官を相手に選んだ。あなたの危惧は、不幸にも的中してしまい、在バルセロナ総領事館にユカ・シンドウからSOSの電話が入り、わたしが彼女をアンドラ・ラ・ベリャまで迎えに行くことになったわけです」

「目的は何だ、と聞いている」

「あなたも、まさか彼女がジャン・ロッシュというフランス側に手を貸す人物を殺害するにいたるとまでは予想していなかったのでしょうね。実に不幸な事件でした」

新藤結香はアンドラ国家警察の取り調べに、素直に応じていると聞いた。バスケスたち現場の刑事や検事も、フランスとスペインの諜報合戦の犠牲になった彼女に同情を覚え、殺人罪には問わず、傷害致死と死体遺棄での起訴を考えているらしい。それでも、人一人が死んだ事実は動かず、実刑は免れないはずだった。

黒田は懐から一枚の、あまり写りのよくない写真を取り出し、テーブルに置いた。

フェルドマンはのぞき込みたい気持ちを抑え、じっと耐えていた。

「マドリードの画廊を歩き回り、ようやくこの一枚を探り当てました。ラモン・エスコバルの会社が開催した創立記念のパーティーだったと言います。この中に、エスコバル夫妻の離婚原因となったイギリス人画商と言われる男が写っています」

ホテルのパーティー会場でのスナップだった。

中央に、ラモン・エスコバルとその妻であった新藤結香がシャンパン・グラスを手に微笑んでいる。彼としては、写真に撮られることを警戒していたのだろう。だが、レンズの死角へ逃げようとする前にシャッターが切られたと思われる一枚だった。

今と違って、眼鏡もかけていなければ、髪も豊富で、その色も金髪だった。よく見ると、瞳の色も灰色で、コンタクトレンズを着けていたのだと想像できる。体重も軽く倍は違うのではないかと疑いたくなるほどに、痩せている。額の赤い痣も見当たらない。

イギリス人画商、ラリー・バニオン。とても目の前にいる男と同一人物とは思えなかった。

否定しようと思えばできるはずなのに、フェルドマンは何も語らなかった。ＦＢＩの捜査官としてのプライドから、今さら見苦しい言い訳はしたくないのだろう。

「ラリー・バニオンは、ラモン・エスコバルに近づくため、彼が贔屓にしていた画廊に出入りするようになり、その目的を果たして仕事上のパートナーとなった。そして、ラモン・エスコバルの妻であったユカ・シンドウと深い仲となり、絵の買いつけに出かけた先のシカゴで交通事故を起こし、死亡した。ＦＢＩの地元で死んだことにしておけば、死体などなくても、人一人を消すことぐらいは簡単だったでしょうね」

「日本の外務省と警察庁も、君の逞しい想像を信じているわけだね」

「言ったはずです。わたしは刑事局長の代理で、ここに来た、と。我々は世界に向けて、多くを発表できる材料を集めているところです。ただ、同盟国という誼《よしみ》がありますので、まずは作戦の担当者であったあなたに相談してみるべきと考え、ここに来たのです」

外務省の幹部も、警察庁の担当者も、誇大妄想がすぎると言いたそうな顔を最初は見せた。だが、指紋という決定的な証拠が出るに及び、黒田のリヨンへの出張を認めてくれたのだった。

「スペイン国家警察にも、わたしたち日本への協力を惜しまないと言ってくれる人がいましてね。その人の計らいにより、あのアンダルシアの絵を、あらためて見させてもらいました。すると、絵の中に、指紋がはっきりと残っている部分があったんです」

絵の具の色を重ね、滲《にじ》みを効果的に表現する際、絵の作者は自分の指で、絵の具の一部を伸ばしていたのである。内偵を請け負う捜査員にあるまじきミスだった。いや、それほどまでに、ラリー・バニオンはあのアンダルシアの絵を、真剣に描いていたと思われる。

あのバルセロナでの合同会議の際、黒田たち日本の出席者は、ICPOの国際捜査支援局から多くの資料を受け取っていた。その中の指紋のひとつが、アンダルシアの絵のなかにあった指紋と一致したのである。

「ミスター・デイビッド・フェルドマン。あなたはイギリス人画商ラリー・バニオンと称してラモン・エスコバルに接触し、彼がスペインのエージェントであり、赤道ギニアのクーデター計画の資金を捻出する人物であることを確認しようとした。そうですよね」

アンドラ国家警察の捜査によって、ラモン・エスコバルが所有する貿易会社の、主な取引先が判明していた。そのリストには、スペイン国内の石油会社の幹部の名前が、ずらりと並んでいたのである。

ラモン・エスコバルは、石油会社から提供された資金を、会社の経理に溶け込ませてプールし、赤道ギニアのクーデター計画に関する資金提供を密かにおこなっていたのである。フランス側にこの事実を提供すれば、喜び勇んで裏づけ捜査に動くであろう。

「あなたがたアメリカ政府も石油メジャーも、スペインがクーデター計画に関して、どこまで本腰を入れているのか、疑っていたのでしょうね。そこで、あなたがラモン・エスコバルの周辺に近づくことが決定された。ところが、あなたはエスコバルの妻であったユカ・シンドウと恋に落ち、任務をろくに遂行することができなくなった。さらには、あなたをフランス側のエージェントと疑いだしたスペイン当局からも目をつけられるにいたった。そこで、シカゴでの死亡事故をでっち上げて、身を引くことになった」

フェルドマンは否定をしない。壁にかかった拙い風景画を見る振りを続けていた。推測はほぼ的中していると見ていいだろう。

「あなたはアメリカ本国での任務に戻ることとなった。それでも、一度は愛したユカ・シンドウの消息だけは気にしていたのですね。そして、彼女がなぜかアンドラの銀行へと転職し、折しもラモン・エスコバルが拳銃自殺を遂げたと知るに及び、彼女に危険が迫っていることをつかんだのです」

息子の養育権を争う裁判の前に、何かが起こるのではないか。ちょうどそのころ、日本とスペイン、それにフランスの警察を集めての会議を開く必要性が出てきた。そこに送られてきた外交官に、スペインとフランスの間で情報戦がくり広げられていた事実を指摘しておいてやれば、彼女に何かあった場合、手を差し伸べてくれるはず……。

ＩＣＰＯに派遣されていた彼には、ずっとアンドラを気にかけている時間はなかった。

せめて日本の外交官に情報を流しておくことで、彼女を助けてやりたい。

「あなたは実に勝手な男だ。スパイとして近づいた男の妻に手を出し、その人の人生を踏みにじった。そして、その人に危険が迫っているらしいと知りながら、自分では手を差し伸べず、日本の外交官を頼りにした。結果として、彼女を殺人犯にしてしまった張本人は、あなただと言っていいでしょうね。わたしはそう思っています」

フェルドマンの赤い痣の下で、こめかみが激しくうねった。面罵《めんば》されて恥を忍んでいるならいいが、屈辱に耐えているのだとすれば、傲慢《ごうまん》すぎる。

自分たちの利益のために、他国の民衆を踏みつけにして、戦争を仕掛けて平然としていられる。まさしく母国を体現するかのような男と言えた。

「FBIが、よくもあなたのような男を、ICPOに出向させたものですね。ターゲットであるラモン・エスコバルの妻に手を出すなど、スパイとしては最低の手口だ。彼女と通じてラモン・エスコバルの裏の顔を調べさせようとでもしたんでしょうが、人でなしに似合ったやり口と言える」

「――違う」

フェルドマンが腕組みを解き、黒田のほうへわずかに乗り出した。唇が震え、赤ら顔が白くなりかけていた。

「何が違うんですか。もう一度言いましょう。――あなたがユカ・シンドウを殺人者にしたんだ」

「違う。わたしは……」

その先の言葉を、彼は口にしなかった。

いや、今さら日本の無礼な外交官の前で、あの時の本心を口にしたところで意味はない、と考えたのだろう。言葉を呑み、肘掛けを見た目にも強く握りしめて、込み上げる怒りに耐えていた。

「ミスター・フェルドマン。日本政府は、新藤結香さんを見捨てはしません。彼女の汚名をそそぐべく、FBIの捜査官であったあなたが、ラリー・バニオンという偽名を使って、ラモン・エスコバルに近づいた事実を発表します。アメリカ政府が、どこまであなたを守ってくれるでしょうか」

「そんなことができるものか。わたしが上層部へ報告を上げれば、国務長官から君の上司である外務大臣に電話が一本入る。それですべては終わりだ」

同盟国アメリカから相談がもたらされれば、日本政府にそれをはねつけることなどできるものか。彼の予測は正しく、黒田にも否定はできなかった。

「あなたはまた自分の身を守るために、彼女を踏みつけにするわけですね。六年前、シカゴで死んだことにして、彼女の前から逃げ去った時と同じように」

フェルドマンの両手が、つかんだ肘掛けを引き抜こうとするかのように震えていた。

黒田は喉の奥から湧き出る苦みを押し隠して続けた。

「わたしはどうやら誤解していたようだ。あなたは、自分が傷つけた女性を忘れることができず、だからずっと見守り続けていた。そう思ってました。しかし、現実のあなたは違った。彼女に自ら救いの手を差し伸べようともせず、またも彼女を見捨てるつもりでいるとは……。あなたは、羽をもがれた小鳥を鳥籠の外から眺めるようなつもりで、彼女を見ていたにすぎなかった」

「違う。わたしは彼女を愛していたんだ……」

神の前で懺悔《ざんげ》をするような切実さで、フェルドマンが初めてその言葉を口にした。待っていた言葉でもあった。

黒田は声を静めて言った。

「今の言葉に嘘がないなら、自ら彼女に手を差し伸べるべきでしょうね。違いますか」

初めて恥じ入るかのように、フェルドマンの視線が落ちていった。その視線は、テーブルに置かれた写真の中で、慎ましく微笑む六年前の新藤結香を見つめているように思えた。

「日本政府は、あなたに司法取引を持ちかけます」

「何だって……」

「アンドラへ出向いて、心からユカ・シンドウに謝罪しなさい。そうしない場合には、いくらアメリカ国務長官からの依頼があろうと、日本のマスコミが今回の事件を騒ぎ立てることになるでしょう」

アメリカもスペインもフランスも、すでに事件の揉み消しを図りにかかっていた。だが、国家の犯罪を暴こうとする、心あるジャーナリストは存在する。すべてを彼らに打ち明けたなら、騒動が巻き起こるのは目に見えていた。

「それが司法取引だというのかね……」

「ええ。あなたの罪を見逃してやろうというんですから、取引をぜひとも呑んでいただきたい」

「わたしに、ただ謝罪をしろと……」

「そうです。そんなことを持ちかけて何になるのか、とお思いですか」

「いや……」

日本政府の真の狙いは、ほかにあるのではないか。そう疑っている目を返された。醜い外交上の取引ばかりを見聞きしてきたせいで、彼は誠実さを見失っていた。多くの政治家と官僚が冒《おか》されている病に、彼も感染しているのだった。

「日本政府の要求は伝えましたからね」

黒田は微笑み、席を立った。まだ茫然と見返すフェルドマンに向かって姿勢を正した。

「我々外交官は、日本人の安全と利益のみでなく、その誇りを守ることにも力を尽くすつもりです。あとはあなたが決めてください。では、失礼いたします」

こういう司法取引なら、認めてもいいだろう。

大国の陰に身を隠そうとする卑怯な男をさらに睨み据えてから、黒田は悠揚とＩＣＰＯの本部ビルをあとにした。

本書は二〇一二年二月に講談社ノベルスより刊行されたものです。

なお、本作品はフィクションであり、実在するいかなる場所、団体、個人等とも一切関係ありません。

|著者| 真保裕一　1961年東京都生まれ。'91年に『連鎖』で江戸川乱歩賞を受賞。'96年に『ホワイトアウト』で吉川英治文学新人賞、'97年に『奪取』で山本周五郎賞と日本推理作家協会賞長編部門をダブル受賞し、2006年には『灰色の北壁』で新田次郎文学賞を受賞。他の著書に『暗闇のアリア』『おまえの罪を自白しろ』『ダーク・ブルー』、シリーズでは、『デパートへ行こう!』『ローカル線で行こう!』『遊園地に行こう!』『オリンピックへ行こう!』の「行こう!シリーズ」がある。
本書は『アマルフィ』『天使の報酬』に続く外交官シリーズ第3作となる。

アンダルシア　外交官《がいこうかん》シリーズ

真保裕一《しんぽゆういち》

講談社文庫
定価はカバーに
表示してあります

2021年3月12日第1刷発行

発行者――渡瀬昌彦
発行所――株式会社　講談社
東京都文京区音羽2-12-21　〒112-8001
電話　出版（03）5395-3510
　　　販売（03）5395-5817
　　　業務（03）5395-3615

デザイン―菊地信義
本文データ制作―講談社デジタル製作
印刷―――中央精版印刷株式会社
製本―――中央精版印刷株式会社

Printed in Japan

ISBN978-4-06-522764-0

講談社文庫刊行の辞

二十一世紀の到来を目睫に望みながら、われわれはいま、人類史上かつて例を見ない巨大な転換期をむかえようとしている。

世界も、日本も、激動の予兆に対する期待とおののきを内に蔵して、未知の時代に歩み入ろうとしている。このときにあたり、創業の人野間清治の「ナショナル・エデュケイター」への志を現代に甦らせようと意図して、われわれはここに古今の文芸作品はいうまでもなく、ひろく人文・社会・自然の諸科学から東西の名著を網羅する、新しい綜合文庫の発刊を決意した。

激動の転換期はまた断絶の時代である。われわれは戦後二十五年間の出版文化のありかたへの深い反省をこめて、この断絶の時代にあえて人間的な持続を求めようとする。いたずらに浮薄な商業主義のあだ花を追い求めることなく、長期にわたって良書に生命をあたえようとつとめるところにしか、今後の出版文化の真の繁栄はあり得ないと信じるからである。

同時にわれわれはこの綜合文庫の刊行を通じて、人文・社会・自然の諸科学が、結局人間の学にほかならないことを立証しようと願っている。かつて知識とは、「汝自身を知る」ことにつきていた。現代社会の瑣末な情報の氾濫のなかから、力強い知識の源泉を掘り起し、技術文明のただなかに、生きた人間の姿を復活させること。それこそわれわれの切なる希求である。

われわれは権威に盲従せず、俗流に媚びることなく、渾然一体となって日本の「草の根」をかたちづくる若く新しい世代の人々に、心をこめてこの新しい綜合文庫をおくり届けたい。それは知識の泉であるとともに感受性のふるさとであり、もっとも有機的に組織され、社会に開かれた万人のための大学をめざしている。大方の支援と協力を衷心より切望してやまない。

一九七一年七月

野間省一

講談社文庫　目録

重松　清　峠うどん物語(上)(下)
重松　清　希望ヶ丘の人びと(上)(下)
重松　清　赤ヘル1975
重松　清　なぎさの媚薬(上)(下)
重松　清　さすらい猫ノアの伝説
重松　清　ルビィ
新野剛志　八月のマルクス
新野剛志　美しい家
新野剛志　明日の色
殊能将之　ハサミ男
殊能将之　鏡の中は日曜日
首藤瓜於　脳男
首藤瓜於　事故係生稲昇太の多感
島本理生　シルエット
島本理生　リトル・バイ・リトル
島本理生　生まれる森
島本理生　七緒のために
小路幸也　高く遠く空へ歌ううた
小路幸也　空へ向かう花
小路幸也　スターダストパレード
小路幸也 原案 山田洋次 平松恵美子　家族はつらいよ
小路幸也 原作・脚本 山田洋次 脚本 平松恵美子　家族はつらいよ2
小路幸也 原作・脚本 山田洋次 脚本 平松恵美子　妻よ薔薇のように〈家族はつらいよIII〉
島田律子　私はもう逃げない〈自閉症の弟から教えられたこと〉
辛酸なめ子　女修行
柴崎友香　ドリーマーズ
柴崎友香　パノララ
翔田　寛　誘拐児
白石一文　この胸に深々と突き刺さる矢を抜け(上)(下)
小説現代編 石田衣良他著　10分間の官能小説集
小説現代編 勝目梓他著　10分間の官能小説集2
小説現代編 乾くるみ他著　10分間の官能小説集3
柴村仁　夜宵
柴村仁　プシュケの涙
柴田哲孝　クズリ〈ある殺し屋の伝説〉
塩田武士　盤上のアルファ
塩田武士　盤上に散る
塩田武士　女神のタクト
塩田武士　ともにがんばりましょう
塩田武士　罪の声
塩田武士　氷の仮面
芝村涼也　孤《こ》闘《とう》の寂《せき》〈素浪人半四郎百鬼夜行(六)〉
芝村涼也　邂逅の紅蓮〈素浪人半四郎百鬼夜行(七)〉
芝村涼也　終焉の百鬼行〈素浪人半四郎百鬼夜行(八)〉
芝村涼也　追憶の翰《かん》〈素浪人半四郎百鬼夜行(拾遺)〉
真藤順丈　畦と銃
柴崎竜人　三軒茶屋星座館1〈冬のオリオン〉
柴崎竜人　三軒茶屋星座館2〈夏のキグナス〉
柴崎竜人　三軒茶屋星座館3〈春のカリスト〉
柴崎竜人　三軒茶屋星座館4〈秋のアンドロメダ〉
周木　律　眼球堂の殺人〈～The Book～〉
周木　律　双孔堂の殺人〈～Double Torus～〉
周木　律　五覚堂の殺人〈～Burning Ship～〉
周木　律　伽藍堂の殺人〈～Banach-Tarski Paradox～〉
周木　律　教会堂の殺人〈～Game Theory～〉
周木　律　鏡面堂の殺人〈～Theory of Relativity～〉
周木　律　大聖堂の殺人〈～The Books～〉

講談社文庫　目録

講談社文庫 目録

田中芳樹 編訳 岳 飛 伝(五)〈凱歌篇〉
高田文夫 TOKYO芸能帖〈1981年のビートたけし〉
高村 薫 李歐《りおう》
高村 薫 マークスの山(上)(下)
高村 薫 照 柿(上)(下)
多和田葉子 犬 婿 入 り
多和田葉子 尼僧とキューピッドの弓
多和田葉子 献 灯 使
高田崇史 QED〈百人一首の呪〉
高田崇史 QED〈六歌仙の暗号〉
高田崇史 QED〈ベイカー街の問題〉
高田崇史 QED〈東照宮の怨〉
高田崇史 QED〈式の密室〉
高田崇史 QED〈竹取伝説〉
高田崇史 QED〈龍馬暗殺〉
高田崇史 QED ~ventus~〈鎌倉の闇〉
高田崇史 QED〈鬼の城伝説〉
高田崇史 QED ~ventus~〈熊野の残照〉
高田崇史 QED〈神器封殺〉
高田崇史 QED ~ventus~〈御霊将門〉
高田崇史 QED ~flumen~〈九段坂の春〉
高田崇史 QED〈諏訪の神霊〉
高田崇史 QED〈出雲神伝説〉
高田崇史 QED〈伊勢の曙光《あけぼの》〉
高田崇史 QED ~flumen~〈ホームズの真実〉
高田崇史 毒 草 師〈QED Another Story〉
高田崇史 QED ~flumen~〈月夜見〉
高田崇史 QED ~ortus~〈白山の頻闇〉
高田崇史 試験に出るパズル〈千葉千波の事件日記〉
高田崇史 試験に敗けない密室〈千葉千波の事件日記〉
高田崇史 試験に出ないパズル〈千葉千波の事件日記〉
高田崇史 パズル自由自在〈千葉千波の事件日記〉
高田崇史 化けて出る〈千葉千波の怪奇日記〉
高田崇史 麿の酩酊事件簿〈花に舞〉
高田崇史 麿の酩酊事件簿〈月に酔〉
高田崇史 クリスマス緊急指令〈~きよしこの夜、事件は起こる!~〉
高田崇史 カンナ 飛鳥の光臨
高田崇史 カンナ 天草の神兵
高田崇史 カンナ 吉野の暗闘
高田崇史 カンナ 奥州の覇者
高田崇史 カンナ 戸隠の殺皆
高田崇史 カンナ 鎌倉の血陣
高田崇史 カンナ 天満の葬列
高田崇史 カンナ 出雲の顕在
高田崇史 カンナ 京都の霊前
高田崇史 軍 神 の 血 脈〈楠木正成秘伝〉
高田崇史 神の時空《とき》 鎌倉の地龍
高田崇史 神の時空 倭《やまと》の水霊
高田崇史 神の時空 貴船の沢鬼
高田崇史 神の時空 三輪《みわ》の山祇《やまつみ》
高田崇史 神の時空 嚴島《いつくしま》の烈風
高田崇史 神の時空 伏見稲荷の轟雷
高田崇史 神の時空 五色不動の猛火
高田崇史 神の時空 京の天命
高田崇史 神の時空 前紀〈女神の功罪〉
団 鬼六 悦 楽 王〈鬼プロ繁盛記〉
高野和明 13 階 段

高野和明　グレイヴディッガー
高野和明　K・Nの悲劇
高野和明　6時間後に君は死ぬ
大道珠貴　ショッキングピンク
高木　徹　ドキュメント　戦争広告代理店〈情報操作とボスニア紛争〉
田中啓文　件《くだん》〈もの言う牛〉
高嶋哲夫　メルトダウン
高嶋哲夫　命の遺伝子
高嶋哲夫　首都感染
高野秀行　西南シルクロードは密林に消える
高野秀行　怪獣記
高野秀行　アジア未知動物紀行　ベトナム・奄美・アフガニスタン
高野秀行　イスラム飲酒紀行
高野秀行　移民の宴〈日本に移り住んだ外国人の不思議な食生活〉
高野秀行・角幡唯介　地図のない場所で眠りたい
田牧大和　花合せ〈濱次お役者双六〉
田牧大和　質草破り〈濱次お役者双六　二ます目〉
田牧大和　翔ぶ梅〈濱次お役者双六　三ます目〉
田牧大和　半可心中〈濱次お役者双六〉

田牧大和　長屋狂言〈濱次お役者双六〉
田牧大和　錠前破り、銀太
田牧大和　錠前破り、銀太　紅蜆《べにしじみ》
田牧大和　錠前破り、銀太　首魁《しゅかい》
高殿　円　メサイア〈警備局特別公安五係〉
高野史緒　カラマーゾフの妹
高野史緒　翼竜館の宝石商人
瀧本哲史　僕は君たちに武器を配りたい〈エッセンシャル版〉
竹吉優輔　襲名犯
高田大介　図書館の魔女　第一巻
高田大介　図書館の魔女　第二巻
高田大介　図書館の魔女　第三巻
高田大介　図書館の魔女　第四巻
高田大介　図書館の魔女　烏《からす》の伝言《つてこと》(上)(下)
大門剛明　反撃のスイッチ
大門剛明　完全無罪
大門剛明　死刑評決〈「完全無罪」シリーズ〉
橘　もも　OVER DRIVE《オーバードライブ》
橘もも 著／沖田×華 原作／安達奈緒子 脚本　小説　透明なゆりかご(上)(下)
橘もも 著／ヤマシタトモコ 原作／相沢友子 脚本　さんかく窓の外側は夜〈映画版ノベライズ〉
滝口悠生　愛と人生

高山文彦　ふたり〈皇后美智子と石牟礼道子〉
瀧羽麻子　サンティアゴの東　渋谷の西
高橋弘希　日曜日の人々《サンデー・ピープル》
陳　舜臣　中国五千年(上)(下)
陳　舜臣　中国の歴史　全七冊
陳　舜臣　小説十八史略　全六冊
千早　茜　森の家
千野隆司　大店の暖簾《のれん》〈下り酒一番〉
千野隆司　分家の始末〈下り酒一番(二)〉
千野隆司　献上の祝酒〈下り酒一番(三)〉
千野隆司　大《おお》酒《ざけ》の合戦〈下り酒一番(四)〉
知野《ちの》みさき　江戸は浅草
知野みさき　江戸は浅草2〈盗人探し〉
知野みさき　江戸は浅草3〈桃と桜〉
崔《チェ》　実《シル》　ジニのパズル
筒井康隆　創作の極意と掟
筒井康隆　読書の極意と掟
筒井康隆ほか12名　名探偵登場！
都筑道夫　夢幻地獄四十八景

講談社文庫　目録

富樫倫太郎 風の如く 高杉晋作篇
富樫倫太郎 スカーフェイス〈警視庁特別捜査第三係・淵神律子〉
富樫倫太郎 スカーフェイスII デッドリミット〈警視庁特別捜査第三係・淵神律子〉
富樫倫太郎 スカーフェイスIII ブラッドライン〈警視庁特別捜査第三係・淵神律子〉
豊田 巧 警視庁鉄道捜査班〈鉄血の警視〉
豊田 巧 警視庁鉄道捜査班〈鉄路の牢獄〉
夏樹静子 新装版 二人の夫をもつ女
中井英夫 新装版 虚無への供物(上)(下)
中島らも 僕にはわからない
中島らも 今夜、すべてのバーで〈新装版〉
鳴海 章 フェイスブレイカー
鳴海 章 謀略航路
鳴海 章 全能兵器AiCO《アイコ》
中嶋博行 ホカベン ボクたちの正義
中嶋博行 新装版 検察捜査
中嶋博行 新検察捜査
中村天風 運命を拓く〈天風瞑想録〉
中山康樹 ジョン・レノンから始まるロック名盤
梨屋アリエ でりばりぃAge
梨屋アリエ ピアニッシシモ
中島京子 妻が椎茸だったころ
中島京子ほか 黒い結婚 白い結婚
奈須きのこ 空の境界(上)(中)(下)
中村彰彦 乱世の名将 治世の名臣
長野まゆみ 簞笥のなか
長野まゆみ レモンタルト
長野まゆみ チマチマ記
長野まゆみ 冥途あり
長野まゆみ 45°〈ここだけの話〉
長嶋 有 夕子ちゃんの近道
長嶋 有 佐渡の三人
永嶋恵美 擬態
永井 均 内田かずひろ 絵 子どものための哲学対話
なかにし礼 戦場のニーナ
なかにし礼 生きる力〈心でがんに克《か》つ〉
なかにし礼 夜の歌(上)(下)
中村文則 最後の命
中村文則 悪と仮面のルール
中田整一 編/解説 真珠湾攻撃総隊長の回想〈淵田美津雄自叙伝〉
中村江里子 女四世代、ひとつ屋根の下
中野美代子 カスティリオーネの庭
中野孝次 すらすら読める方丈記
中野孝次 すらすら読める徒然草
中山七里 贖罪の奏鳴曲《ソナタ》
中山七里 追憶の夜想曲《ノクターン》
中山七里 恩讐の鎮魂曲《レクイエム》
中山七里 悪徳の輪舞曲《ロンド》
長島有里枝 背中の記憶
長浦 京 赤《セキ》刃《ジン》
長浦 京 リボルバー・リリー
中脇初枝 世界の果てのこどもたち
中脇初枝 神の島のこどもたち
中村ふみ 天空の翼 地上の星
中村ふみ 砂の城 風の姫
中村ふみ 月の都 海の果て
中村ふみ 雪の王 光の剣
中村ふみ 永遠《とわ》の旅人 天地の理《ことわり》

講談社文庫　目録

夏原エヰジ　Ｃ　ｏ　ｃ　ｏ　ｏ　ｎ〈修羅の目覚め〉
夏原エヰジ　Ｃ　ｏ　ｃ　ｏ　ｏ　ｎ２〈蠱惑の焰〉
西村京太郎　七　人　の　証　人
西村京太郎　華　麗　な　る　誘　拐
西村京太郎　寝台特急「日本海」《メモリー・トレイン》殺人事件
西村京太郎　十津川警部　帰郷・会津若松
西村京太郎　特急「あずさ」《アリバイ・トレイン》殺人事件
西村京太郎　十津川警部の怒り
西村京太郎　宗谷本線殺人事件
西村京太郎　奥能登に吹く殺意の風
西村京太郎　特急「北斗1号」《スーサイド・トレイン》殺人事件
西村京太郎　十津川警部　湖北の幻想
西村京太郎　九州特急「ソニックにちりん」殺人事件
西村京太郎　東京・松島殺人ルート
西村京太郎　新装版　殺しの双曲線
西村京太郎　愛の伝説・釧路湿原
西村京太郎　山形新幹線「つばさ」殺人事件
西村京太郎　新装版　名探偵に乾杯
西村京太郎　十津川警部　君は、あのSLを見たか
西村京太郎　南伊豆殺人事件
西村京太郎　十津川警部　青い国から来た殺人者
西村京太郎　十津川警部　箱根バイパスの罠
西村京太郎　新装版　天使の傷痕
西村京太郎　新装版　Ｄ機関情報
西村京太郎　十津川警部　猫と死体はタンゴ鉄道に乗って
西村京太郎　韓国新幹線を追え
西村京太郎　北リアス線の天使
西村京太郎　十津川警部　長野新幹線の奇妙な犯罪
西村京太郎　上野駅殺人事件
西村京太郎　京都駅殺人事件
西村京太郎　沖縄から愛をこめて
西村京太郎　十津川警部「幻覚」
西村京太郎　函館駅殺人事件
西村京太郎　内房線の猫たち〈異説里見八犬伝〉
西村京太郎　東京駅殺人事件
西村京太郎　長崎駅《ナガサキ・レディ》殺人事件
西村京太郎　十津川警部　愛と絶望の台湾新幹線
西村京太郎　西鹿児島駅殺人事件
西村京太郎　札幌駅殺人事件
西村京太郎　十津川警部　山手線の恋人
仁木悦子　猫は知っていた
新田次郎　新装版　聖職の碑《いしぶみ》
日本文芸家協会編　愛　染　夢　灯　籠〈時代小説傑作選〉
日本推理作家協会編　犯人たちの部屋〈ミステリー傑作選〉
日本推理作家協会編　隠　さ　れ　た　鍵〈ミステリー傑作選〉
日本推理作家協会編　Ｐｌａｙ《プレイ》推理遊戯〈ミステリー傑作選〉
日本推理作家協会編　Ｄｏｕｂｔ《ダウト》きりのない疑惑〈ミステリー傑作選〉
日本推理作家協会編　Ｂｌｕｆｆ《ブラフ》騙し合いの夜〈ミステリー傑作選〉
日本推理作家協会編　Ｐｒｏｐｏｓｅ《プロポーズ》告白は突然に〈ミステリー傑作選〉
日本推理作家協会編　Ａｃｒｏｂａｔｉｃ《アクロバティック》物語の曲芸師たち〈ミステリー傑作選〉
日本推理作家協会編　ベスト８ミステリーズ２０１５
日本推理作家協会編　ベスト６ミステリーズ２０１６
二階堂黎人　ラ　ン　迷　宮〈二階堂蘭子探偵集〉
二階堂黎人　増加博士の事件簿
新美敬子　猫のハローワーク
西澤保彦　新装版　七回死んだ男
西澤保彦　人格転移の殺人

講談社文庫　目録

2020年12月15日現在